无污染 无公害 2

No Pollution
No Public Nuisance

Priest 著

中国友谊出版公司

CONTENTS

143

卷四 失焦

卷三　失望

001

目录

十年蒙尘，
她把蜷缩成
一团的 自己
伸展了，

重新 亮出了
刀刃。

卷三

失望

No Pollution
No Public Nuisance

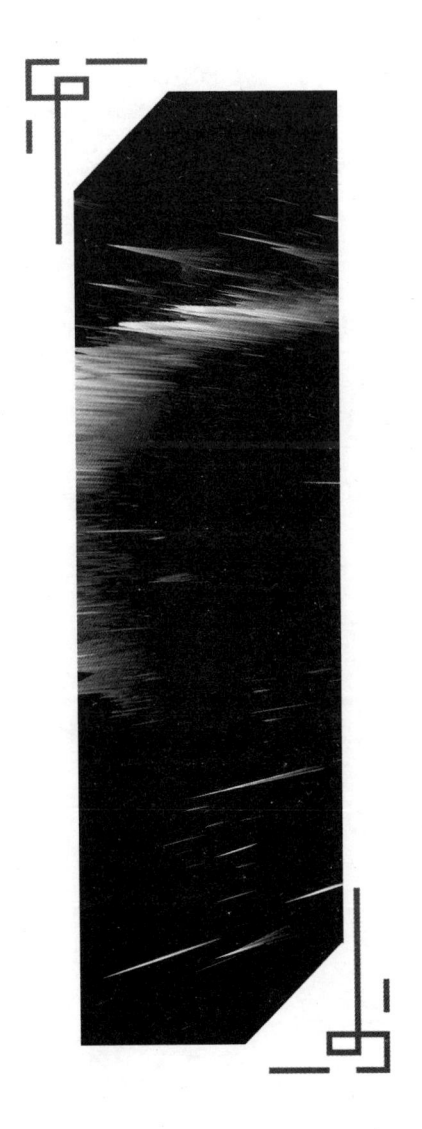

第七章

"你们没关门。"张美珍伸出指甲一弹门框,她化了个烈焰红唇的妆,头发白,脸更白,红白对比太过强烈,居然会让人第一眼忽略她的皱纹,只留下个"明艳逼人"的印象,她朝着于严的方向飞了一眼,问,"警察啊?"

于严目瞪口呆地看着她,下意识地站直了:"啊……对!姨……姐……呃……这位女士……"

"叫奶奶。"张美珍拍狗似的拍了拍他的头,一点儿也不见外地走进来,顺手把拎的一盒草莓递给老杨大爷,"洗了,给大伙儿分分。"

天天在家焚香摆谱的老杨大爷二话没说,撸起袖子就要去。旁边的韩东升忙不迭地接过去:"我来,我来!"

老杨大爷看着他厚重的背影,无声地叹了口气,转过头来说:"这都是猜测。"

"除了那帮孙子,还能有谁?不用避讳我,我都金盆洗手多少年了,王九胜那个孙子上位以后,他们那点破事我连打听都懒得打听。"张美珍往沙发上一靠,把高跟鞋脱下来扔在一边,冲一头雾水的于严笑了笑,"我就是行脚帮出身的。"

说着,她晃了晃钥匙圈。钥匙圈上挂了一个很小的蝙蝠装饰,红得异常鲜艳,看着像塑料的,摘下来拿在手里,才能觉出这东西有分量。

于严问:"这是什么?"

"行脚帮的'五蝠令'。"张美珍说,"要是拿到古代,大小也是圣物,就像你们杨爷爷那根烧火棍一样。现在嘛,反正也算古董,不过这种小玩意儿没什么意思,值不了几个钱。"

于严"呢"了半天,没发出"奶"的音,最后只好放弃主语:"……说的这个行脚帮,是干什么的?"

"古时候的行脚帮,说的是'车船店脚牙'这五种人,车夫、船夫、店小二、脚夫,还有牙人,这些人走南闯北、坑蒙拐骗,在旧社会那会儿都属于下九流,所以也不算什么名门正派。'五蝠',代表这五大行当,五大行当一开始还同气连枝,时间长了,各有地盘,各捧饭碗,难免别苗头,就常常内斗,所以历史上辉煌过一阵子之后,很快就没落了。"杨老帮主在旁边慢吞吞地解释说,"后来啊,老行当没有了,人心更散了。他们在燕宁的北舵主王九胜为了适应社会,也为了保留老传统,还开了一家送快递的公司,叫……叫什么……什么'福'什么'达'的。"

于严和喻兰川异口同声:"福通达!"

老杨大爷:"对!"

于严:"丢件率首屈一指。"

喻兰川:"快件当手榴弹扔。"

于严:"同城邮件八天才寄到。"

喻兰川:"他家投诉电话比热线还忙,我就没打通过。"

于严:"上礼拜我们刚逮了他家一个快递员,冲小女孩耍流氓来着。"

老杨大爷:"……"

民怨已经这么深了吗?

"北一舵的舵主王九胜是个什么东西?行脚帮落到他手里,想也知道好不了。现在的后辈不但不讲理,连老规矩也没了,我看这行脚帮，就是个地痞无赖扎堆的泥坑。"张美珍冷笑一声，"这破快递公司还算是正经营生，好歹算块遮羞布，其他弟子到处行骗的多了，他们不但不管，一旦有苦主找上门来，还要互相袒护。王九胜每次都一副'我一个企业家，怎么会和这种下等人扯上关系'的德行，反正他手下杂碎多，随便支使，你也抓不着他的把柄。"

"也就是说，那个逃跑的'气功大师'，现在很有可能是被同门藏起来了。"于严说，"这毕竟是人命关天的事，那个福通达的老总……呃，什么舵主，有没有可能和警方合作？给我一个他的联系方式。"

韩东升把洗干净的草莓放在桌上，几位武林前辈伸手拿草莓塞住嘴，围观说了傻话的于严。

喻兰川："我觉得你去邮政投诉他还比较有效果。"

"那行吧。"于严一摊手，"你们有什么办法？有没有可能混进他们内部？"

"行脚帮的人很多，也乱，据说经常有人在外地犯了事，逃到另一个地方，寻求当地同门庇护，弄个假身份，以后接着混。"张美珍想了想，说，"五蝠令就是敲门砖，但是能不能成功，还得看脸。"

于严眼睛一亮："燕宁房价贵，住宿也贵，他们应该不会有很多窝点，如果这样成功混进去，也许能摸到那个'气功大师'的藏匿地点。"

"呃……这个，"老杨大爷小心翼翼地看了张美珍一眼，插了句嘴，"虽然你说的这个'气功大师'可能是行脚帮的，但是这几个老人失踪的事，还真不一定跟他们有关系。"

于严问："为什么？"

老杨大爷吞吞吐吐。

"这有什么不能说的？"张美珍淡淡地打断他，"行脚帮跟丐帮有宿怨，不可能鼓捣一帮老头老太太去要饭，你担心的那种情况不可能发生。再说，那个'大师'是靠下蛋骗钱的，好不容易培养出一帮信徒,个个都是摇钱树,钱还没捞够,还得留着这帮老家伙领退休金呢,哪舍得伤人。"

于严犹豫了一下:"可是现在除了这个'气功大师',我们也没别的线索……再说这人也确实应该拘留,他骗人花高价买他的发功鸡蛋就算了,还非得让人在子时——也就是半夜十二点,一气吃完一盒!一盒那可是六个大鸡蛋!那帮老头老太太说吃完以后,觉得丹田气息涌动,功力大涨。我都服了,蛋白质消化不了产生的屁也算涨功力,他们这功练得臭不臭啊!"

喻兰川的耳朵嗅到了气味,默默地把草莓放了回去,没食欲了。

于严严肃地说:"现在还没吃出问题来,算他走运,我看出问题是迟早的事。那些练'放屁功'的还都特别虔诚,要是放任,等他们'大师'躲过风头再回来,不定出什么幺蛾子,出事就晚了。"

"小民警,这不是抓一个人的事,行脚帮那些人虽然早就洗白了,但说句不好听的,以前就是黑社会。当年喻老还在的时候,他们就敢到一百一十号院盯梢绑架,"张美珍说,"你别想着他们不敢袭警,打废了你,你可能都没看清楚是谁干的,到时候主犯随便往哪个地方一藏,其他人互相做假证,一推六二五,你这辈子也别想抓住他们。我觉得你最好还是想想再说。"

于严皱起眉。说实话,这些地痞无赖有时候挺难办的,就像家里的蟑螂,再怎么厉害的蟑螂药撒出去,也胜利不了多久——除非小区整体灭蟑,否则过不了几天,它们又会卷土重来。而且这些人坏归坏,但既然没杀人、没放火,罚也罚不重,顶多是不痛不痒地拘留几天,还是得放回去。从看守所出去的这些渣滓,往往会更有恃无恐。

这时,韩东升忽然说:"要不,我去试试吧……"

他一嗓子出来,众人的目光齐刷刷地落在他身上。

"唉,本来就是我家的事。"韩东升习惯性地赔了个笑脸,随即又不知道自己在笑什么,没滋没味地收了,搓了搓厚实的手掌,"虽然功夫早搁下了,但是万一碰上什么事,想办法脱身应该还是可以的,再说我肉多,也扛揍。"

"啊?"于严一愣,断然回绝,"这肯定不行!"

民警办案,让老百姓去,这像什么话?

"警察同志,不管您用不用得着我,我都肯定要去探一探的。不知道就算了,今天既然知道了线索,不管白道黑道,都得先会一会再说,没有在家等消息的道理。"韩东升依然是唯唯诺诺的样子,嘴里却轻轻地说,"我毕竟姓韩啊,不能丢祖宗的脸。"

姓韩有什么了不起?

于严这个局外人体会不到,所谓什么"浮梁月",他也只是听老杨大爷随便提过一嘴,传得都是上个世纪初的传奇,当年有多大的荣光,也时过境迁而湮灭了。何况就韩先生这么一位仿佛身怀六甲的中年男子,要是把脸遮上,在公交车上没准能混上老弱病残孕专座,他能有什么战斗力?

于严心累地说:"您不要意气用——"

老杨大爷却忽然说:"小韩走一趟也好。"

张美珍笑了一声,把五蝠令从钥匙圈上摘下来抛给他。

韩东升抄手接住:"大家事先商量好,一起行动,比各干各的好。警察同志,您觉得呢?"

于严觉得相当不怎么样,只好去看喻兰川,寄期望于他们凡事拎得清的盟主说句话。

结果盟主说:"好啊,巧了,我也想会一会行脚帮。"

于严:"……"

喻兰川被人夺舍了!

不知想起了什么,喻兰川脸上露出一点冷笑,牙关里仿佛咬着一段新仇旧怨:"周末行吗?这周末我能腾出一天。"

张美珍回家的时候，甘卿正在若无其事地擦地板。她塞着耳机，一副沉浸在音乐世界里的样子，有人进来都没抬头。

张美珍径直走到她面前，揪起她一只耳机。

"哎，"甘卿好像吓了一跳，抬头冲她笑，"美珍姐，回来了？"

张美珍定定地看着她。

甘卿："今天口红好看，什么色号？"

这个平时能招出张美珍长篇大论的话题，今天却失了灵。张美珍没回答她，忽然说："十几年前，燕宁的警察抓了一伙人贩子，当中牵线的，有行脚帮里'黑色蝠'的人，'黑色蝠'是'牙人'。"

"牙人"就是买卖的中间人，大概跟房地产中介差不多，算是个挺体面的行当。不过在古代，"牙人"的业务除了房、地、器物、牲口外，还包括另一种买卖，就是人口。即使是在封建社会，到了宋、明之后，买卖人口也不合法了，那些职业人贩子叫"生口牙人"，基本也都是穷凶极恶之徒。

行脚帮里鱼龙混杂，什么香的臭的人都要，败落成现在这副衰样，也是理所当然的。

"'黑色蝠'当然要袒护自己人，但这件事已经上了新闻，当时影响太大，行脚帮北一舵的王九胜好不容易把自己洗成民营企业家，实在兜不住，把那几个涉案的交了出去，还打伤了一帮'黑色蝠'的人。"张美珍继续说，"'黑色蝠'因此不服王九胜，要把他拉下马。王九胜厚着脸皮跑到一百一十号院，找喻老给自己撑腰，要把'黑色蝠'逐出门墙。'黑色蝠'里有些后生不知天高地厚，狂得没边，为了警告喻老不要多管闲事，居然绑走了一个孩子。"

甘卿眨了眨眼睛，像是一头雾水的样子："您说的这是什么黑社会吗？早就被取缔了吧？"

张美珍没理她："我们第二天找到那孩子的时候，发现他毫发无伤，反倒是那几个'黑蝙蝠'，连人带狗，好不狼狈。有一条恶犬还被人开膛破肚,肠子拖出去好远,绕在了一个晕过去的'黑蝙蝠'脖子上,那个'黑蝙蝠'胸口还被人用狗血写了几行字——行脚帮,王八帮,大王八管不了小王八。"

甘卿的手指极轻极轻地一蜷。

张美珍笑了起来:"这行字是喻老发现的,当时觉得这位暗中出手相助的朋友虽然仗义,但恐怕是个惹事精,所以在交给警察之前,他把这行字给擦了。但王九胜不知怎么的,还是知道了。王九胜是苦出身,从小就在行脚帮里混,小时候别人欺负他,都管他叫'王八',长大以后咸鱼翻身,才自己改名'九胜',平生最忌讳'王八'俩字,饭桌上有道甲鱼他都要翻脸,何况被人拿狗血指桑骂槐——只是这个人城府深沉,当时没表露出来,一直记恨在心里。"

甘卿下意识地直起腰,抿了抿嘴。张美珍看了她一眼,站起来走到卫生间去卸妆。

"美珍姐,"甘卿一只耳机吊在胸口,背对张美珍,沉默了好一会儿,到底忍不住,问,"他记恨在心里,然后呢?"

"那我就不知道了,"张美珍说,"那位蘸狗血写字的朋友出手狠辣,一看就知道是哪家的功夫,只不过他们这一支藏头露尾,不太好找。但王九胜在燕宁三教九流中手眼通天,狗腿子那么多……谁知道呢。"

第八章

小发廊在一间半地下室里,窗口沙宣头的海报被风刮掉了一角。

当地人讲究"正月不剃头",因此年底是理发旺季,往日里门可罗雀的小发廊也热闹了起来,不时有人进进出出。店里暖气本来就不足,好不容易攒的一点热气都给出来进去的客人败光了,碎头发被风吹得满地滚,"凯文"老师拿剪子的手冻得哆哆嗦嗦,一不留神,就把客人的刘海剪成了"魔鬼的颤音"。

这时,一辆破车停在门口,并且很没素质地把路堵满了。

司机叨着烟,对坐在后座的两位乘客一抬下巴:"你俩就在这儿下吧。"

这是一辆黑车,乘客是一对母女,外地口音,不知是来探亲还是旅游的。

母亲四十来岁的模样,茫然地打量着这条又脏又破的窄巷:"这是哪儿啊?好像不是我们要去的地方,师傅,您走错了吧?"

"没错。"司机一点儿也不在乎女乘客的感受,在封闭的小轿车里喷云吐雾,不亦乐乎,"下车一直往前走,一站地就到了,我有事,不往前开了。"

两位乘客初来乍到,头一回见到这么离谱的出租车司机,都怀疑自己的耳朵出了毛病。

那位母亲震惊地问:"往前……走多远?"

"一站地。"司机懒洋洋地伸手往方向盘上一拍,汽车"哗——"叫唤了一嗓子,"快点吧,劳驾了,我还有事呢。"

"你上车就先收了钱,现在让我们拎着那么重的东西,喝风走路?!"跟在母亲身边的女孩十五六岁,炸了,"你流氓吧?"

司机眯着眼喷了口烟,回答:"可不嘛!"

这个男司机眼角有一道疤,蜈蚣似的,一直绵延到了耳根,斜眼看人,显得分外不怀好意。女孩母亲这时已经有点紧张了,一把拉住女儿的手:"好好说……"

女孩:"跟这种人好好说个屁,你退钱!"

男司机从前排转过身来——他还没系安全带——把夹着烟的手指伸长了,火星几乎要燎到女孩的鼻子,指着她说:"你再说一遍。"

烟灰落到女孩的手上,她尖叫一声,愤怒地甩着手,一低头,看见这流氓司机腰间鼓鼓囊囊的,露出了什么东西……像是把刀的样子。母亲连忙按住自家嘴快的孩子,拎着行李逃下了车。走出有二三十米,女孩才敢回过头来,飞快地用手机拍下黑车的牌照。

这倒霉的母女俩,大概这辈子再也不想来燕宁了。

流氓司机慢吞吞地下了车,做作地伸了个大懒腰。发廊里跑出来一个黄毛男子,殷勤地给他开门:"亮哥来了!"

流氓司机——亮哥,爱搭不理地"嗯"了一声,抬腿走进去,直接把抽了一半的烟头扔在发廊地板上,用脚踩出了一串烟灰:"真他妈冷啊。"

黄毛眼都没眨:"我看见刚才那小丫头片子拿手机拍您的车……"

"拍就拍呗,"亮哥说,"反正是套牌的——就这小子?"

黄毛顺着他的目光看去,发廊角落里坐着个中年男子,挺胖,头发不知道多久没理过了,油乎乎地贴在头皮上,显得有点秃,眉毛也十分稀疏,戴一副镜片刮花了的眼镜,脚底下放着个挺大的蛇皮袋。

"是。"黄毛说,"我一个小兄弟领来的,姓张,拿着咱们的五蝠令,不过人是'棒槌',五蝠令也是亲戚给的,让他到燕宁有个落脚的地方。五蝠令是真家伙,红玛瑙的。说实话,我还是第一次见。亮哥,要不您看看?"

亮哥接过那枚小小的五蝠令,来回翻看了几遍,问:"他在老家犯什么事了?"

黄毛回答:"这傻×开车撞了人,撞完跑了,还他妈路口撞的,这不是赶着死吗?监控拍得清清楚楚的,让警察抓住他,得进去几年。"

亮哥"嗯"了一声,朝男人走过去。

那男人坐椅子只坐个边,一见人过来,立刻弹了起来,惊恐又紧张地看着亮哥。

"没事,按规矩问你几句话,应该怎么说,"亮哥冲他晃了晃手里的五蝠令,"给你这玩意儿的应该都教过。"

中年胖子唯唯诺诺地应着,目光没离开过他手上的五蝠令,想要回来,又不敢开口的样子。

"这东西谁给你的?"

"是我三叔。"

"知道这叫什么,是吧?你三叔是哪一蝠的人?什么行当?"

"知、知道。"中年胖子战战兢兢地说,"这叫五蝠令,我三叔说他是蓝色蝠的,干的不是老行当。"

这都是黑话,"蓝色蝠"是"店","干的不是老行当",意思是这个行脚帮的人已经不当"店小二"了,转行了。中年胖子说得磕磕巴巴,这些黑话就像刚背下来的一样,但也挑不出什么毛病。

亮哥看了他一眼,忽然脸色一沉:"不对吧,既然是蓝蝙蝠,他给你的五蝠令怎么是红的?"

中年胖子被他吓了一跳,讷讷地说:"我三叔有两块五蝠令,还有一块是黄的，他说那块令牌是他自己的，不能给我。这块令牌是他早年南下打工，救了一个同门，人家送给他的……我问过他，为什么蓝色蝠的五蝠令不是蓝的，他老人家说，这都是传下来的老规矩。"

最早，行脚帮是什么颜色的"蝙蝠"，拿什么颜色的令牌，后来经过了几次内乱，才有这样的规矩——拿别的颜色的五蝠令，象征行脚帮五蝠紧密团结，不分彼此——当然，并没有什么卵用，人们自己不想团结，别说换个颜色，抓一把彩虹糖也不管用。

亮哥听他说的都没问题，又仔细盘问了他三叔的师承和姓名，这才缓和了脸色，拍着中年胖子的肩："别见怪，虽然都是自家人，但是咱们自家人太多，天南海北的，互相都不认识，我们也没法一个一个查实，只能多问几句。"

中年胖子方才还紧张得气也喘不匀，见他态度变了，连忙也跟着赔了个比哭还难看的笑脸。

发廊的黄毛在旁边说："亮哥人面广、仗义，在王舵主面前也说得上话，咱们这一片的兄弟有什么难事，都找他，我就把你交给他了。"

中年胖子："是……是……"

亮哥打量着这人，感觉撞人逃逸这种事，这胖子还真干得出来，软塌塌的一坨，一看就不像什么有出息的样子，他打心眼里看不上这种人。他态度轻慢地点了支烟，直接问："燕宁什么都贵，钱带够了吗？"

中年胖子立刻听出他的潜台词，连忙撅起屁股去翻他的大蛇皮袋子，鼓捣半天，摸出了一个厚厚的信封，点头哈腰地递过去："您帮着安排一下，麻烦您了。"

亮哥叼着烟，斜着眼，把里面的现金倒出来翻了翻，厚度还算满意，就直接拽出来揣进自己兜里，信封随手一扔："行吧，跟我走。"

胖子连忙扛起他的大蛇皮袋,上了亮哥臭气熏天的黑出租。

就在黑出租开出小巷后,一辆低调的白色小轿车从街角露出头,远远地跟了上去。

"这一片有事都找他,"副驾驶座上的于严听着耳机里传过来的声音,"看来没找错人。兰爷,我还是有点不放心,你们给安排的这个身份说得过去吗?他们要是详细查怎么办?比如说……会不会给你们编的那个三叔打电话确认?帮派内部,要是真想找人,应该能要得到联系方式吧?"

"三叔不是我们编的,"喻兰川一边盯着前面的车,一边回答,"是真有这么个人,以前受过张奶奶的恩惠,打过招呼了,不会露馅。当地这两天也确实出了件肇事司机逃逸事件,查不出什么问题。"

于严:"那个韩大哥不会被人认出来吧?"

假装肇事司机的中年胖子就是韩东升,戴了假发,把眉毛拔了拔,再加一副眼镜,贴了几根稀疏的小胡子,整个人面貌大变,以前是略显油腻的普通上班族,这样一改造,一下子就猥琐了起来。

"应该不会吧,"喻兰川想了想,说,"丐帮的手艺还是不错的,只要不碰上熟人,认不出来。"

一百一十号院,孟天意径直坐电梯上十楼,敲响了1003的门,好一会儿,一张大白脸从门缝里露出来。张美珍一点儿也不惊讶地看着门口的外甥,给面膜糊得张不开嘴,含混地说:"哎哟,稀客啊。"

孟天意大步流星地进了屋,沉着脸往四下一扫:"甘卿呢?"

"我哪知道。"张美珍对着镜子抿了抿面膜纸,"她走的时候我还没起来呢。没上班吗?"

孟天意:"一大早发微信请假,电话打过去,她拒接。"

"哦,"张美珍耸耸肩,"请假怎么了?谁还能保证三百六十五天全勤？每个月总有几天不方便——"

"二姨！"孟天意打断她，一屁股坐在沙发上，"你前两天让我给你联系，给别人安排假身份，接触燕宁的行脚帮，她今天就请假玩失踪，到底怎么回事？你们合起伙来干行脚帮，为什么把她也牵扯进去？"

张美珍举着个小镜子，臭美地揽镜自照，哼着小曲，假装没听见。

孟天意一探身，抢走了她的镜子，加菲猫似的大胖脸严肃地板起来："她有来历，有功夫，我知道这事瞒不了你多久，但你知道她是谁吗？她——"

张美珍："我当然知道啊。"

孟天意："……"

张美珍叹了口气，好像是感慨现在的孩子，一辈比一辈傻，就说："你去打开冰箱，看看她切的那堆肉。"

张美珍是个网购达人，一天到晚收快递，老太太管买不管收拾，都是甘卿帮她拆箱子。有时候不知道从哪个穷乡僻壤邮过来半头猪，排骨、肋骨都挤在一个保鲜盒里，甘卿就只能给她切成小块，分门别类地用小袋装好，以便一次吃多少解冻多少。

"用八百年没磨过的水果刀刨火腿，比刨肉机滚得还细，一刀一片，放在纸上能透字，刨完摆一排，肉条宽窄一样，不差毫厘——真以为火腿片拌进面条里，我就吃不出来这是谁家的刀工手艺啦？"张美珍翻了个白眼，"你二姨还没到老眼昏花的岁数呢。"

已经开始随身携带花镜的外甥无言以对。

沉默了好一会儿，孟天意说："卫兄临走，把这孩子托付给了我，我得管她，把她往正道上引。你闲得没事，不帮忙算了，不要来搅和好不好？"

张美珍反问："你所谓的正道，就是给她找一堆自考的书，让她学出来当会计？"

孟天意说："会计怎么了？会计得罪你了？只要是正经职业，她——"

"那堆书她拿出去卖了十块钱，"张美珍冷酷地说，"收破烂的一开始说要给五块，她不干，然后这俩货就为了仨瓜俩枣，在门口讨价还价了十分钟，听得我脑仁疼。"

孟天意："……"

张美珍说："一个人要是心里有往前走的路，即使只会按计算器，从收银员干起，她也能一步一步走下去，把日子过出自己的正轨，根本不用你操心。可是心里要是没这条路，就算她念了八百个博士，也还是能过得有今天没明日、混吃等死，你信不信？"

孟天意叹了口气："我知道，可是……"

"你以为人活着就像躲猫猫，只要藏得好，过去的事就找不着你吗？"张美珍扯下面膜，冷笑一声，"她右手经脉断得只剩拿筷子的劲，左手依然拿得起杀人的刀，两本考试书，能压得下'万木春'的刀锋？"

孟老板的神色一时间有些茫然。

张美珍有点心塞，看着这些正道的后人，因为太"正"了，一个个忙于努力生活、奋发向上，满脑子怎么升职加薪、还贷存钱，遇上不入流的流氓团伙真的是不行，就得给他们找个不那么正的"妖女"在后面掠阵，不然还指不定搞出什么事。

"可是——"

"别可是了，外甥，我说你是不是更年期了？烦死我了，快走吧！"

于是孟天意话没说完，就被他二姨请出了门。

"二姨，'万木春'出刀见血，我怕她再……"

"那是她自己的事，她又不是什么小孩子。"张美珍打断他，"每个人都有自己的坎儿，每个人都有自己的劫，过不去，自己毁了自己，活该！你管得着吗？管得住吗？你现在除了颠勺，功夫还记得几招？想得倒多，赶紧滚吧！"

此时，"正道"的几位和两个办案民警，跟着亮哥七拐八拐，悄悄地来到了一家小旅馆。

于严探头一看："嘿！这帮王八蛋，真会藏。"

喻兰川问："怎么？"

"这一排旅馆，都是情侣酒店，主打钟点房，做的就是来开房的情侣的生意。要是熟客，还提供保密服务，就是不登记身份证，万一有人来查，旅馆还给你提供假身份，专门为各种出轨、偷情分子提供服务。"于严说，"躲进去，只要自己不出来，没人知道你在里面。"

喻兰川一回头："'蜘蛛侠'，看你的了。"

一直缩在后座的闫皓猝不及防地被点名，激灵一下，脸红得发紫。

"我们要找的就是这个人，"于严把"气功大师"的照片找出来给他看，"我们还给他PS了胡子、头发、墨镜……几种常见的改装造型也都发到你手机上了，省得他易容你认不出来——兰爷，你们这易容手段怎么都这么接地气，传说中的人皮面具呢？"

"牛皮都买不起，还人皮。"喻兰川把车停在隐蔽的地方，看着闫皓下了车，像个大壁虎似的，轻巧地贴在墙上，几下不见了人影。

而此时，韩东升已经被亮哥领进了小旅馆。

亮哥说："一个外地来的兄弟，投奔咱们的，给他腾个房，长住。"

前台跟他一伙的，一听就知道怎么回事，一边登记找钥匙，一边说："亮哥，这两天怎么这么多长住的？"

"谁知道，流年不利吧。"

韩东升耳根一动，心想："气功大师"果然也藏在这儿。

就在这时，"哗啦"一声，几个人都抬起头，只见出来退房的女客人见鬼似的盯着韩东升，把钥匙掉了。

韩东升:"……"
这女的是他同事,已婚的。
小喻爷金口玉言说:"只要不碰上熟人,认不出来。"
小喻爷的嘴开过光。

第九章

电光石火间,韩东升和女同事的目光碰撞了一个来回。

韩东升狠狠地震惊了——这女的昨天还在朋友圈里给婆婆的广场舞小团体拉票!

女同事震得并不比他轻——她看了看韩东升的打扮,又看了看亮哥的尊容,一时竟说不好这二位谁的口味比较重。

千言万语,都化为一句交换在眼神里的"万万没想到"。

果然,同事是最熟悉的陌生人。

亮哥是个职业流氓,职业流氓一般都擅长察言观色,不然容易装×不成反遭人砍,虽然韩东升和女人只是飞快地对视了一眼,但那一纵即逝的特殊氛围还是被他捕捉到了。

"怎么,"亮哥立刻狐疑地问,"认识?"

韩东升回过神来,出了一后背冷汗,忙装出一副偷偷在街头瞟异性还被人撞破的窘迫,就着尴尬憋出来的面红耳赤摇摇头。女同事更上道,跟着板起一张冷若冰霜的脸,看也不看韩东升一眼,径直去前台了。

亮哥皱起眉,直到女人走出旅馆的门,还一直在盯她的背影。

这时,韩东升心里已经有点忐忑,怀疑自己是不是露出了马脚。他拿了钥匙,在旁边叫了亮哥一声:"谢谢哥,要不……我请您吃个饭?"

亮哥似笑非笑地朝女人的背影一抬下巴："怎么，你喜欢这样的？"

韩东升慌里慌张地摆手："没有，没有……是她先看我，我才看她的，没敢多看……我在家有老婆孩子，我……"

他慌慌张张，一副做贼心虚的乡巴佬样。

亮哥把头转回来，玩味地看了看韩东升，笑了："行了，我也没说什么呀。今天我就不耽误你休息了，刚到，先歇着，等你歇够了，可以先在周围熟悉熟悉环境，有什么事就找你亮哥，过两天叫你出来喝酒，带你认识点人。"

韩东升唯唯诺诺地应声。亮哥拍拍他的肩膀，扬长而去。韩东升这才暗暗松了口气，感觉自己这一关算是过了，心里有点庆幸——要不是恰好在这么个尴尬的地方，这会儿说不定已经穿帮了。

然而，亮哥一出门，立刻就拉下了脸，狠狠地回头看了一眼，他打了个电话："113院刚才出去一个女的，不高，烫卷的头发到肩膀，穿的白羽绒服，长身的，这人谁接了？"

杀人的都在自己地盘上杀，偷情的却恨不能跑到天涯海角偷。

这种情侣酒店扎堆的地方，除了附近的穷学生，其他客人往往是远道而来，因此平时有一堆黑出租在后面的街上等着拉活儿——不是普通的黑出租，这些人都是行脚帮的——而一个地方一旦有黑出租扎堆抱团，正经出租车就不大会过来了，劣币驱逐良币，所以客人也没的选。

穿白羽绒服的女人随便上了一辆黑车，报了地址，自己的三魂七魄还是没归位。她坐立不安地憋了五分钟，实在憋不住了，拿出手机找她的情人："我必须跟你说件事，哎……没想你，你正经点！人家都不知道该怎么办了……刚才你不是先走了吗？我去退房，你猜我碰见谁了……"

她倾诉起来没完没了，又焦虑又害怕，同时，居然还有点偷窥到别人秘密的小兴奋，完全没注意到开车的司机从后视镜里看了她一眼,悄悄地用手机录了音。

亮哥听完了手下兄弟发来的音频,狠狠地噘起嘴,把嘴里一截烟头发射了两米多远,怒不可遏:"他妈的——我就说,车上我就觉得这小子不对劲!他往车窗外看的眼神不对!"

外地人刚来一个地方,总会忍不住向车窗外看,打量的是建筑和街道,所以一眼望出车窗,目光往往很长。这个拿着五蝠令、自称姓张的外地人装得很好,一路上也坐立不安,也没忘了"好奇"地往窗外看,但他的目光很短,总是瞟一眼就立刻收回来,亮哥一开始还以为他是拘谨。

现在看来,他根本不是外地人,所以才对燕宁的风物熟视无睹,他往窗外看时,看的是路标和路牌!

"年年打雁,差点叫雁啄了眼!"亮哥气得面目狰狞,"装神弄鬼弄到老子头上了!"

闫皓因为平时不大正眼看人,时间长了就有点脸盲,身负重任,他只能小心地扒在旅馆窗外,一间一间地往里看。这会儿临近中午,旅馆里客人不多,偶尔有几个房间有人,也是准备退房走人的。

检查到五层的时候,他看见了韩东升。韩东升点了根烟,打开窗户装作放味,不着痕迹地冲闫皓点点头。

这代表他们要找的人应该在这楼里。

闫皓眼睛一亮,像一只轻盈的大鸟,继续盘旋向上。

韩东升带着几分感怀看着他的背影,羡慕地想:到底是年轻啊。

年轻人,哪怕是混得再不怎么样,至少他的脚步是轻盈的,身上每一件负累都可以随时脱下,飞到更高的台子上。中年人就不行,背上背的东西都是勒进血肉里、绑在骨头上的,再沉也不可能往下卸。

韩东升此时身在匪窝里,却无端生出一点惬意来,起码他能在这里静静地抽完一支烟,身后没有成堆的办公室琐事,也没有妻子愤怒的尖叫。

他就着烟喝了一口西北风，呛得嗓子生疼，又觉得自己这么想对不起单位和妻子。单位是他自己挑的单位，当年从千军万马的考公大军中杀出一条血路，才拿到这个岗位，不比追求女神轻松到哪儿去。他现在仍然记得收到录取通知的那天，他是怎么迫不及待地通知了身边的每一个亲朋好友，那时候还是女朋友的周蓓蓓高兴得又蹦又跳。妻子是他自己追回来的妻子，大学里第一次收到她的回信，第一次一起看电影留下的票根，一起从民政局出来时快要离开地面的脚步，儿子韩周出生……他生命里所有的惊喜几乎全是她带来的。

那时他刚刚长大成人，又贪婪又自大，觉得自己力大无穷，背上可以背一百个人，迫不及待地想飞、想狂奔，想要把自己的新家扛在肩头，一路绝尘而去。

可是燕宁的一年有四季轮回，万物生发的春天之后，还有严酷闷热的盛夏。

韩东升自嘲地想：可能是我自己过了保质期吧。

就在这时，他听见楼上一声轻响，闫皓似乎滑了一下，韩东升的神经重新拉紧了。根据声音传来的方向，他猛地把自己的窗户往外一推，正好接住滑下来的闫皓。

闫皓的脚尖在探出来的窗户框上轻轻一点，借力狼狈地扒住了墙外的管道，面红耳赤——这大中午的，六层的一对不等吃午饭，已经互相抱着啃上了，觉得楼层高，还没拉窗帘！

"堂前燕"差点被吓成"折翼小鸟"。

韩东升递给他一个疑惑的眼神——怎么了？

闫皓觉得自己干这事不太道德，犹犹豫豫地看了看他，又看了看楼上的窗户——真要干吗？

韩东升跟他不太熟，没能领会闫皓一言难尽的复杂眼神，以为他是看见了可疑人物。这是很有可能的，楼下做钟点房，楼上藏人，分开住,省得人多眼杂。

于是韩东升严肃地冲闫皓伸出一根大拇指,往上点了点——干得好,再确认一下!

闫皓:"……"

行吧。

他闭了闭眼,带着准备英勇就义的心情,心里默念那个"气功大师"的外貌特征——国字脸,左眼皮有点耷拉,鼻翼旁边有颗黑痣。

然后他一咬牙,重新爬了上去。

谁知六楼那两位"性情中人"奔放到一半,可能也觉得屋里有点亮,男人一边往下扒自己的秋衣,一边走过来拉窗帘,秋衣刚褪下一条袖子,正好跟重新冒头的闫皓看了个对眼!

两人同时受到了惊吓。

屋里的男人大叫:"我×,有变态!"

闫皓一嗓子叫了出来:"啊——"

黄澄澄的秋衣……不对,方脸、耷拉眼,还有黑痣!

闫皓:"就是他!"

韩东升立刻反应过来,通知喻兰川和于严他们:"在609号房!"

穿黄色秋衣的"气功大师"回过神来,感觉自己的"玉体"遭到玷污,怒不可遏,回手抄起烟灰缸,打开窗户砸了出来。闫皓在半空中把自己卷成了一根麻花,躲过了烟灰缸,没躲过漫天的烟灰和烟头,呛得泪流满面。

韩东升双手扒在窗台上,就要从窗户跳出去帮忙,谁知刚探头往下看了一眼,就一阵眼晕,心脏乱"突突",感觉血压要上一百八。

闫皓大吼一声:"他要跑!"

韩东升果断放弃了"高来高去"的路线,转身冲进楼道里离他最近的楼梯间,往楼上跑去,迎面正撞上那鼻子上有黑痣的"气功大师"——"大师"慌不择路,秋衣袖子还吊着,露着一侧的腰。

韩东升一看"大师"这肥美的腰身，好，居然也是盈出了裤带的"五花三层"，顿时又有了自信，回手一拽栏杆，整个人"呼"地一下扫了出去，腿扫出了圆融的一圈。"大师"敏捷地往上一蹿，没提防脚底下穿的是拖鞋，塑料拖鞋飞了。他气急败坏地单腿往上蹦了两个台阶，抬腿往下踩。

韩东升抢上一步，一掌推向他的腿。胖乎乎的手掌看着软绵绵的，推出去的瞬间，却带着风雷似的劲力。"大师"仓促接招，腿居然被这一掌震麻了，一个趔趄往后倒去，手忙脚乱地抓住楼梯栏杆。

"大师"骇然变色："你是哪一路的？"

韩东升不回答，淡淡地说："你不是号称能'隔山打牛'吗？神功呢？"

"妈的，又是条子！""大师"气沉丹田，摆出一副恶狠狠的格斗架势，做发功状，嘴里大叫道，"吼——哈！"

紧接着，有什么东西朝着韩东升的面门砸了过来。韩东升一时没看清，提肘去挡，这才发现那是一只塑料拖鞋。"大师"的两只拖鞋都已乘"神功"而去，脚下没了束缚，趁机从楼梯扶手栏杆上滑了下去。

韩东升眼明手快地抓住他的后脖颈子，谁知下一刻，他手里一轻——"大师"就是"大师"，有两下子——扒衣如闪电，把黄秋衣往对方手里一送，他光溜溜地金蝉脱了壳，滑到这一层楼梯底部，撒开两只光脚往楼下冲。

这"大师"的"下蛋神功"完全是狗屁，可跑起来竟能和闫皓有一拼，逃命经验极其丰富，一双脚不沾地似的，在每一层楼梯中间轻轻点一下，猛地就能蹿到底，像颗铆足了劲的弹力球，转眼就把韩东升甩下了。

可见跑不动也不能全赖五花膘，人这一双腿，到底还是用进废退的。

这时，于严和他同事赶到了，两位民警进来就直冲楼梯间，想要堵住往下"弹"的"大师"。然而"大师"的吨位在那儿摆着，高速行动的惯性非同小可,见前面有人,他丝毫不减速,直接朝两个民警冲撞了过去。

于严还没来得及拿出警棍,眼前就一黑,整个人被对方撞飞了出去,肺都被挤扁了,"噗"一口,连气带口水,喷了"大师"一脸。

"大师"毫无阻力地继续往前跑,一边跑还一边"哐哐哐"。

于严痛苦地按住撞成一团的肋骨。

这时,只听"噗"的一声,一根墩布杆子突然冒了出来,毒蛇吐芯似的戳向"大师"的肚子。"大师"来不及减速,一撑楼梯扶手,高高地弹跳起来。然而那沉重的墩布杆竟如影随形地跟了上来,往上一挑,结结实实地戳中了他的膝盖。

"大师"叫都没叫一声,五官已扭作一团,稀里哗啦地从楼梯上滚了下来,不等他抬头,那根墩布杆就压了下来,顶住了他的咽喉。

这是剑法!

于严吃力地爬起来,一瘸一拐地摸出一副手铐,把"大师"铐了:"跑啊,你接着跑啊!"

"大师"的膝盖可能是被喻兰川挑碎了,抱着腿滚在地上,疼得直哭,根本站不起来。

于严喘着粗气看了他几眼:"哎,兰爷,你帮我……"

只见喻兰川一脸嫌弃地把墩布杆一扔,从兜里摸出一张气味芬芳的湿纸巾,已经玉树临风地站在了两米以外擦手,没有一点要帮忙的意思。好在这时另一个小民警和韩东升下来了,三个人合力,把"哇哇"号的"大师"薅了起来。

"谢谢,谢谢,"于严感激地跟韩东升握手,"您真是中国好女婿,我们——"

他话还没说完,就见闫皓大惊失色地从楼上冲了下来:"好、好多人!"

于严:"什么好多人?"

闫皓越着急越说不清楚，脸红脖子粗地指着楼下："行脚帮的！好多人！好几十！带着家伙，冲、冲进来了！"

他话没说完，嘈杂的人声就从楼底下传来了。

"堵上门！"

"这边！"

水泥地面随着人声震动起来，紧接着，乱糟糟的脚步声响了起来。

于严匪夷所思地说："光天化日之下，明目张胆袭警？！"

喻兰川神色很冷静："你外援有多少？"

"没多少，我也不知道能不能找到这家伙，"于严说，"就叫了所里的几个同事，估计没什么用——盟主，怎么办？"

喻兰川就叹了口气，把眼镜摘下来，揣进了休闲夹克的内袋里，挽起袖子。

于严一瞬间有点感动。认识他这么多年，头一次感觉到了小喻爷作为寒江七诀传人的风姿和气度。

于严："墩布杆不顺手，你拿我的警棍。"

"你出门带脑子了吗？"只见那风度卓绝的喻盟主，野狗一样地蹿上来越过他，"还不跑，等什么？！"

于严："……"

被手铐铐住的"大师"哭哭啼啼："救命！"

于严："喻兰川，你这辈子还能不能从一而终地炫酷一次？！"

此时，被行脚帮的大流氓包围的小旅馆外，于警官的几个同事目瞪口呆地看着。

一个像是路人的年轻女人走过来，探头看了一眼："这儿怎么了？要不要报警？"

"我们……就是警……"

"那还不赶紧叫人？"

"对、对、对！快点！叫外援！没王法了！姑娘，你离远点……哎！你干什么？"

只见方才提示他们要报警的女孩不知从哪儿掏出一卷布条，一头叼在嘴里，一边走一边往右手上缠，回头冲那民警笑了一下，然后大刺刺地直接过去了！

第十章

"大师"的体形相当于一个半于严,断了腿,还不配合。

于严跟自己的同事、韩东升三个人连拖带拽,一脑门热汗:"到底怎么回事?"

就算他们方才冲进来抓人的动静很大,可是前后也就不到五分钟的时间,这群流氓瘪三怎么可能集结得这么快?真有这种本事,他们还当什么地痞无赖,去保家卫国不好吗?

韩东升实在是不擅长跑,假发已经被汗浸得挂不住,他摘下来夹在胳肢窝底下,气喘吁吁地回答:"可能……可能是我露馅了,我刚才进门的时候正碰上一个同事……"

于严服了:"你同事怎么会跑到这儿来?"

另一个民警小声说:"于哥,这地方号称'情侣一条街',挺红的。而且在这儿碰见熟人,绝对不会互相打招呼,就……你懂的。"

于严心里异常悲愤,心想:我一个单身狗,懂什么懂!

这时,追得最快的行脚帮众已经挥着各种棍子冲了上来。韩东升责无旁贷,担起断后任务。他低喝一声,猛地把手里的"气功大师"推了出去。"气功大师"原本是他俩抬着,韩东升这一下不知用了什么劲,掌力竟然从"气功大师"身上传到了两个民警那里,三个人加在一起差不多有五百斤,被他一双手推出去,一起往上冲了好几级台阶。

然后他赤手空拳,迎上了对方的棍子。

韩东升用胳膊抵在太阳穴边,硬扛了一棍,随即肩走弧线,一推一撞,将对方手里的棍子夺了过来。旅馆的楼梯间很窄,韩东升一人持棍,差不多就把通道给堵住了。

他那厚实、平时好像总也挺不直的背影像一座山。

于严好不容易刹住脚步,吃惊地回过头去。因为周老先生的缘故,他几次与韩东升接触,对这男人的印象都是"没脾气的老实人"。在电视剧里,"老实人"要么是想吃天鹅肉的癞蛤蟆,要么是蒙在鼓里的接盘侠。这些角色往往缺灵魂、短智慧,因为毫无萌点,只配当个加剧剧情冲突的道具。

现而今,"老实"俩字,基本是骂人的话了。

即便当着外人的面,他泼辣的妻子有时也按捺不住脾气甩脸色,私下里,一定对着他叫过不少声"窝囊废"。

但如果她看见这个背影,一定不会再说出那三个字了。

于严握紧了警棍,嗓音变了调子:"兰爷,这人你接一下,我去帮忙!"

喻兰川:"不管。"

"喻兰川!"

于严的吼叫声还没落下,一道人影突然与他错肩而过,快得看不清。这楼梯间窄得能让韩东升一个人堵住,到了喻兰川那里,却又不知怎么,显得很宽。他一阵风似的与于严他们错身而过,彼此连衣角都没碰上,就像一个没有厚度的人。

与此同时,于严手里一空,警棍被人抽走了。

喻兰川:"闪开。"

韩东升听见耳后传来风声,猛地侧身避开,一个一米高的不锈钢垃圾桶"呜"一声,擦着他飞了过来,把冲到最前面的几个人撞了出去,连累了后面的一群。几个行脚帮的擦着边绕过同伴往上跑。喻兰川伸手一拍韩东升,同时一棍子递了出去,在那人胸口处一点,对手自然而然地格挡,警棍却忽地往上一撩,狠狠地掀了他的下巴。

韩东升:"好剑!"

"练剑吃亏,"喻兰川抖了一下手腕——把警棍当剑使,还是太沉了,非常不顺手,"比如刚才这句,我就觉得你是在骂我……还过不了安检。"

于严:"你又不坐地铁。"

"他们拿铁棍……"喻兰川一脚踹飞了一个人。

这时,行脚帮的也学聪明了,后面冲上来一大帮举着木椅、板凳当盾牌的,木腿朝前,硬往上撞。椅子腿当然比胳膊和警棍都长,喻兰川被迫顺着台阶往上跑了几步,然后猛地回身,一跃而下:"我拿有刃的金属剑——"

说话间,喻兰川手里的警棍像闪电一样从对手头顶劈了下来。冲在前面的来不及把木椅举起来,以为自己要开瓢,下意识地闭上了眼。可是出乎意料地,那警棍并没有照着他的脑袋砸,落下来的时候偏了一点,顺着他的耳朵削下来,到了下颌骨附近,猛地变砸为横扫,两颗带血的大白牙当即飞了出来。

喻兰川冷冷地问:"到时候怎么鉴别正当防卫和防卫过当,说得清楚吗,警察同志?"

于严先是啼笑皆非,随后不知道为什么,忽然又有点笑不出。

所谓"走正道的人",就是这个人所能得到的一切荣誉、努力所能达成的一切结果,都是基于社会公序良俗的——托福是一分一分考出来的,论文是一点一点磕出来的,年薪是无数个加班熬点熬出来的,而半辈子的努力成果,可能都会因为"防卫过当"四个字而全盘崩溃。跟这些什么都没有的底层流氓对上,怎么都是投鼠忌器。

"高高跃起,拿警棍往下砸"与"用自己的臂力扫",这两种方式差好几个力量级,前者能把人脑袋砸成个烂西瓜,后者顶多让他蒙一会儿,甚至不会失去行动能力。而且这位文明的喻兰川先生,他在下手已经留了很大余地的同时,还要分出一半的脑子小心不要"防卫过当",身与心都极度繁忙,对方人多势众,很快挡不住了。

于严:"先从这儿出去!这条街地方背,都是他们的人,他们有恃无恐,我就不信,这帮流氓还敢追到大街上搞群体械斗!"

"楼顶走,"闫皓说,"楼顶有个铁门,跟着我!"

于严:"'蜘蛛侠'同志,干得好!"

闫皓的脸一下子红透了。

一直以来,闫皓都很害怕跟别人交谈,他总觉得别人看他的眼神、跟他说的话都是锉刀,在不断地消磨他,就连别人礼貌性的夸奖也让他恐慌,因为能感觉得到对方言不由衷。这还是第一次,他从别人的话里获得了鼓励,真真切切地感觉到自己在做有用的事、在帮大家的忙。

这像一管新奇的鸡血,直接打进了他的心脏,闫皓近乎有些人来疯地冲到了最前面,主动请缨:"我去撬锁!"

闫皓冲到前面撬锁,两个民警按着活鱼似的"气功大师",喻兰川和韩东升断后,一行人且战且退,现场凳子腿、长棍与垃圾桶乱飞,异常混乱。闫皓撬锁的手艺也不太灵光,脸涨得通红,一边在锁眼里乱捅一气,一边用蛮力连扭带拉,就差上牙啃了。终于,在他们退无可退的时候,"咔啦"一声,连着铁链子的门锁掉了!

闫皓大大地松了口气,手都有点发软:"这边!"

然而他刚进小门,走了没有两步,就倒退了回来。

于严一把按住他的后背,喘着粗气问:"怎、怎么……"

闫皓没回答,但于严已经看见了——七八个手里拎着砍刀的行脚帮众,已经在楼顶等着他们了,刀尖指着闫皓的鼻子。

他们被堵在了这个小小的楼梯间里。

被他们铐住的"气功大师"有恃无恐:"现在放开我,一会儿打断你们一条腿,给你们留一条好腿蹦回去,要不然……"

就在这时,楼顶上持刀的几个人已经动了手,对着闫皓劈头就砍。

闫皓在刀光剑影里左躲右闪,试图堵着通往楼顶的小门,不让他们下来。可他手里只有个爬墙用的铁钩,非常不称手,躲得险象环生,几次差点剐破了衣服。

"停!停!"

"铛"一下,闫皓的铁钩和一把砍刀撞在一起,两个人同时手麻后退,余音在周遭回荡不止。乱糟糟的现场安静了下来,双方都往出声的地方望去。

喊"停"的人居然是亮哥。

这会儿,亮哥那张总是"天不怕,地不怕"的脸上带着极度惊恐,他脖子上扣着一只绑着黑色"缠手"的手,指间夹着一把小刀片。

挟持他的人跟他差不多高,周身裹着严严实实的长外套,戴着兜帽和口罩,头发压下来,还挡了半个额头,只露出一只眼睛。那只眼睛不知为什么,让人想起眼镜王蛇,越过人群看过来,落在喻兰川身上时,眼角微微一弯,似乎是笑了。不出声,看不出男女。

然而喻兰川却倏地一愣,他认出了那只眼睛。

这时,挟持者轻轻地踹了亮哥一脚。

"让开,让开,都让开。"亮哥立刻说,额角一颗汗珠掉了下来,落进了眼睛里。周围一帮行脚帮的人你看看我,我看看你,一开始都迟疑着不动。

亮哥的眼珠飞快地转到眼角,仿佛是想看清楚身后人的真面目,刚要说什么,一张嘴,突然发出一嗓子不似人声的惨叫——挟持者招呼都没打,单手扣住了他的右臂,那里发出可怕的碎裂和裂帛声。

喻兰川蓦地变色:"甘……干什么?"

韩东升却退了半步,神色倏地凝重下来,难以置信地喃喃说:

"卫骁?"

喻兰川："什么?"

韩东升没来得及回答,亮哥已经在惨叫之后带着哭腔咆哮起来："都让开!聋了吗?让他们走!走!"

不是所有人都能通过一只眼,就立刻认出"点头之交"的,除了喻兰川,其他人只是觉得挟持亮哥的那位眼熟。

于严有点弄不清现在是什么情况,小声问："兰爷……"

喻兰川竖起一只手——他好久没干过什么体力活儿了,拎着棍子的手有点脱力,这会儿有点微微的颤抖："带上你的犯人,走。"

一行人紧张戒备着,喻兰川打头,闫皓殿后,缓缓往楼下走。

经过亮哥身边的时候,喻兰川突然停下脚步,前不着村,后不着店地说："几十号流氓提着凶器袭警,这事闹出去,够判你们几年的。"

于严虽然不明白喻兰川为什么要在这时候激怒亮哥,但也知道,这个发小虽然时而靠不住,却绝不是喜欢惹是生非的,一定有他的用意,于是立刻跟着帮了一句腔："今天我们的目标本来是这个诈骗犯,但是组织袭警,你小子也跑不了!"

可是亮哥对警察这句威胁毫无反应,甚至隐约还有点向往。他整个人浑似刚从水里捞出来的,全身挂在那只卡在他喉咙前的手上,说不出话。于严看清了他的表情,觉得很奇怪——这个亮哥脸上的恐惧不是怕挨打,也不是怕挨刀,倒像是见了鬼一样。

于是他朝那戴口罩的人仔细看了一眼,片刻后,作为民警锻炼出来的人脸识别能力上线,于严震惊了:"你……你是……"

那挟持者冲他眨了眨眼,随后略微侧头,抬了抬下巴,示意他们抓紧时间滚蛋。可就在这时,喻兰川突然越过亮哥,伸手一把攥住了挟持者的手腕。

挟持者手指间有刀片,被他一碰,刀尖立刻在亮哥脖子上拉了一条细细的血痕。亮哥"啊啊"叫着,张着嘴喘气,竟吓得当场尿了裤子,两眼一翻,人事不知了。

周围的行脚帮众人又一阵骚动。

韩东升失声叫道:"小喻爷!"

"谢谢你解围,"喻兰川一字一顿地对那挟持者说,"但我再说一遍,把人送到派出所来。"

都这时候了,他竟然还不赶紧跑,竟然和"友军"较起劲来。

韩东升不知为什么,比方才被人围着打还紧张,轻且急地说:"小喻爷,快松手放开这位……这位朋友!"

喻兰川充耳不闻:"走你的。"

挟持者似乎也颇为无奈,喻兰川的手指很用力,手心的温度很快浸透了薄薄的缠手布条,两人就在棍棒丛中僵持住了。

韩东升脸上的血色都没了。

这时,那个挟持者轻笑了一声,叹了口气,似乎是受不了喻兰川,妥协了。

"我不相信你,跟我们一起走。"喻兰川一边示意同伴们往外退,一边一手死死地拉着挟持亮哥的人。

挟持者眼角弯起的弧度消失了——你小子不要得寸进尺。

喻兰川缓缓提起了另一只手拎着的警棍,似乎真打算不分敌我,在这种地方和"友军"动手。

所幸挟持者竟没动,在韩东升胆战心惊的注视下,挟持着晕过去的亮哥,却被喻兰川拖着,三个人保持着怪异的姿势,一点一点往外挪。

这诡异的场景让不知道的外人见了,可能一时还看不出来谁跟谁一伙。

他们就这样挪出了"凶残"的情侣酒店。挟持着亮哥的人突然感觉到了什么,松开了卡在他喉咙上的手,同时屈指弹向喻兰川的脉门,把半死不活的亮哥往喻兰川怀里一扔,转身就走。下一刻,刺耳的警笛声响起,守在门口的民警叫的外援终于到了。

大小流氓见事不妙,纷纷蟑螂似的往四下一钻,躲的躲,藏的藏。

喻兰川有洁癖,那个挟持者突然把一身腥臊味的亮哥推给他,他接也不是,推也不是,一时手忙脚乱,好不狼狈,再一抬头,人已经没影了。

亮哥瘫在地上,翻着白眼,右臂软塌塌地垂着,血从袖子里浸出来。

韩东升连忙蹲下来,撕开他的袖子。

闫皓探头一看,"啊"了一声:"手上的大筋……挑断了。"

韩东升和于严同时转向喻兰川——

韩东升:"小喻爷,你知道他是谁吗?你刚才怎么敢——"

于严:"我的妈,兰爷,我没认错吧?我梦梦老师居然——"

两人同时开口,又同时闭嘴,面面相觑,空气都安静了。

第十一章

韩东升梦游似的问:"……梦梦老师?"

喻兰川本人就是个半吊子盟主,好多传说中的武林规矩,他都得靠别人临时科普,于严跟着半吊子盟主混,更是一窍不通,他自然而然地把韩东升他们这些人,视为和喻兰川"同一国"的。直到听见韩东升说了这么一句,于严才意识到,韩东升好像并不知道刚才那个神秘的挟持者是甘卿。

而且他还说漏嘴了。

三位"大侠"和一个民警,在四下乱闪的红蓝光里,集体低头围观着地上奄奄一息的亮哥。

"这个……先不管别的了,"韩东升回过神来,最先圆滑地打破沉默,假装自己刚才什么都没听见,指着亮哥说,"我觉得这位都快不行了,是不是得快点送医院啊?"

"对、对、对。"于严正尴尬得手都不知道往哪儿放,如梦方醒地跳起来,冲同事叫唤,"叫个救护车!这儿有个嫌疑人晕菜了!"

喻兰川也回过神来:"那他这伤怎么算?"

"没事,"于严连忙把方才短路的神经接起来,"他带着一帮狗腿子袭警械斗,我们反抗的时候不留神伤的。我们五个人,手里还有个捣乱的嫌疑人,对方差不多有小一百号人了,现场没法控制,有点意外伤害也算情理之中。你没时间,交给我处理就行。"

喻兰川抬头看了一眼旅馆的监控。

"不用管,"于严摆摆手,"这帮流氓都是惯犯,他们锁门的时候肯定早把监控关了。"

韩东升:"那我岳父的事情,还要麻烦您了。"

"放心,放心,"于严说,"先回去走个程序,然后我请大家吃饭。"

喻兰川来的时候自己开车,走的时候搭了警方的顺风车。他无意中一抬头,目光和副驾驶座上的韩东升碰到了。忽然,喻兰川意识到一个问题——老杨大爷一开始提起"五绝",从来都会刻意把"万木春"隐去,哪怕这样显得他不识数,被人执意追问,也只是简单介绍一下,十分语焉不详。直到过元旦那天,话赶话,赶上了,老杨大爷才向他透露了一点关于"万木春"的事。

虽然说的是好话,但细想起来,这不太合常理——因为老杨帮主是个有仇不一定要报仇,但有恩一定要报恩的好人,假如他们真的能确定,当年帮喻兰川逃走的就是"万木春"那支的人,大爷爷和老杨大爷一定会每天在他耳畔念叨一次,唯恐他记不住,怎么可能这么多年过去,被他反复问起才提一句?

关于"万木春",老杨大爷到底隐瞒了多少?韩东升又知道什么?他方才脱口而出的"卫骁"是什么人?

甘卿悄无声息地离开了行脚帮的地盘,她不认识亮哥,抓他,是因为看出他是这伙行脚帮的头头儿,本意是想给那几个邻居解个围,没想到亮哥被她抓住的一瞬间,竟然脱口说了一句"卫骁",后来还吓得尿了裤子。

卫骁是谁?

二十年前,这个名字在一百一十号院无人不知;二十年后,却已经沉进了老人的记忆里,成了被时代吹过的一粒尘埃——他是五绝之一"万木春"的嫡传弟子。春先生过世后,他就成了这一支的掌门人,当年一人一刀迎战正道多位好手,以其惊人的利落和狠辣废了一干挑战者的手脚,自此,越发与武林正道渐行渐远。

他是甘卿的师父。

还记得卫骁的人,大抵对他讳莫如深,仿佛他是什么妖魔鬼怪。其实在甘卿印象里,他只是个沉默寡言的老男人,每天穿一身洗得发白的改良中山装,蹬着二手自行车上班,一双手粗糙又干净,从来不让指甲长长。他不吃死孩子,也不喝掺人血的葡萄酒,嘴刁得很,因为他是个大厨。

从小没地方练刀,卫骁就切菜、雕水果,切完、雕完的食材当然不能浪费,于是到处搜罗菜谱,没事就照着做,长大后干脆就以此为业。可怜师祖春先生一辈子风华无双,老来跟徒弟过,差点吃出小肚子,隔三岔五闹腾着忌口,差点"晚节不保"。

卫骁自己却节制得很……当然也可能单纯是挑剔,临到花甲,看背影,仍像个青春年少的小伙子。他们都说他养生有道,百岁无忧。

可他还没领到退休金,就在寂寥的小巷里,无人送行地归了西向的风烟。

甘卿回到泥塘后巷,循着记忆里的小路,往深处走……可是那里什么都没有了。

"泥塘"也在缩水,前些年,这一头沿街的房子已经拆了,据说是为了拓宽街道。她站在空旷的街头,看过往的车喷出温暖的尾气,茫然地往四下看了一眼,没能回想起自己家以前在哪一块。

"杆儿。"

甘卿早听见了脚步声,知道是谁,没回头。

"那边的小花坛,就是你家门口。"孟天意走过来,在马路牙子上坐下,目光扫过甘卿缠着布条的手,"孟叔给你记着呢。"

甘卿终于动了一下，顺着他的指点看去。那是路边随处可见的小花坛，这会儿西北风正得势，花坛里只有枯枝，盖着瑟瑟发抖的塑料布，显得有点惨。

"孟叔，"她的声音几乎湮灭在车声里，"您再跟我说一遍，卫骁是怎么死的。"

孟天意："那毕竟是你师父。"

甘卿好像是没听见，一声不吭。她整个人偏向于骨感，皮肉不丰，站在夜风中，背影像冰冷的石雕，不能打弯似的。

"那一阵子他脸色很差，有时候还走神，恍恍惚惚的，别人问起，他就说是因为过节，饭店客人多，总加班。掌勺也是体力活儿。我们都劝他，年纪大了就别那么辛苦了，该交给年轻人了……不听，结果有一天果然就出事了。"孟天意缓缓地说，"那天他下班回来太晚，骑车被车撞了。当时看着，除了狼狈一点，也没什么大事，就让肇事司机走了。可是……毕竟上了年纪，过了几天，他一条腿突然不行了，在家卧床好一阵，还用上了拐。然后有一天……我记得是九月初九，重阳节——卫兄突然架着拐来找我，交代后事似的，跟我说了好多话，还给了我一盒信，让我按信封上标的日期，到日子就寄给你。他说反正你也不回来，穿不了帮。"

甘卿的神色冰冷漠然，像是无动于衷的样子。

"我当时就觉得不好，过了几天，果然……唉。当时的邻居看他门口积了好几天的报纸，又想起有一阵没见过他了，有点担心，敲门一看……说是猝死，中老年人挺常见的，心衰，身边没人，人一下子过去了。"孟天意叹了口气，"杆儿，别多想，生死有命，富贵在天，就算你那会儿在燕宁，也不可能一天到晚不出门陪着老头，不一定赶得上那要命的几分钟。赶上了，人也不一定救得回来……多少年了，别惦记了。"

甘卿说："卫骁没有心脏病。"

"好多心脏猝死的平时也——"

"庖丁解牛的行家，"甘卿蓦地侧过身，大半张脸埋在阴影里，开口打断了他，"出了车祸，会连自己身上的筋骨伤没伤到也不知道？"

孟天意不吭声了。

"到底是怎么回事？"

"道理你不是都知道吗？他既然不愿意告诉我，也不愿意告诉你，自然有他不说的道理。卫兄上了年纪后，总是后悔自己年轻时候锋芒毕露，做的一些事太过了，说过好多次，如果老来能了结，他也无怨无悔。他不想让你知道了心怀芥蒂。"

甘卿不理会他的劝解，只冷冷地说："所以卫骁确实不是病死的，对吧？周围的人都知道他出了车祸、撞了腿，所以即使看见他身上有伤，大家也不会多想。死在家里，看着风平浪静，像寿终正寝，没有家属不依不饶地要查，当然也没有人仔细验尸，就干干净净地按猝死处理了！"

"你别多想，也别听我二姨胡——"

甘卿再一次打断他："我今天随手抓了一个行脚帮的杂碎喽啰，他居然脱口就叫'卫骁'，这怎么解释？"

"甘卿，"孟天意脸色严肃起来，"就算卫兄不是寿终正寝，他心里如果真有冤情，以他的手段，想留下什么线索证据，早就留下了，你不明白？他过世前，我给他寄存遗物，除了你的事，其余一概只字未提，因为这辈子让他挂心放不下的，就你一个人！你要是懂事，就该把自己的日子过好了，别让他九泉之下不放心。"

"那跟我有什么关系？我跟他早就断绝师徒关系了，姓卫的管得着我吗？"甘卿尖锐地轻笑了一声，"再说我的日子……"

说话间，她抬腿走上斑马线。她的脚步很轻盈，老远一看，人也显得轻飘飘的，像一阵风就能吹走似的——除了吃喝拉撒，整天在小破店里胡诌，骗一帮小孩听她讲故事，再买些乱七八糟的小玩意儿，这种无聊日子有什么好过的?

可是这些话说出来怕孟老板伤心,于是甘卿在嘴里过了一遍,又咽回去了。不理会孟老板的呼唤,她大步过了马路。

喻兰川晚上回去以后,第三遍去敲隔壁家的门,甘卿依然没回来。他想了想,转身去了楼下。

"小喻爷,"韩东升给他开了门,"我就知道你得来,快请进。"

喻兰川:"嫂子不在?"

"回我岳父那头住几天,怕老人家万一自己回去。"韩东升叹了口气,"我在这儿管孩子——孩子睡了。"

韩东升家里本来就透着一股子狼狈,没了女主人,更是雪上加霜。他找了半天,没找到能待客的茶具,最后只好翻出个一次性纸杯给喻兰川倒水:"见笑。刚搬回来,好多东西没来得及置办,家里又一直出事,都顾不上了。"

喻兰川随口说:"当年没卖房子就好了,租的房怎么也没有自己家住得舒服。"

然而出乎他的意料,韩东升并没有像往常一样自嘲没有投资的命,他沉默了一会儿:"当时……其实也是没办法。卖房炒股其实是假的,股票什么的,我压根儿就不懂,哪有那种胆子?"

喻兰川一愣。

韩东升敦厚地笑了起来:"我爸妈没得早,蓓蓓的父母对我特别好,我就一直拿那边当亲生的看。当时我岳母一场大病,家里积蓄都耗光了。爸呢,就是个普通上班的,除了老屋,没攒下什么财产,我跟蓓蓓都没有兄弟姐妹帮衬,总不能让老家儿卖棺材本吧?我就托朋友,把这边的房抵押了,找了个不大正规的民间机构,借来一笔急用的钱周转。只是这笔钱来路不好解释,想说是我父母留下的,但是结婚前谁家里怎么回事,互相都知道,瞒不过去。那会儿我看周围的人都在说股票赚钱,就骗蓓蓓说父母留下一点钱,我买股票了,好多年一直忘了,最近家里用钱才想起来,没想到赚了那么多。"

喻兰川轻轻地问:"为什么不说实话?"

"她那阵压力太大,我是想,先不告诉她,等事情过去,我慢慢把钱还上,到时候神不知鬼不觉把抵押一解就得了。"韩东升有些不好意思地一低头,"嗨,那会儿年轻,不懂事,哪知道'钱难赚,屎难吃',用钱用得急,也没仔细算利息,老人家没救回来,这个钱到底没还上。我没敢跟蓓蓓说,只能继续骗她,本想拖一阵,等她过了丧母的那段情绪再提,结果越拖越不敢说。不过也好,她一直以为我们的钱在股市里,只是套住了,没准哪天就能涨回来,心里一直有期待……不说我家里这点破事了,小喻爷是为了今天帮我们的那个人来的吧?"

喻兰川抬起眼。

"我听小于说'梦梦老师',"韩东升说,"我儿子加了楼上那位女邻居的微信,我见过他的备注,就是她吧?原来是个女孩,难怪当时她挟持那个亮哥的时候不吭声。杨帮主他们知道吗?"

喻兰川摇摇头:"应该是不知道的。"

"怪不得。"韩东升嘀咕了一句,"虽说老一辈的事跟她也没什么关系,但是她居然敢直接住进一百一十号院,胆子也够大的。"

喻兰川就问:"你们说的'卫骁'到底是谁?"

"是'万木春'——春先生亲传的弟子,老爷子在世的时候亲口承认过,说他这个弟子青出于蓝。我小时候见过一次,就是今天这副打扮,手指间转着一把小刀,不怎么说话,显得城府很深,一双眼睛看着你的时候,你觉得自己全身两百多根骨头都在他掌握里,他想挑走哪根就挑走哪根……当时身边还带了个几岁的小女孩,啊,就是她吧?"韩东升说,"女大十八变,认不出来了。"

喻兰川追问:"后来为什么不来往了?为什么你说甘卿敢住进这

里是胆子大？"

韩东升犹豫片刻："这姑娘平时对我儿子挺好的，跟邻居抬头不见低头见，也特别有礼貌，今天还帮了咱们，按理……我在背后说这些捕风捉影的话不大应该。"

喻兰川："您说，我问的。"

韩东升："十几年前，卫骁上过盟主令。"

盟主本人听得一头雾水——盟主令又是什么玩意儿？这盟主当的，真像个居委会的傀儡！

然而还不等喻兰川问，就听韩东升继续说："听说是因为他身上背了十八条人命。"

第十二章

喻兰川怀疑自己的耳朵出了毛病:"你说什么?"

"是,他杀过人,可能还不止十八个。"韩东升接着说,"小喻爷,那时候你年纪小,不知道还记不记得,大概十几年前,邻省的小岗村面粉厂爆炸,一共死了十八个人,新闻报道过,这件事一开始是按意外事故处理的。"

喻兰川没什么印象,社交媒体没普及的时候,区域性的新闻很难给人留下什么印象,就问:"所以不是事故吗?"

"不是。他们后来找到了两具……不对,应该说是两个半具的残尸,尸体其他部分不是烧焦就是炸飞了,只有这两块,残躯连着头颈,能看出点事来。这俩人全都是被一刀划在脖子上死的,凶器非常锋利。伤口像画家一笔勾出来的那种弧线,长三寸二分,一分不多,一分不少。"

暖气烧得有些燥,然而喻兰川从他的话里听出了一股恶寒。

"小喻爷,你要知道,就算是在纸上一笔画一条三寸二分的弧线,也不是那么容易的事,何况是用刀划人的脖子。"韩东升顿了顿,又说,"我记得那会儿,在世的前辈都聚集在一百一十号院里,所有人都说,这是'万木春'的手笔。"

喻兰川下意识地反驳:"这可不一定吧。"

韩东升有些意外地看着他。

喻兰川说："我不知道你听说没有，804这房子之所以便宜，是因为之前出过事。你们没搬过来的时候，之前的租户家暴，受害人女方差点动手杀人，撺掇她的就是几个自称'万木春'流派的，我看着也挺像那么回事，可见冒充'万木春'的还挺多。"

"这屋以前租客的事，我也听人说了一点。但那不一样。"韩东升说到这儿，轻轻地打了个寒噤，"我亲眼见了，他们把面粉厂里两具尸体脖子上的伤口，分别描在了纸上，几乎完全重合。"

喻兰川练寒江七诀练到现在，仍然不大清楚自己属于什么水平，周围几个"参照物"也都是些稀松二五眼的玩意儿。韩东升说的这种神乎其技的"手艺"，他还从来没见过。

两人大眼瞪小眼片刻。

喻兰川心想：有点离谱吧。

"那年，春老先生已经过世了，算起来，楼上的小姑娘也就几岁的样子，这一老一小都不可能。"韩东升说，"'万木春'一系一脉单传，能有这种功力的，就只有卫骁。"

喻兰川感觉，这时候自己插一句"有没有DNA可以证明"，画风会有点诡异，但他还是觉得，如果判断的依据不能作为司法证据，那这依据恐怕就有不够严谨的地方，于是问："这个卫骁，后来抓住了吗？"

韩东升摇摇头："这种神出鬼没的职业杀手，抓是基本抓不到的，卫骁几乎不在人前露脸，即便露了，你也不知道他是真脸还是假脸。"

喻兰川觉得这事越说越玄幻风了："我以为人皮面具是传说。"

"人皮面具当然是传说，但高明的易容术还是有的，肉眼贴上去看不出真伪，只不过你我都不会而已。"韩东升说，"这种人作案，连一个指纹、一个脚印也不会落下。监控根本拍不到，警察能排查到的路他们不会走，杀完人就藏进人海，只留一个独门绝技在现场，作为向金主收钱的证明。大街上和你错身而过的流浪汉，可能就是个刚把手洗干净的杀手。"

喻兰川皱了皱眉。也就是说,首先找不到这个人,找到了,也很难有证据起诉他。

韩东升又说:"春老先生还活着的时候,就已经宣布门派金盆洗手,不干老行当了。当然,我们不是警察,卫骁遵不遵师命,我们也管不着。但那天死在他手里的十八个人里,大多只是当地农闲时出来打工的村民,这辈子去得最远的地方是县城,其中还有面粉厂老板的小儿子,还不到十二岁。这就实在是有点丧心病狂了。但是尽管这样,喻老和杨帮主他们还是不愿意下定论。喻老说,他算是看着卫骁长大的,不相信以春老先生的为人,会养出这种弟子。可是有人天天来闹,那一届武林大会吵成了一锅粥,都说要把'万木春'除出'五绝'。"

喻兰川想起杨老跟他讲过的事,就问:"是因为这个卫骁以前来武林大会的时候,得罪过很多人?"

韩东升点点头:"卫骁年轻的时候替师父来武林大会,有人看不惯他,事后约战……其实年轻人约战很正常,就是切磋一下、点到为止的事,卫骁却当场下了狠手——那时候还没有现在的医疗条件,废了就是废了,卫骁也跟一帮朋友结了仇,从此,他来也是私下拜会喻老他们,再也没有公开露过面,'万木春'的名声从那时候开始就不太好了。"

也被人"约"过的喻兰川没做评价,心说:先撩者贱。

所有闲得没事、在茶话会后找事约战的都有毛病,挨打活该。

"顶不住群情激愤,喻老出了盟主令,但我听长辈们说,到最后老盟主也没有盖棺论定,说面粉厂的十八个人就是卫骁杀的,他这一份盟主令是'质询',也就是朝卫骁隔空喊话,如果不是他干的,让他赶紧回信说一声,以免败坏门派名声。"韩东升说,"但是喻老做到了这份儿上,对方一点儿回音也没有。又过了几年,行脚帮内乱,有'万木春'的人在其中掺了一脚,喻老这才知道,原来卫骁就躲在燕宁,那他就不可能没听说过盟主令的事,如果里头真有什么内情,他早该来找喻老。沉默等同于默认。"

喻兰川一愣,随即反应过来,所谓"行脚帮内乱,'万木春'的人在其中掺了一脚",就是小甘卿救他那次。他忽然意识到,当年自己离家出走、独自去泥塘后巷被人绑架,是给大爷爷惹事,而甘卿出手救他,其实也是在给自家大人捅娄子。

"后来呢?"

"听老前辈们说,动手的人虽然是'万木春'一系,但能看出功夫还浅,"韩东升说,"而且做事有点……呃,活泼过头,也没敢真伤人,所以应该不是卫骁本人,可能是他那个小姑娘调皮吧。喻老这时候虽然失望,但还有回护卫骁的心,所以私下处理了一些痕迹,但是没想到警察那边也找到了一条狗的尸体,而且咱们这边也有嘴不严实的人,事情怎么捂也没捂住,还是传出去了。当时就我知道的,很多人都红了眼似的想掘地三尺,把卫骁挖出来,但是有老盟主在上面压着,这些事都是私下里做的,他们没敢大张旗鼓。"

喻兰川心里倏地一紧:"找到了吗?"

"那我就不知道了。"韩东升摇摇头,"那段时间我父亲身体快不行了,家里的事焦头烂额的,没怎么打听过——不过后来过了几年,那些跟卫骁结过仇的人都消停了,武林大会的气氛渐渐也没那么剑拔弩张了。我听过传言,说卫骁死了。"

这么多年,喻兰川一直担心当年那个小女孩会因为他受到什么伤害,这几乎成了他的一块心病,直到前一阵子终于找到甘卿,才发现自己完全是浪费感情,放下心来的同时,多少还因为黑历史在她手里,有点恼羞成怒。

他万万没想到,这么一件小事背后,还有这么多牵涉。

如果卫骁真的死了,如果卫骁的死因真的和江湖仇杀有关,那……甘卿知道吗?她知道当年是因为她自己一时多管闲事,招来了这些事端吗？她师父与别人的恩怨有没有牵连过她？她的手又是怎么弄的？她今天为什么会出现在行脚帮的地盘上？单纯是为了给他们解围吗？为什么亮哥这种胆大包天、敢组织袭警的大流氓，见了她会吓成那样？

一连串的疑问隐约给他指出了一个不大好的方向，喻兰川忽然有种坐立不安的感觉，想立刻出去找甘卿。见了她说什么，他还没想好，但非得马上见到她不可。

于是他立刻站起来，仓促地跟韩东升告别。

韩东升却忽然叫住他："小喻爷，我不是多嘴的人，你放心。楼上那姑娘的来历，越少人知道越好，武林没有看起来那么消停，你嘱咐好闫皓和于警官，最好都不要说出去。"

喻兰川朝他点头道谢，抬腿就走。

甘卿手机关机，朋友圈最后一条还是三天前更新的。

喻兰川先去楼上敲1003的门。这次，张美珍女士被他敲烦了，隔着门朝他喊："没回来！不知道！你找我外甥问去！下次租房合同里就应该写上，禁止和邻居谈恋爱。"

喻兰川没顾上跟这嘴欠的老太太打嘴仗，打了辆车，直奔泥塘后巷的天意小龙虾。

隔壁的星之梦门紧锁着，喻兰川看了一眼，闯进了烟熏火燎的后厨。

"干什么？"端着一锅汤的服务员差点撞进他怀里，"你找谁……喂！"

"小喻爷？"孟天意不在后厨，心事重重地刚从外面回来，一抬头，惊讶地看向喻兰川，"您怎么——"

"我找甘卿。"喻兰川一把拉住他，"急事。"

孟天意略微有些躲闪地说："啊……她？这么晚了，还没回家吗？我看她把店门都锁——"

"锁什么门，她今天就没开门！"喻兰川打断他，在孟天意耳边低且快地说,"她今天把自己打扮成卫骁的样子,闯进了行脚帮的场子,当着民警的面,卸了行脚帮领头人的一只手!"

孟天意听见"卫骁"俩字,已经变了脸色,再听见后面半句,汗都下来了。喻兰川的声音压在牙缝里:"我猜她还想卸点别的,当时把她拦下来了,可是现场太乱,过后一错眼,人就不见了。你是想让我现在去找她,还是将来刑警去找她?孟老板,我再问你一遍——她、去、哪儿、了?"

孟天意的眼角神经质地跳了好一会儿:"707路……她去马路对面坐的707路公交,终点站是东郊墓园……她自己到那边去的时候,不喜欢别人跟着……小喻爷!"

喻兰川已经没影了。

前些日子,燕宁下了一场雪,据说总共加起来大概有几千万粒,跟燕宁人口数量差不多,反正谁也没看见,原来是都落在了东郊。

墓园的草坪上落着一层细细的白霜,不凋的松柏呼出的水汽起了一层薄薄的雾,冰冷、湿润,密密地往骨头缝里钻。

最里面的照明灯坏了,好久没人修,乌漆墨黑的,只有一点暗淡的月光落下,扫出了一个长长的人影——此时此地,这人影实在是更像一道鬼影。

墓碑上的名字,刻的是"卫长生"。

卫骁是个让人战栗不安的名字;卫长生,则只是个很好说话的厨子。

他蹬的那辆二手自行车还是女式的,腿总是有点伸不开,骑车的时候后背微微弓着,蹬得很慢,等着他的小女孩蹿上后座……小时候还行,大一点就蹿不了了。这车的后座焊得非常细,根本就是个摆设,不是带人用的,甘卿十二岁的时候就把这玩意儿压断了,一屁股直接坐在了后车轮上,非常伤自尊。

049

倒霉师父在旁边笑得扶墙，把她气得哭了一场，从此发誓苦练轻功……当然，也没练出什么名堂来。

卫骁是个古板的"唯分数论"者。甘卿记得自己小时候，他还肯指点功夫，等她大一点，他就不爱教了，一天到晚就知道拿着计算器，比较她跟隔壁小崽子考试差几分，想从他那儿挖出一招半式难极了。他好像就不盼着她能有点出息。甘卿小时候还暗戳戳地怀疑，他是不是怕"教会徒弟，饿死师父"，武侠小说里那些不把徒弟当人看的反派都没有他抠门。

"我到现在都是个没有师父领进门的半吊子。"甘卿把墓碑下面落的松针拂去，她已经在这儿站了不知多久，身上落了一层露水，把外套的兜帽戴上，她抬腿往外走去，"万一功夫不行，死在别人手里，那也都怪你……"

就在这时，松柏林里突然冲出来一道人影，裹着凌厉的风声，转眼到了眼前，一把抓住了她。

深夜、墓园、黑灯瞎火、孤独的石子路、身边两排墓碑似笑非笑地凝视着她……她刚说完死人坏话。

饶是甘卿胆大包天，也差点吓出心脏病，脱口"嗷"一嗓子："师父，我错了！"

第十三章

喻兰川好不容易才打到一辆肯在半夜送他去东郊的车，一路上跟好几辆707路擦肩而过，每次他都恨不能拿着探照灯往车厢里晃一圈。好不容易摸到东郊墓园，跳墙进来，结果发现这鬼地方大得超乎他想象，从A到N，分区就分了十四个！

燕宁一到冬天，活泼可爱的小鸟就都不见了踪影，只剩下一帮老乌鸦，尤其爱在瘆人的地方集合，不时发出不憋好屁的"嘎嘎"声。还有西北风穿过密集的林荫路，被夹在两边的树挤得鬼哭狼嚎，于是这两路"神乐仙音"汇聚，效果翻倍，仿佛恐怖片的片头曲。墓地非常规整，成排的墓碑和密林，到处看着都差不多，喻兰川孤零零地走在其中，感觉那些石碑上的黑白照片都是同一张面孔，走着走着就觉得有点不对，甘卿没找着，他有点迷路了！

他一开始还端着架子，十分"慎独"地迈着优雅从容的步伐，可缺德的是，他用来照明的手机半路没电了！

优雅从容的小喻爷越走越快，突然，柏叶上凝结的水珠被小风惊动，滴了一串下来，不偏不倚，正好落在他裸露的后脖颈上。与此同时，还有什么东西在他身后怪笑了一声。

喻兰川毛都快奓起来了，双脚顿时离了地，从小树林里跑出来的姿势分外狂野，正撞上遍寻不到的甘卿，还被她一嗓子吓裂了肝胆，几乎与她同时叫出了声:"你吓死我了!"

甘卿:"……"

喻兰川:"叫什么叫!脑袋都快让肾上腺素呲掉了!"

甘卿终于回过神来,哆哆嗦嗦地从兜里摸出手机,借着开机的屏幕光看清了喻兰川。星空背景的手机屏幕发出幽幽的蓝光,把俩人照得都分外青面獠牙。

她沉默下来,好一会儿,幽幽地问:"……小喻爷,你挨过打吗?"

喻兰川:"什——"

话音没落,甘卿就一拳抡了过来。喻兰川连忙往后退了半步,不等他站稳,甘卿又一脚钩他脚后跟,用力一带,喻兰川方才吓软的膝盖还没硬回来,"扑通"一声就跪下了,正好趴在一块墓碑前,做磕头状。

墓碑上的老头儿慈眉善目,眼含笑意,仿佛在说"爱卿平身"。

甘卿没想到他这么容易被绊倒,有点怕他碰瓷,于是神色复杂地缩回脚。喻兰川正要勃然作色,忽然看清了墓碑的主人名字——卫……长生。

姓"卫"?

他愣了愣,忍不住回头看向甘卿。

"客气了,小喻爷。"甘卿递给他一只手,"我们家没有行大礼的规矩,赶紧起来吧。"

喻兰川没接她的手,自己一撑地面爬了起来:"这就是……你师父?"

甘卿没吭声,目光擦着几乎垂到一双眉下的帽檐飞出来,目光凉凉的,似乎想出言不逊,然而身在墓园,又给憋回去了。

韩东升推测,卫骁已经死了。原来他到死,也没能在墓碑上挂自己的真姓实名。

喻兰川:"原来他真的已经——"

"你听谁说什么了?"甘卿打断他,拢了拢外衣,径自往外走去。

"韩先生今天见了你,嘀咕了一声'卫骁',我找他打听了一些。"喻兰川追上去,斟词酌句地说,"令师怎么没的?"

甘卿眼皮一垂,敷衍道:"别这么叫,他不是我师父——心脏猝死。"

"甘卿!"喻兰川绕到她前面,伸手拦住她。

"我说心、脏、猝、死。"甘卿抬起的眼睛,眼角没有一点儿笑纹,嘴角却挂起古怪的笑容,她有些尖刻地问,"怎么,法律规定了不让用这个姿势死,还是大魔头没有寿终正寝的资格?"

喻兰川板起脸:"说人话。"

甘卿方才被吓成弹簧的心跳稍微平静了些,也觉得自己语气不太好,于是略微缓了缓神色:"小喻爷,你明天不加班了吗?大半夜不睡觉跑这儿来吓唬人,找我到底有什么事?"

喻兰川开门见山:"你是不是还想去找行脚帮的人?"

甘卿狡黠又略带无奈地笑了一下:"找他们干什么,我们家网店是老板亲自管的,我又不用寄快递。"

"行脚帮五种行当,谁说找行脚帮就是要寄快递了?"喻兰川盯着她,"所以你要找的不但是行脚帮的人,还是他们北一舵的舵主王九胜?"

甘卿的笑容立刻收了起来,看了喻兰川一眼,一言不发地要绕过他。

喻兰川闪身又挡在了她面前:"你找到他以后,要干什么?"

甘卿无奈地眨了下眼,尽可能地用好商好量的语气说:"小喻爷,我这个人,不太喜欢别人挡我的路,也不太高兴有人对我指手画脚。上次在楼道口你拦我,我不跟你计较,是为了邻里关系和谐,不是因为你很牛×,明白吗?你再这样,我可就翻脸了。"

喻兰川:"我知道你有本事,就算杀人放火,也不一定会被抓住,可是然后呢?你也隐姓埋名吗?将来你的墓碑上也要刻一个假名,死后都——"

甘卿脸色一冷，提膝杵向他小腹，位置微妙得有点下流。喻兰川连忙侧身避开："喂！"

甘卿逼他退开，立刻一步滑开，像一朵轻飘飘的云。喻兰川伸长了胳膊，一把拽住她的外套，甘卿的兜帽掉了下来。然而就在这时，喻兰川后脊无端一凉，他本能地用没电的手机一格，"吱"一声，一把小刀片划上了他的手机壳，留下了一条近乎优美的弧线。

丝丝缕缕的杀机迎面涌了过来，那刀片划过他的手机壳，去势不减，仿佛就要割开他的手腕。喻兰川瞳孔轻轻一缩，一瞬间，却硬是克制住了没缩手。

那刀片堪堪触到了他的皮肤，留下了一个小红点，戛然而止。

手机壳上的弧线，如果拉根绳量一下，应该正好是三寸二分。

喻兰川沉默了一会儿，忽然说："我是不是还没和你道过谢？"

"是啊，"甘卿缓缓地抬起视线，"早知道小喻爷爱好恩将仇报、多管闲事，我今天在旁边'吃着瓜'看你们两败俱伤多好。"

喻兰川："我说的不是今天。"

甘卿脸上带了几分不耐烦："什么？"

"你钥匙圈上的绳结，是用我的鞋带绑的，你可能没注意到吧，也或许是不记得了。"喻兰川看着她的眼睛说，"但我第一眼就认出来了。十五年前，从泥塘后巷到近郊的垃圾处理站，你救过一个男孩，拿走了他的衣服和鞋，替他引开了人贩子……也就是行脚帮的人，对不对？"

甘卿的头发被湿润的夜风吹得乱七八糟，她听见喻兰川说："那个男孩就是我。"

甘卿愣了片刻，手指间的刀片倏地一闪，就不知收到了哪里。她笑了起来："这么巧？真是人生何处不相逢啊……我说小喻爷，你一个青年才俊，怎么每天追着我制造偶遇呢，差一点就自作多情了。"

甘卿是很知道分寸的一个人，不是没察觉到喻兰川故意卡着她的时间跟她擦肩而过，一直只是装不知道，这会儿突然尖锐地挑明，完全是故意出口伤人。喻兰川的脸上立刻刷上了一层血色。

"对了，我想起来了——也是，"甘卿又有些恶意地嗤笑一声，"带着狗头裸奔的经历确实少见。"

然而出乎她意料，喻兰川并没有恼羞成怒，他的目光非常沉静，透过薄薄的镜片，显出几分洁净的清冽，他说："我一直记得，不是因为那天我很狼狈，是因为始终等不到你的下落。"

甘卿淡淡地一摆手："不客气，举手之劳。"

"我一直害怕有人因为我的一时冲动受伤，从那以后，再也不敢闯自己收拾不了的祸。"喻兰川说，"但是今天老韩告诉我，是因为那次的事，你师父藏身燕宁的消息才暴露，如果——"

"如什么果？"甘卿打断他，抬腿要走，"搞不好是这老头罪有应得，你们名门正派管那个叫什么？天理昭昭，报应不——"

她脚步太急，正好经过一棵树，那树伸出的枯枝不知怎么那么巧，不偏不倚地挂住了她的头发。她的头发虽然不长，但又多又粗，在湿漉漉的环境里尤其容易炸毛，发尾还打了结。

甘卿："嘶——"

喻兰川："你师父都听不下去了。"

甘卿愣了愣，割断了打结的那一小撮头发，转过头去，发现挂住她的树，恰好就是卫骁的墓碑紧紧靠着的那一棵。

她很小的时候，也扎过小辫，编着麻花辫到处乱滚，一天下来，头发跟乱草一样，被师父按住重新梳头，怎么梳也梳不开，小木头梳子揪得她吱哇乱叫，师父就只能用梳子蘸着水，一点一点通，还吓唬她说，老是蘸水梳头，以后会变成黄毛丫头。

甘卿不想变成"黄毛丫头"，后来就不敢再要求蘸水，只好眼泪汪汪地忍着疼，几乎留下了心理阴影，长大以后再也没把头发留长过。

冥冥中，会有鬼神吗？

死去的人，会在九泉下看着你吗？

大多数人其实都不相信这些，只有恐惧的人、亏心的人……还有亲人，会在那么一时片刻，无法从这种自欺欺人的想象里挣脱。

喻兰川轻轻地说："我大爷爷下过盟主令，你们没有回应，但即使是这样，大爷爷也一直不相信，面粉厂的十八个人是他杀的。我还听说，因为年轻的时候比武，他得罪过一些人。如果你怀疑他不是正常死亡，跟那些人……或者跟行脚帮有关，我可以帮你一起查，毕竟行脚帮的事，最早也是我惹的。这次行脚帮的人藏匿嫌疑犯，还袭警，老于他们那边不会就这么算了，肯定会调查到底，你先等一等，行不行？"

甘卿听完，好半响，终于开了口，她略微放缓了语气："其实跟你关系不大。"

是当年那个不知天高地厚的小女孩，本可以轻松地甩开追兵脱身，却非要显摆手段。

卫骁总是说，"万木春"一系的功夫，已经不再适合时代了，杀术不祥，是偏门邪道，不可以沉迷，更不可以恃武行凶。可是他嘴里的"偏门邪道"，恰恰是中二叛逆的少女觉得最酷的东西，即使只是摸到一点皮毛，也忍不住想像小鸟抖毛一样炫耀，怎么可能做得到"锦衣夜行"？

甘卿一低头："客气了，小喻爷。"

"谁跟你客气？"喻兰川听她这又江湖又疏离的语气，心里忽然蹿起一股无名火，"邻居住了大半年，你救过我弟弟，我们一起收集过聂恪他们那个人渣团的证据，我还逢年过节就给你拉一打傻子客户，眼睁睁地看你坑他们钱不说话，我以为我们算是朋友！"

甘卿惊讶地抬起头看向他。

喻兰川："……"

他其实说完就后悔了，因为喻兰川一向贯彻"高贵冷艳"的处事风格，生意场上推杯换盏，交浅不言深，私人朋友都是像于严那样主动黏上来的，这还是他这辈子第一次说出"我以为我们算是朋友"这种有自作多情嫌疑的话，一时间，仿佛被架在火上烤，烧得他内外不安。

就像方才他用手机挡刀，甘卿只要再往下轻轻地压一厘米，就会划破他的动脉。此时，甘卿也不用说话，只要略带嘲弄地笑一下，就会打碎他色厉内荏的自尊。

喻兰川觉得自己这一晚上过得险象环生，两只脚仿佛一直都踩在钢丝上，他摊了牌，砸了牌桌，豁出去似的，坐在地上等宣判。

然而……甘卿竟然没有笑。

她站在枯枝下，愣了好半天。

卫长生……卫骁的遗像注视着她，好像把她一生中辜负过的情与义细细密密地摊开，都陈列在了石碑上。

"我——"

"还不走！"喻兰川有点怕听她说话，连忙惊恐地打断她，"你要在这儿过年吗？"

"我……想再陪他坐一会儿。"甘卿避开他的视线，一身危险的气焰收了起来，她几乎有些不好意思似的，轻声说，"那个……你先回去吧，我坐末班车回家……真回家，你放心。"

喻兰川没动。

甘卿以为他仍不放心，就指着卫骁的墓碑说："他都过世十年了，总不在乎多等一会儿。我向我师父发誓，我今天不会私下去找王九胜的麻烦，要我签字画押吗，小喻爷？"

"哦。"喻兰川磨磨蹭蹭地走了两步，又忍不住回头，"天太冷了，你……"

甘卿无奈道："你到底还有什么事？"

"……"喻兰川诡异地沉默了片刻，"我应该从哪条路回去？"

智能手机和卫星导航，是当代青年方向感缺失的罪魁祸首。

"看什么看，都是因为你不接电话，我给你打了一路，手机才没电的。"喻兰川强行甩锅，"要是有导航，我还要你干什么？"

但甘卿并没有那么好糊弄，她是手机关机，又不是挂人电话，对着一个不开机的手机连打一路，并不能说明此人心急如焚，只能说明他是个手欠的傻子。

甘卿说："手机带的手电筒确实有点费电。没关系，小喻爷，怕走夜路不丢人。"

喻兰川："谁怕走夜路？"

甘卿看了看他那张严肃正经的脸，十分大度地一笑："我怕。"

喻兰川突然发现这个人套路很深，擅长"以不装为装""以退为进"，不显山，不露水，还老能显得她十分超凡脱俗，非常气人。还不等他想好应该如何反击，突然，把喻兰川吓成一道青烟的怪笑声又出现了！

那声音极具穿透力，像个怪老头，又仿佛不是人，一嗓子传出去老远。

两个人同时一哆嗦，只见刚才还镇定大度的甘卿手指间细光一闪，亮了刀，手机却没拿住，屏幕向下翻到了地上。背面的手电光朝天打出去，照进张牙舞爪的树枝间隙。

那里蹲着一只……圆头圆脑的猫头鹰。

猫头鹰随便吊两嗓子，被手电光晃了，梗着脖子叫道："嘎——"

然后愤怒地拍着翅膀飞了。

"怕走夜路不丢人。"喻兰川捡起甘卿的手机，吹了吹钢化玻璃膜上的浮土，好整以暇地递给她，"来，把刀收一收，对国家二级保护动物友好一点。下回记住，明人不装暗×。"

甘卿："……"

第十四章

兵荒马乱的周末也是周末,时间流速依然是工作日的两倍,转眼,周老先生失踪第四天了,依然是音信全无,反倒是参与袭警的行脚帮的黑车团拔出萝卜带出泥,薅出了好多有案底和使用假身份的。

"我们问到了一些情况,"于严来到一百一十号院,对街坊们说,"是这样,咳,根据嫌疑人蒋斌……也就是咱们抓的那个'气功大师'的供述,我们找到了失踪的林老太太。"

神色萎靡的周蓓蓓猛地坐直了:"这老太太我知道,我爸跟她很熟!她刚失踪的时候,您还到我家里来问过话!怎么,骗走这些老人的是一拨人吗?到底为什么呀?她现在回家了吗?说了什么?见过我爸吗?"

韩东升拉住她的手,轻轻地摇了摇:"听人把话说完。"

"您先镇定一点。"于严把声音放轻了,"我们找到了林老太太,但人已经……"

周蓓蓓愣住,片刻后,她脸色骤变,整个人发起抖来。

"别急,别急。"于严连忙说,"蒋斌说,林老太太是去找蒋斌退钱的时候,因为跟他们的人发生争执,一气之下,心脏病突发死的,跟周老先生的失踪没关系。我们也问了好多气功班的弟子,都说周老先生最近不怎么参加他们的活动了,打电话也不接,对那些所谓师兄弟态度也比较冷淡,我们认为他应该是想通了,发现自己上当受骗了。"

韩东升忙问:"那他能去哪儿?"

"有个气功班的老大爷说,周老先生前一阵跟他争辩过,说'大师'卖的那些鸡蛋都是从超市里买的,吃了没用,哪本书里也没说过气功能靠食物传递。俩人说得不太对付,还不欢而散了。周老先生临走时候说了一句,他们买鸡蛋的钱,周游全国都够了。"于严小心翼翼地安慰周蓓蓓,"我们乐观一点想,他这话应该不是随口说的,也许老先生真的计划过去旅游,跟家里人闹别扭,一时冲动出门散心了。"

"对!我想起来了,爸最近是买了几本地图解闷。"韩东升连忙站起来,在周老先生的床头读物里一阵翻,惊喜地说,"那几本地图不在,老头带走了,没准警察同志的推断就是对的!"

周蓓蓓无措中升起一点希望,殷殷地看着他。

"老年人也是要哄的,老小孩嘛。"于严冲她笑了笑,"等钱花完了,老人家没准就回来了。出门在外,住宿和很多交通工具都得用身份证,这就容易找了,我们也会联系相关部门继续查,您放心。"

于严嘴很甜,三言两语把六神无主的周蓓蓓安慰住了,给喻兰川和韩东升递了个眼神,上了楼。

"怎么?"喻兰川问。

"没我说得那么乐观。"于严小声说,又看了韩东升一眼,"刚才当着嫂子的面我没敢说。那个行脚帮的蒋斌诈骗经验丰富,摸透了中老年人的心理,一口咬定,肯定是有人挖了他墙脚,不然弟子们不可能会背叛他……哎,梦梦老师好。"

甘卿听见了他们的动静,开了门。于严一见她,就想起那天被行脚帮包围的事,在水货盟主的对比下,甘卿完全就是个世外高人的标准模板,于严现在觉得她影子里都藏着神秘故事。

甘卿冲他笑了一下:"接着说,不用管我。行脚帮的怎么样?"

"这些流氓特别知道怎么打擦边球,蒋斌从来不卖三无药,他们平时主要是组织'气功大师讲座',直播气功表演什么的,让弟子们刷礼物,好多老年人一激动都成千上万地刷。卖的东西也都是从市场上进的日用品,拿回去换个包装,坑人归坑人,但吃不坏。一个愿打,一个愿挨,就算被人举报抓了,我们拿他也没什么办法。"于严说,"那货还挺自鸣得意,认为自己给这帮空虚的中老年人找到了精神归宿,是在给社会做贡献,你说气人不气人?"

喻兰川皱了皱眉——有时候科学确实是打不败迷信的,能打败迷信的,只有更天花乱坠的迷信。

"这个林老太,原来是气功班的积极弟子,让买什么就买什么,每次气功直播表演,都是刷礼物打赏最多的一个。但是不久以前,她和周老先生他们几个人突然集体要退出,几个人都在这次的失踪名单上。"于严说,"周老先生他们几个手机用得不利索,在气功班也就是买买鸡蛋,但林老太不一样,她经常给直播打赏,前前后后大概花了有十来万,年前去找蒋斌,想让他把这笔钱退回来。蒋斌说钱是不可能退的,而且他觉得林老太当时的精神状态不太对,特别亢奋,说话还有点语无伦次,跟嗑了什么药似的,就敷衍了她一通,结果老太太一激动,直接过去了。蒋斌他们怕担责任,就想偷偷把老太太的尸体处理了,混过去……"

甘卿冷笑了一声:"好无辜啊。"

"当然,尸体还在验,我们也在等结果。"于严说,"但有一点我认同蒋斌,这些老人自己想通的可能性不大。假如不是蒋斌胆大包天,要把所有从他那儿退出的弟子都干掉,那我们只能考虑这里面还有另外一个组织,所以我们让林老太的儿子把家里彻底搜罗了一遍,把所有老太太没扔的印刷品都搜集来了,连超市开业的传单、小广告都算在内,一共有三百多张,韩哥,我们需要交叉对比。"

"我这就去找,"韩东升转身就走,"两边家里都翻一遍。"

喻兰川这才看了一眼甘卿,插话问:"行脚帮呢?"

061

"那个亮哥大名叫牛亮,"于严叹了口气,"车是套牌,驾照是假的,非常油,进了局子跟回了家似的,我看他还挺自在。他也不承认什么行脚帮的说法,只说自己兄弟多、人面广,经常有人找他帮忙而已。找他的人很多,他有时候稀里糊涂的,也不知道对方犯了事。这回他说自己根本就不知道警察办案,看见我们闯进去,以为有人在他兄弟开的旅馆里闹事,才一时冲动叫了人来,不是有意袭警。"

喻兰川:"那五蝠令呢?他们怎么说?能一次性组织这么多人跟着他打架,我不相信纯是什么江湖义气,里面一定有经济利益。"

甘卿双臂抱在胸前,似笑非笑地说:"看来就是拘留几天的事情嘛,那等他放出来,我再去拜访一下好了。"

喻兰川:"甘卿!"

"梦梦老师,"于严也很严肃地说,"我也正想跟你说这件事,如果最后证实,他们确实是个非法组织,你可得多小心。你就一个人,他们无孔不入,万一查出你住在这儿,报复你怎么办?这事交给市里严打的时候办,你——你们都不要露面了。"

甘卿不以为意地一笑。

"我知道你无牵无挂,说走就走,"于严看出她笑容的含意,"可是喻兰川走不了,他三十年房贷,又不能辞职;楼下韩哥他们上有老,下有小,也走不了;还有老杨大爷和张奶奶他们这帮在这儿住了一辈子的老头老太太,也能跟你一样说没影就没影吗?"

喻兰川本想解释"武林盟的核心还在一百一十号院,大流氓们也不敢随便挑战整个武林",不料他发现,甘卿居然把于严这句话听进去了,并且不吱声了。他心里就一动——说一千,道一万,她都爱搭不理,一概当耳旁风,远不如一句"你不要连累别人"管用。

哪怕于严这个外人不明白,她其实根本不属于他们这些"名门正派"。

"太独了。"喻兰川想。他心里一动,忽然有了点眉目,知道怎对付她了。

第二天，甘卿就在家门口捡了一对熊孩子。

甘卿："又没带钥匙？"

刘仲齐哭丧着脸，演技浮夸地冲她深鞠躬："梦梦老师。"

"嘘——"甘卿伸出一根手指抵住他的头，"干什么？"

刘仲齐吭哧半天，脸都憋红了，实在觉得这件事太可耻了，可是他哥承诺，这事办成，不管他期末英语能不能上一百二，都教他打一套拳。

少年为了英雄和武侠梦，一咬牙，把脸皮撕下来踩在脚底下："求你教我英语！"

甘卿听完十分震惊："我教你……我是不是忘了自我介绍了？我的学历是高中肄业。"

"我哥说了，只要有小学毕业的水平，教我足够了。"刘仲齐把这句话说得分外忍辱负重，"要是期末考试英语再不及格，他就把我送美国当'聋哑人'。梦梦老师，我零用钱快用光了，请不起额外家教，现在也来不及了，你不是说你只会考试吗？让我及格吧，我不想当'聋哑人'。"

旁边的韩周小朋友同情地看着他："哥哥，我还有三年多就小学毕业了，要不你等等我？"

刘仲齐堂堂一个学霸，在学校也是老师们重点关注的风云人物，为了英雄武侠梦，在这儿强行伪装学渣就算了，一个数学考四分的小崽子也敢跟着起哄！他"咔嚓"一声，差点磨碎后槽牙，表情越发狰狞，像是要被英语折磨得走火入魔了。

甘卿转向韩周："你又是什么情况？"

"我爸妈忙着找我姥爷，我爸说，我要是没地方去，可以来问问姐姐，能不能在你家写作业，睡觉的时候我自己回家，不打扰姐姐。"

韩周小朋友说着,摘下脖子上的零钱包,"这是点心和伙食费。"

甘卿没接,眼神复杂起来:"你爸让你来的?"

韩东升不是已经知道她是谁了吗?怎么敢放心把孩子往她手里送,不怕她这魔头的弟子把小崽子煮了吃肉吗?

韩周小朋友一点儿也不懂大人的刀光剑影,充满向往地点点头:"姐姐,咱们今天吃点什么呀?"

"……"甘卿无言以对片刻,"进来。"

韩东升家里,民警们正在一张一张翻看周老先生所有的印刷品——老先生很有条理,减价折扣券全都不舍得扔,整整齐齐地夹在一起,尽管很多已经过期了;保健品和医疗器械分门别类地放。然而令人惊奇的是,他收集的这些东西,真正针对老年人的不多,大部分是女性保健品,以及一些降血脂、减肥的产品,很多还做了详细笔记。

林林总总有上百张,每一张他都去听过讲座,详细了解过,看日期,老人家的日程可以说是相当紧张繁忙了。

可是全家人竟然谁也不知道。

上百张广告传单,就像是一座巍峨的孤岛,远远地矗立在城市灯火照不到的地方,圈着一个无人问津的世界。

周蓓蓓无声无息地在旁边掉眼泪。

就在这时,一个民警突然站起来:"于哥,你看,是不是这个?这几家都有!"

周蓓蓓连忙擦干眼泪,探头去看,只见那好像是一张健身房宣传单,上面介绍的是瑜伽一类的课程。瑜伽课程很多,在大街上走一圈能收一沓传单,谁也不会注意看。

那张宣传单上写着:极乐世界。

第十五章

"老周!"

周老先生连忙合上了手里的书,这是他从家里带来的唯一读物,已经给卷了边。

一个老太太向他走过来,和颜悦色地朝他伸出手:"看什么有意思的东西呢?"

皱纹让人看起来显得苍老,但其实有一些皱纹也会让人看起来柔软慈祥。正如有的人每一块脂肪都长得"是地方"一样,这老太太每一道皱纹也都长得很是地方。岁月大概得斟酌很久,才敢小心地在她脸上落下一刀,因此每一刀都精雕细刻,她看起来非常赏心悦目。

周老先生犹豫了一下,有几分不好意思,把书交了上去。

老太太似嗔还喜地看了他一眼,拿在手里一翻,其中一页自动跳了出来,因为那上面贴了好几张大头照,相当于夹了厚厚的书签。照片上是一个七八岁的小男孩,把脑袋塞进各种奇葩的相框里,龇牙咧嘴地对着镜头做鬼脸。

"这是你外孙子呀?"老太太在他对面坐下,摆出要促膝长谈的姿势。

这就是周老先生住的地方,小屋里,什么都是白的,天花板、床单、地板,连同人们身上穿的衣服。

墙上画着个不伦不类的神像，姿势可能是从哪个佛像上拓下来的，身上穿的袍子又好像是个古代西方人的白袍子，顶一头时髦的"玉米烫"发型，造型中西合璧，不知道具体司管什么。

一个房间里有三张单人床，极少的私人物品都用白布单盖住了，不露出生活痕迹，乍一看，几乎就像个太平间。

"没关系呀，刚来的人都这样。"老太太慢声细语地说着，很自然地拉起了周老先生的手，"我知道，这些都是让人感觉很美好的东西，所以也是需要戒断的东西。就像毒品，你明知道吸进身体里，对你没有好处，只有害处，可是感觉好啊，所以那些人才会放任自己沉迷其中，但这并不是真正的快乐。你仔细想想，和他们勉强生活在一起，你真的能融入他们的家庭吗？真的快乐吗？"

周老先生被她拉着，有点不自在，但又觉得这么一把年纪了，"不自在"有点矫情，于是讪讪地笑："毕竟……毕竟是……"

"毕竟是亲人，但亲人也会带来伤害，"老太太十分理解地说，"要不然你就不会来我们这里寻求帮助了，对吧？"

周老先生低下头。

老太太语重心长地说："俗世的亲人都是虚幻，你感觉到了，你跟他们生活在一个屋檐下，却好像已经被排除在外了，你们中间隔着一道玻璃墙，看得见，摸不着。为什么呢？这是因为咱们这把年纪，时候到了，俗世的事情开始悟了，但孩子们还在红尘里打滚，你的精神开始渐渐脱离他们，要是还恋恋不舍，想从他们身上寻求安慰，这就是自欺欺人、追逐幻影啊！"

周老先生小声说："……这孩子从小就是我带大的。"

"我知道，"老太太拍着他的手背，"我知道戒掉这些有多难，要不然你也不用千里迢迢跑到我们这里，对不对？来，走吧，活动时间到了。"

她说着，拉着周老先生站起来。屋门一角上装了个定时的铃，像学校的上课铃。下午两点整,那里面响起了舒缓的钢琴曲。和周老先生一样的老人从自己的房间里出来,全体是一身飘飘悠悠的白袍,老远一看,活像个集体诈尸现场。这些人脸上个个带着笑,互相打招呼,还把手牵在一起,连成一片,就这么白花花地下了楼。

他们住的小楼,从外面看,像是个穷乡僻壤里的农家乐,后面是一片废弃的鱼塘,前门是一片野地,要是没有车,步行大概得十多公里,才有个小公交站。

二楼以上住人,一楼是个大厅,三餐都在这儿吃,类似于一个集体食堂。

这会儿,大圆桌都立起来贴在墙角,椅子摆成一大圈,因为中午炒过青椒,大厅里还飘散着浓郁的饭菜味,熏得人有点恶心。老人们很快训练有素地找椅子坐好,周老先生忽然有点想上厕所——老年人的膀胱就这么不讲理,刚才还毫无预兆,一会儿工夫就能尿意盎然。

可是这时,一个须发花白的老头穿着黑袍走进来,在这帮仿佛卫生纸成精的同龄人中,黑袍显得格外鹤立鸡群。

"卫生纸精"们纷纷朝黑袍打招呼:"导师。"

周老先生就没好意思动,努力地提起小腹,打算尽量憋一会儿。

导师进来以后,先是把每一位老人都关心了一遍,挨个儿跟他们说话,表情特别丰富,好像这些老人都是他的心肝宝贝,身上发生一点小事,也值得大惊小怪。大惊小怪了一圈,完事,导师往那儿一坐,开始作法。

"我的兄弟姐妹们,"导师开了腔,"我们中,有些人富裕,有些人贫穷,有些人儿孙满堂,有些人鳏寡孤独,有些人疾病缠身,有些人还算健康。我们是这么的不一样。不一样的我们之所以能聚在这里,是因为我们有一个共同点——我们都是快要走到时间尽头的人。这是一个孤独的旅程,早年伙伴成群,父母兄弟俱在,可是越往后走,就越是孤独,跟随你的人越来越少,滚滚烟尘已经被甩在后面。

我知道，你们中的一些人非常茫然，找不到自己的价值。年轻时多么英雄的人，老来连讨好儿女都不知道从哪儿下手。没关系，现在请诸位紧紧握着你身边人的手，好好看看你身边人的眼睛。"

于是大家就两人一组，依着指导，在充斥着青椒味的大厅里大眼瞪小眼。规定对视时间至少一分钟，旁边有人掐时间，眼神要真诚，不能走神。

这个动作其实又尴尬又搞笑，像神经病，一般人别说一分钟，十秒都坚持不下来就得笑场。可是如果身边的搭档执行得特别严肃，像周老先生一样善于看人脸色与自我怀疑的人，就会不好意思笑——非但不好意思笑，还要怀疑自己态度不端，努力模仿对方。

周老先生旁边的，正好是那个老太太。

老太太眼窝很深，虽然眼皮都垂下去了，但眼球不知道怎么保养的，竟然一点儿也不浑浊。周老先生刚开始明显有点不适应，可是老太太一直殷殷地看着他，不知不觉地，让他想起了自己过世的老伴。很快，老太太像是想起了什么委屈的伤心事，嘴角略微往下一沉，眼睛里开始闪烁泪光。

人老了，往往会变得多愁善感起来，别人的眼泪，有时候就像吸铁石，轻易就能把自己压在心里的伤心事都勾起来。周老先生也想起自己的妻子，病重时，她在病床上吃力地看着他，已经说不出话来，只有眼神在祈求。他明白她的意思，她在说：不想治了，太受罪了，治不好的。再治下去，连你的棺材本也要花完了，你以后可怎么办呢？

她一生说过不止一次，将来不想被人扒光衣服、浑身插满管子死在医院，可是到头来，他们还是让她忍受着巨大的痛苦，在医院咽了气。亲人都是这样，只要病人不咽气，就怎么也不愿意放弃抢救，仿佛如果不这样用力地在自己和病人身上施加一场酷刑，就差了个仪式，不能心安似的。

可他总觉得，妻子是怪他的。

她一走,他就没有家了,即使在自己的房子里,也时常觉得自己像条寄人篱下的老狗。每天只有吃饭的时候,家人才会跟他坐在一起,因此,他总是三句不离吃饭,整个人似乎已经退化成了一只乏味的饭袋。

饭桌上的蓓蓓总在打电话,东升有一搭没一搭地听着新闻,韩周迷恋手机,他父母偶尔看见,会轮流教训他"放下手机,好好吃饭",但是自己又把饭吃得像打仗一样。周老先生总是把握不好提起话题的时机,有时候他小心翼翼地提起一个话头,却仿佛没人听得懂他在说什么,鲜少有人接话茬,有时候他说了蠢话,蓓蓓就会长吁短叹地来一句"爸,您说得不对",然后来上一段长篇大论纠正,纠得他自惭形秽,这顿饭再不敢出声犯傻,才算作罢。

他们不想听他说话,他就只好给他们夹菜找存在感,可是夹菜也招人烦。

韩周会嚷嚷:"姥爷,我不吃那个,您怎么又忘了?"

蓓蓓会直接盖住碗:"您自己吃吧!"

这都是鸡毛蒜皮,不能跟外人说,说了要让人笑话的——怎么,什么时代了,您老还非得享受"太上皇"待遇,一开口训话,全家都得放下碗筷、正襟危坐不可?这不是无理取闹吗?

于是只好统统化作眼泪。

看似很长的一分钟居然一眨眼就流过去了,周老先生惊醒过来,发现周围眼眶通红的不止他一个。

有人搂他的肩,有人拍他的手,都仿佛同病相怜。自从老伴去世,周老先生还是头一次在人群中找到归属感,一时间竟然有些恍惚。

这时,大厅里进来几个人,用一次性纸杯端水给老人们喝。

刚流完眼泪的人往往尴尬,会自然而然地借由低头喝水缓解,于是没有人拒绝。因为心里不是滋味,嘴里也不是滋味,所以水里那点轻微的异味,就这样被味觉不那么灵敏的老人们忽略了。

可是周老先生一看见水,更想上厕所了,虽然跟大家一样接过了纸杯,但他低头抿了抿,做了个样子,没入口。

导师看所有人都喝了,就满意地点点头,让大家闭上眼,开始用低沉的声音讲"死后世界"——思想基本是从各大宗教的教义里东一榔头、西一棒子嫁接的,听着玄玄乎乎,仔细一想还有点对。在这个思想的包装下,内容似乎也变得可信了。

导师演讲的内容大概是:人死以后会进入另一个世界,重新拥有亲人,尘世的亲人都是假的、临时的,属于障眼法,只有另一个世界的亲人才是真实的。很多老年人晚年即使儿孙绕膝,依然孤独空虚,原因就是这个。另一个世界的亲人,是可以在导师的指导下自己感应的,他们这些人聚在这里,就是为了寻找自己的灵魂栖息所。

导师培训指导为期十天,费用是每个人四万元——当然了,虽然大家每天吃糠咽菜,饭桌上素得连鸡蛋都没有,但这主要是为了"净化身心,回归自然"。据说饭桌上那些其貌不扬的素菜都是精心培育的有机蔬菜,四万块远远不够,缺口是导师自掏腰包做公益补贴的。

为了防止他们受外界干扰,手机信号都是屏蔽的,等十天结束,导师会把他们送回家,每人发一套小红帽、小旗子和旅游纪念品,教他们一套说辞,让他们假装出门旅游,蒙蔽那些"假家人",省得社会出现混乱。

在培训班里找到的"亲人",会一直联系、陪伴他们,直到生命终结,在另一个世界团聚。

导师讲着讲着,老人们就觉得自己整个人开始发飘,导师的声音像是在耳边响起似的,重重地,要烙进耳膜里,他们没有来由地觉出放松和轻快,好像灵魂真的开始摆脱肉体。

可是周老先生今天无论如何也没法进入状态,可能是那泡尿闹的,前两天那种玄妙快乐的感觉没有出现。他坐立不安,导师的话显得又臭又长,这家伙口音很重,还是个公鸭嗓。

周老先生忍了五分钟，忍不住把眼睛睁开了一条缝，他看见了很恐怖的场景——周围的同伴们脸上都带着有点痴呆的笑，有些人面部肌肉失了控，表情十分诡异，还有些人嘴角流下了口水，自己还好像没感觉到似的！

周老先生吓得出了一身冷汗，尿意都减弱了一点。

接下来导师讲了什么，他一概没听进去，好不容易挨到了每天例行活动结束，这些穿着白袍的老年人在工作人员的指挥下，一个拉一个地站起来，像小孩做手工时剪的那个"手拉手"纸人一样，恍恍惚惚地站起来跟着人家走。

方才给他们送过水的工作人员就像赶尸似的，把他们挨个摆弄进房间，让他们"打个小盹"，养精神。周老先生胆战心惊地混迹其中，使出了浑身解数，虽然姿势僵硬，但总算没露馅——他前两天也是这样，莫名其妙地躺下就睡，一觉醒来，往往已经是一个小时后了。虽然睡着了，但精神不太好，导师还说这是正常的，是"灵魂神游"累着了。

"老吴！老吴！"假装躺了一会儿，周老先生确定周围没人了，小心翼翼地去叫旁边床上的室友。

老吴睡眠很轻，周老先生知道他晚上经常失眠，别人翻身动静大了都会吵醒他。可是这天，竟连伸手拍都拍不醒了，老吴睡得像一具尸体。

一个念头闪过，周老先生打了个寒战——那杯水里有问题！

"第三期，"于严看着从失踪老人家里收来的传单，"那也就是说，之前还有类似的事，为什么我们不知道？"

一个同事说："也许是发生得比较分散，或者人数不够多，不像这回一样集中。"

于严皱起眉，忽然，他抬起头："能不能申请查一下全市老年人失踪报案的情况?"

大多数报案的老年人失踪事件,都是失智老人走失,零星夹着几个例外就格外扎眼。以前的事件分散在燕宁各个区域,没有这次集中。而这些智力健全的老人大多独居,有的是失踪好一阵,家人才发现,但报案后通常很快销案,因为发现是虚惊一场——走失的老人戴着旅行团的小红帽又回来了,原来是没打招呼,自己跑出去玩了。

一个民警疑惑地说:"我奶奶想出去旅游,旅行团都不接待,不是说没有合适的线路,就是需要家人陪同……最不济也得有家人签个字。有这么多接待七十岁以上老人的项目吗?"

第十六章

"'极乐世界'?"张美珍盯着眼前的传单,总是带着点神秘笑意的脸阴沉着,她的目光钉在传单一角,那里有个很像太阳的黑色符号,"他们现在又改名叫'极乐世界'了?许昭那老鬼还活着?"

"未必,许昭就算活着,也不打理这些事,"老杨大爷双手按在打狗棒上,神色同样凝重,"也许只是门下弟子专门给他骗钱用的分支。"

"等等二位,"插不进话的喻兰川提问,"许昭又是谁?也是行脚帮的?"

老杨大爷和张美珍一起沉默了,俩人好像不知从何说起似的对视了一眼。

"不,我听长辈说过一点,"旁边的韩东升插话说,他脸上挂着两个硕大的黑眼圈,脸色很差,嗓子也哑了,形象越发不堪入目,然而一开口,语气依然是温和客气的,"许昭是个通缉犯,犯过很多大案,但是抓不着他,因为这个人手上有好多邪功。这个黑太阳就是他的标志。"

喻兰川茫然道:"也就是说,我们现在有个反派二号?"

"许昭是个疯子,"老杨大爷缓缓地说,"他觉得现在的武林传承越来越难,过去很多独门绝技濒临失传,为了不让武脉断绝,得有人把众多功法收集在一起,于是他四处搜罗各派功法。"

喻兰川一头雾水："这人到底是个通缉犯,还是非物质文化遗产保护人?"

进入信息爆炸和知识共享时代,古时候的门派之别早就没有了,毕竟有人肯练就不错了。

老杨大爷天天念叨着后继无人——寻访传承,这不是好事吗?

"你以为他搜罗的是你们名门正派的功夫?"张美珍吹了吹指甲,"可拉倒吧,小喻爷,你把寒江七诀的剑谱扫下来传网上,都没有'八一八历代武林盟主的风流韵事'有流量。"

喻兰川:"……"

"许昭搜罗的,大部分是邪门歪道的功夫。为了得到这些东西,他杀人越货、包庇罪犯、任性妄为,三十年前,曾是武林公敌。"老杨大爷说到这儿,抬头看了不明所以的喻兰川一眼,"对,你也可以把他理解成小说里那种沉迷邪功的魔教教主。"

喻兰川有种不祥的预感:"所以……"

"如果这个东西真的和许昭有关系,"张美珍说,"小喻爷,你准备签一份盟主令吧。"

老杨大爷摩挲着打狗棒站起来:"我们几个老东西去会会这个'极乐世界'。"

喻兰川:"……"

可是盟主令怎么签?群发文件?加红头吗?抬头怎么写?有固定模板格式吗?有法律效力吗?

业务不熟练的盟主满心茫然,送老杨大爷到门口,他刚要开口问,忽然,喻兰川想起了什么:"杨爷爷,万木春的'庖丁解牛'算您说的邪门歪道吗?也在那个许昭的收集范围里吗?"

老杨大爷愣了愣,脸上闪过纠结神色——同为五绝,几代交情,他是不愿意背地里说万木春不好的,可是那帮杀手的后代练的,也确实不算什么正经功夫,于是他避而不答,反问:"怎么?"

喻兰川沉声说:"您记不记得前一段时间撺掇向小满杀聂恪的那些人?"

那伙人做事藏头露尾、神神道道的,似乎和这个"极乐世界"有异曲同工的意思,而万木春一派,向来是一脉单传,几代人似乎都有避世的倾向,实在也不像大众到满世界盗版的。

隔着一道门板,隔壁的甘卿一字不漏地把这段对话收进耳朵,缓缓皱起眉。

民警那边,于严他们花了整整一天,联系疑似失踪过又回来的老人家属,可是这些人对老人的情况大多一问三不知——

"没有啊,我爸挺好的。"

"我妈天天锻炼身体,参加老年健步走,生活挺健康的,什么邪教,你们搞错了吧?"

"我看你才是骗子,我奶奶上个月刚去打过流感疫苗,怎么可能加入邪教?"

一个民警被当成电信诈骗的喷了一脸:"打疫苗跟加入邪教到底有什么关系?我真……"

于严"嘘"了他一声,按下免提,只听他的电话里传来一个男人迟疑又茫然的声音:"哎?好像……是的吧?请问怎么了?"

于严飞快地看了一眼通信录上对应的名字:"李先生,我再确认一遍,您是说,您父亲回家以后,经常有打坐、祈祷等宗教行为,是吗?他还向周围的人宣传教义,参加活动占用了他所有的时间,是吗?"

"好像是信了个什么教,嗯……活动挺多的,就带几个老头老太太开开读书会,凑在一起聊天什么的。"男人说到这儿,忽然警惕起来,"他们可没有别的非法活动,警察同志,读书会的规模还不如广场舞大呢,也没有闹着要自焚的。"

于严:"您没觉得这有什么不妥吗?"

"嗐，老小孩，小小孩，管不了他们，"男人心宽地说，"谁家老人还不搞点封建迷信活动呢？就当是给他们找点事干呗，比天天在家坐着给电视广告打电话强吧。说句实话，别说老年人了，咱们平时没事还想找点精神寄托呢。"

于严："但是您父亲加入的这个组织，不是普通的精神寄托，我们现在怀疑它是个邪教。"

男人卡了一下壳："警察同志，他们这教出什么事了？是不是被取缔了？要是那样，那……那我回去跟我爸说一声，让他信点别的。真的，我们不知道——"

还要让他信别的！

于严忍不住打断他："李先生，这些邪教之所以是邪教，除了骗钱敛财外，最后还很有可能引人自残自杀，你知道吗？"

"这都多大岁数了，惜命都来不及，不至于的。"男人没往心里去，依旧笑呵呵地说，"行，我这就回去告诉他不要信了，一定严肃教育，您放心吧。"

于严："……"

这时，旁边刚过实习期的小女警忽然开口说："于哥，这男的回去跟他爸说那什么'极乐世界'是邪教，我们算不算打草惊蛇？"

于严一愣，随即，眼睛亮了起来："对，找人盯住这个老头，等着看他跟什么人联系。"

周老先生经历了这么一个下午，膀胱都有了恐惧的记忆，实在待不下去了。他首先找到了一个"极乐世界"的工作人员，试探了几句："我跟许博士说了瞎话，我出门之前跟家人闹了别扭，根本没跟他们打招呼，这两天越想越后悔……他们肯定都急坏了，这里手机也没信号，哪儿能找到公用电话啊？我想给他们打电话报个平安。"

工作人员微笑着告诉他："我们这是封闭营，没有电话。"

"那能不能提前几天先把我送回去？我外孙要期末考试了，孩子本来就是借读生，要是因为我考不好可怎么办？"周老先生说着，狠心一咬牙，"您看，我也在这儿住了这么长时间了，钱我是不会要你们退的，劳驾你们把我送到最近的公交车站就行，我……"

"老周，说什么呢？"身后传来一个温温柔柔的声音。周老先生激灵一下，又是那个老太太！

老太太据说是"极乐世界"的老学员，自愿留在这里照顾他们、引领他们的，每个新人都会给配上这么一个"引路人"，周老先生一直觉得自己运气很好，引路人温柔耐心，还好看。可是此时听见这个声音，他忽然有点毛骨悚然的感觉。

她在监视自己！

"什么钱不钱的，"老太太佯作生气地走过来，她和另一个工作人员一起，从两边挽起周老先生僵硬的胳膊，把人挟持在了中间，"导师辛辛苦苦把大家召集过来，难道是为了钱吗？他是为了做公益，你们自己掏的那点钱，只够勉强维持基地运营，剩下的连伙食费都不够。"

周老先生："我——"

"你是不是又想缩回去了？"老太太打断他，叹了口气，"你好不容易才取得了一点进步，想前功尽弃吗？我知道戒除掉这些病态的精神联系很难，偶尔反复也是正常的。这样吧，明天开始，我和导师说一声，上午给你额外加一次单独的冥想训练。"

周老先生被这种"优待"吓着了，他决定逃跑，夜里就跑！

同一天傍晚，燕宁市区里，一个老头走进了一栋居民楼。

"于哥，于哥，看见他上楼了。"于严耳机里传来同事的声音，"上了五楼，好像是501，有人给他开门，他们拉着窗帘，看不清屋里什么情况。"

于严他们跟上了那个疑似参加过"极乐世界"邪教的李老头。老李的儿子接到警察电话以后，果然回去跟他爸大吵一架，把他爸藏的那一堆宣传材料和书都收缴了，还没收了老李退休金的银行卡。

李先生有自己的家庭要照顾，简单粗暴地"处理"了父亲信邪教的意外，饭都没吃，又匆忙走了，因此他不知道，李老先生在他走后，也紧跟着收拾行囊离开了家。

于严轻声说："找个人，装成送外卖的，上去看一眼。"

一个小民警应声改装，没一会儿工夫，就拎着外卖上了楼。隔着门板，他听见里面传出宗教色彩浓重的音乐声和人声，人们在合唱，听着人数还不少。

民警敲了一下门，里面的歌声戛然而止，好一会儿，有人戒备地问："谁？"

伪装成送餐员的民警说："送外卖的。"

"我们没叫外卖。"

"啊？"小民警一边给追上来的同事使眼色，一边把地址门牌念了一遍，"就是这里啊，一位姓李的先生订的，他电话号码是——"

他话没说完，远处拿望远镜盯着这边的同事突然说："闯进去，有人要跳窗户跑！"

"太警惕了。"于严一把推开车门，"抓住他，这人肯定不是普通教众！"

门口的几个民警破门而入，屋里充斥着一股奇怪的香料味，角落里有几台大打印机，屋子死角堆满了印刷品，居然是一处窝点，足有六七个老年人聚在这儿。门一开，这六七个老年人就像要以身殉道似的，凶悍地朝着民警们扑了过来。

这伙"暴徒"平均年龄足有七十岁，属于大街上摔了别人都不敢随便扶的年纪，颤颤巍巍地用拐杖、搪瓷缸和搪瓷盆砸了一拨。紧接着，一个老太太直接趴在地上，一把抱住一个小民警的大腿，拼了老命似的上嘴就啃。

民警唯恐把对方假牙给崩掉了,一动不敢动,吓得直叫唤:"于哥,我们要支援!"

与此同时,打开的窗口白影一闪,有人直接从五楼跳了下去!

第十七章

"卧槽!"于严在对讲机里骂了一句,"这也能让他跑了,你们干什么吃的?!"

楼上那几位"办事不力"的民警委屈得要命,听到这个指责,只想冲楼下吼一句"你行你上"。他们不敢还手,战斗精神十足的老年军团可一点儿也不客气,一个大爷举着把大扫帚,劈头盖脸地一通砸。

"你们警察一天到晚有没有正事?有本事抓本·拉登去啊,就知道迫害老百姓!"

"大爷,您先放下武器,有话好好说……别打了!明明是你们迫害警察!"

从窗口跳出去的嫌疑人胡子拉碴的,一脸褶子,六十来岁的样子,身手却异乎寻常地敏捷。他没有自由落体,而是抓住了窗棂一荡,猴似的,把自己甩到了小区里的一棵大树的树冠上,蜷缩起四肢,双手护住头脸,被枯枝缓冲了落势。没落到底,他人已经猛地在半空中打开,双手抓住树干一悠,直接从不会飞的民警们的头顶一跃而过!

"追!"于严拎起警棍,"绕到前面截住他!"

这里的环境不像追捕"气功大师"那次——这边没什么小胡同,

居民小区出去就是平整宽阔的马路。感谢当代科技,他轻功再好,只要没地方钻,绝对跑不过汽车。

几辆警车应声绕过来,警笛声尖锐地响了一声。前有堵截,后有追兵,被追捕的嫌疑人脸上阴狠神色一闪而过。突然,他在空中一转身,猛地把什么东西甩向穷追不舍的于严。

于严只看见了他的动作,没看清对方扔出了什么东西。那一瞬间,前所未有的危机感袭来,于严后颈的汗毛都立了起来,脑子里只剩一个念头:完蛋,要凉。

就在这时,他的后背忽然贴上一只手,猛地把他往下一压。正在向前冲的于严重心不稳,差点趴下,同时,有什么东西擦着他的后脑勺过去了,"叮"的一声!

于严踉跄了几步,膝盖一软跪在地上,惊魂甫定地回头望去。

只见一巴掌把他按趴下的是闫皓,手里拎着一根黑不溜秋的铁棍,铁棍上粘着好几把闪着寒光的小飞刀,都是方才嫌疑人往他身上招呼的。闫皓来不及跟他说话,几个起落追上嫌疑人。对方故技重施,手一张,风里传来尖锐的啸声,又是一把飞刀!

闫皓把手里那根诡异的铁棍挥成了雨刮器,转得密不透风,几乎成了一道残影,那些小飞刀再次被他手里诡异的棍子吸住。闫皓上前两步追上嫌疑人,旋身扫腿。嫌疑人变了脸色,为了躲开,猛地往上一蹿,没注意头顶上正好有一根粗壮的树枝。嫌疑人这么一蹿,直眉瞪眼地撞了上去,当场把自己撞成了脑震荡,哼也没哼一声,落地晕过去了。

赶到的民警们:"……"

大树瑟瑟发抖。

传统轻功之所以不科学,就不科学在这儿——修习之前没有系统的"交规"训练,也没有教会弟子"眼观六路,耳听八方"的安全基础,跑那么快,没事还要登高上梯,能不出"车祸"吗?那些高来高去的轻功高手,谁还没撞过几次脑袋?只是大家为了保持仙气的形象,统一不让外人知道罢了。

民警们一拥而上,把嫌疑人铐住了。

"兜里有东西……等等,这是……我的妈!"几个民警七手八脚地从嫌疑人身上搜出了一沓手术刀的小刀片,都安装在一个类似儿童玩具的发射器里,按下开关,锋利的刀片就会发射出去,短距离内很有杀伤力,"老于,你狗命够硬的。"

"我谢谢你们了。"于严腿还有点软,一瘸一拐地走过来,苦笑着拍拍闫皓的肩,"你怎么来了?"

闫皓蚊子似的"嗡"了一句:"杨帮主让我来的。他说这些人可能和魔教有关系,怕你们有危险。"

"呼——"差点凉了的于严这会儿还在后怕,有点喘不上气来,双手撑在膝盖上,弓起腰,侧头打量着闫皓手里的铁棍,"你这是什么功夫,内功吗?还能把小刀吸住。"

高手在民间,真人不露相啊!于严不由得肃然起敬。

闫皓扭扭捏捏地回答:"吸铁石。"

于严:"……"

"专门防暗器的。"闫皓尴尬地说,"我有点近视加散光……玩电脑玩的,别人发暗器看不太清。"

于警官心说:你们名门正派算是歇菜了。

一个同事跑过来:"于哥,你没事吧?哎,这嫌疑人怎么处理?他自己把自己磕成脑震荡了,押回去还是送医院?"

"先……"于严目光往下一瞥,忽然愣了愣,"等等。"

他凑近了昏迷不醒的嫌疑人,发现这人太阳穴上有一个小小的凸起——像是在水里泡得时间长了,手指肚上皱起的皮。

于严凑过去观察片刻,戴上手套,小心地把那块皮揪了起来,竟然从嫌疑人脸上撕下了一层皮!

那是一层很薄的膜，塑料或是硅胶一类的东西，上面做了逼真的老年斑和皱纹，但并不像电视剧里的"人皮面具"那样可以整张揭开，跟个春饼皮似的——它是一小块一小块拼接的，每一块的形状都经过很精细的剪裁，拼接的位置都是人脸上容易出现皱纹和肌肉断层的地方，留下一道自然的沟壑，摸都摸不出异样。

面具下，是一张壮年男子的脸，皮肤被面具撕扯得有些发红，五官带着凶相。

顶着这样一张脸，上街问路恐怕都没人敢详细告诉他，可是假面一戴，他立刻就摇身一变，成了个慈眉善目的老人家，格外容易取得"同龄人"信任。

"回去得查一查这人有没有犯罪记录。"于严轻轻嘘了口气，"这些魔教的人，手段真多啊。"

同一时间，燕宁市另一处居民区里，一辆小巴停在了树荫里，车里下来个年轻男子，正是接走周老先生的许邵文。这一次，他们明显小心多了，中巴换成了低调的小巴，没敢停在人多的地方，车身上还掩人耳目地画了个山寨的旅行团标志。

开车的司机压了压帽檐，在许邵文身后说："我早说了，细水长流，别太贪心，挑人的时候精心点，人少一点，等培训出来，让这些人替我们跑腿撒网，不要把那么多人往基地领，基地是培养中坚的地方——你们非得图赚快钱，一次弄走那么多人！这回好了，惊动警察了吧？"

"你以为我想伺候那么多老头老太太？还不是因为今年的指标没完成！这说话就到年了，不然怎么办？"许邵文脸色一冷，"他们那些在小地方干的，动辄一个村一个村地发展信徒，哪知道咱们大城市的竞争压力。光一个片区就俩卖保健品的、一个练气功的，连针灸减肥这种也开始喊口号圈人，房租还死贵！听说春字部那帮废物，刚到燕宁没多久就被人一锅端了……唉，我都想转舵了。这是今年最后一单，我算了算，这回凑满一车，咱们就完成任务了——有人来了！"

老年人一般都是赶早不赶晚的，约定时间没到，人已经七七八八了。

许邵文笑容可掬地挨个接待，这次，他还额外给每个老人发了小旗和小红帽，看着真像正规旅行团了。

"您慢点，车上有水……相信咱们十天的旅程是非常愉快的，不单能欣赏优美风景，还能获得灵魂的滋养……哎，大爷，您是……"

许邵文扶住最后一个上车的老人，有些疑惑地看着这张生面孔："您以前参加过我们的活动吗？"

老人拄着拐杖，缩成很小的一团，有些不知所措地看着他。先前上车的一个老头连忙从车上探出头来："老杨是我带来的，以前一块儿下过棋，在家里实在住不下去了，就快睡大街了。我看他可怜，就带他一起来了。"

许邵文轻轻地皱了皱眉。

"小许，多带一个人吧。老杨不是没钱，就是没法子，九十多岁了，年纪太大，旅馆一看身份证，都先问家人在哪儿，一听说没家人，不是不敢接待，就是要报警。"

许邵文一听这年纪，心里直咋舌，旅馆都不想接待，他们邪教组织也不想接待啊！一口气喘得姿势不对，没准儿就过去了。这些老东西活这么大要干吗，修炼成精吗？

他正想着怎么找个理由推拒，老杨慢慢吞吞地拿出一个纸包塞进他怀里，眼巴巴地说："早晨去银行排队刚取出来的，老冯说我加塞，怕你们不要我，我就多取了一点，一共十万块钱。小伙子，带我一个吧。"

许邵文耳根一动，回头跟司机对视了一眼。司机轻轻地冲他一点头,多出六万,他俩可以截下来对半分,正好当加班费了。

许邵文故作迟疑,好半天,才勉为其难地点点头:"这可实在是不合规定……唉,看您实在可怜,行吧,这责任我担了!"

老杨颤颤巍巍地扶着他的手上了车。

"九十岁了。"许邵文的手心温暖有力,像托举一件不怎么沉的物件似的,轻飘飘地把老杨托上了车,出于职业习惯,随口说,"我太公要是还在世,也应该跟您一样。我以前就爱听他老人家说话,快一个世纪呢,发生的事他都知道,听多久都不腻,您家里人真是太不知道珍惜了。"

老杨愣了愣,一瞬间,他脸上那略带祈求的神色消失了,眼皮垂下来,眼神竟有些无奈。

装了一车"老红帽"的小巴顶着"夕阳红旅行团"的标志,悄悄地混进车流,离开燕宁市,一辆有点破的小轿车无声无息地跟在了后面。

正在公司开会过合同的喻兰川阐述完最后一条风险点,看见手机上韩东升发来的微信:"我跟上他们了。"

"收到。"喻兰川借着端起咖啡杯的遮挡,飞快地回信息,"定位器装好了,丐帮也有人盯着。"

韩东升有点不放心:"小喻爷,万一他们那边有高手坐镇怎么办?杨帮主那么大岁数了,我现在跟人动手心里还真没底。你真的不能发盟主令吗?"

喻兰川看微信之余,还在一心二用地跟公司同事辩论:"解决问题是相关业务部门的事,风险控制部门只给出风险提示,隐瞒股权代持就是有法律风险,我说错什么了?"

他手也没闲着,在会议桌底下发微信:"我不。涉嫌寻衅滋事,要发你们发。"

韩东升："……"

忽然，喻兰川手机又一振，他本以为是韩东升，低头一看，却是甘卿。

甘卿给他发了张珠串照片，标注写道：新年幸运珠，送货上门中，小喻爷，记得结账。

喻兰川莫名其妙——什么意思，强买强卖？

冬天的白昼总是格外短，夜色很快落下，盖住了一些人的别有用心。

晚上十点，"极乐世界"准时熄灯，连一度多余的电也不想耗费。周老先生躺了半个小时，周遭安静得一点儿声音也没有。他从床底下把自己的包拉出来，悄悄地爬了起来，蹑手蹑脚地往外走去。

"老周？"隔壁床有点动静就失眠的老吴突然出声，"你干什么去？"

周老先生一哆嗦："我……我上厕所。"

老吴在黑暗中看了他一会儿："上厕所还背包啊？"

周老先生手足无措地在门口站了一会儿。他厚道惯了，撒谎把同伴骗过去，自己一个人偷偷跑的事干不出来，一辈子不太会说瞎话，实在也不知道怎么编，于是一咬牙，走到老吴床边，低声把自己发现的事都说了。

老吴沉默了片刻："我也觉得下午活动回来那会儿睡得最沉，天黑了反而又睡不着了。"

周老先生："就是很不对劲！咱俩一起走吧。"

老吴："钱都交了……"

"别管钱了，"周老先生急迫地说，"先离开这儿，不行出去报警追回来。"

老吴犹豫了好一会儿，终于被他说动了，东西也没拿，跟着周老先生从小楼里溜了出去。大概是觉得这些老年人都傻得很,不用太严加看管,门卫一个睡了,一个出去抽烟了,两个老头没费什么劲,就来到了这个农家乐院的后门。

周老先生说:"我今天非跑不可,要不然明天他们要单独给我'加课',就我一个人,那个水不喝也得喝,混不过去了……"

就在这时,前方有车灯一闪,随即是一声汽车喇叭。老周心脏病差点没被吓出来,一把拉住老吴蹲在墙脚。只见那是一辆有旅游公司标志的小巴,打盹儿的门卫听见声音,打着哈欠来到后院给他们开门。那个把他们骗来的"许博士"率先下车,紧接着,几个人影才晃晃悠悠地从车上往下走,看样子都是行动迟缓的老年人。

周老先生叹了口气:"又一帮,他们到底要赚多少钱?"

这时,旁边的老吴忽然说:"这附近没有车站,咱们怎么走?有人来接你吗?"

"没有。"周老先生的注意力还在小巴上,随口说,"我知道后院门朝南,走出去十几里,有个长途公交站点,来时半路上看见的。咱俩走得慢,慢慢挪,挪到那儿也该天亮了,搭车走。"

"哦,"老吴缓缓地点点头,"没人接你啊。"

"嗯,怎——"周老先生话还没说完,突然猛地被旁边的人推了一把,一屁股坐在地上。

紧接着,就听跟他一起逃跑的"战友"迅速站起来,跑到了几米之外,大喊:"这儿有个人要跑,还说要出卖导师!"

远光车灯猛地打了过来,周老先生目瞪口呆地坐在地上。老吴一嗓子惊醒了沉睡的小院,周围瞬间就灯火通明起来。

不过片刻,一帮工作人员从楼里跑出来。许邵文脸色微冷,冲旁边的司机做了个往下切的手势,转身面向一帮刚来的老人,又忙摆出和颜悦色的表情:"这个大爷精神不太好,没事啊,我们会单独隔离他的,等他稳定些再把他送回家……太晚了,来,各位小心脚下,咱们去休息。"

"慢着。"

最后一个下车的老杨用拐杖轻轻地点了点地面,在许邵文的目光下,他缓缓地把弯成问号的后背直了起来。

第十八章

老杨他们的原计划，是由杨帮主本人亲自进去探个究竟，看看这只是个单纯的诈骗窝点，还是有大魔头坐镇。等摸清了情况，再决定下一步怎么行动，毕竟里里外外都是不能磕碰的老年人。

喻总亲自帮忙推敲，几乎考虑了所有的风险点和应对措施，但其中没有一个是"老杨出师未捷先露馅"。杨帮主可是个老江湖，是"嘴上没毛，办事不牢"的反义词，如果他也靠不住，偌大武林，还有靠得住的人吗？

假如周老先生再年轻二十岁，老杨绝对会忍着不出声，进去找机会再捞人不迟。可老周七十多岁了，连骨肉带心灵，都已经退化成了生命力稀疏的芦柴棒。古稀之年的人就是这一堆芦柴棒堆的架子，没有人碰，他都要无风自动地摇一摇，经不起一等。

许邵文眼睛里的冷意没有退去："杨爷爷，您有什么事？"

说话间，三四个穿着白袍子的人冲上来，半强制地揪起老周。老周不知是方才那一个屁股蹲摔坏了，还是人吓傻了，腿似乎不听使唤，两脚垂在地上，让人拖着走。老杨好像很吃力地抻长了脖子，按住拐杖，往前蹭了几步，故作惊诧："这不是……老周吗？他住我们家楼下，他怎么了？这是干什么？"

许邵文眯了眯眼："这么黑您也能看清，爷爷，您视力不错啊。"

"什么？"老杨好像耳朵不太灵光，往许邵文那边侧了侧头，随后也不接他的话，只一脸迷茫地朝同一辆车上下来的老伙伴们说，"老周是个好人，前几天突然不见了，家里人都急疯了，还报了警，谁知道他在这儿！怎么也不给家里打个电话啊？哎，小许，你快让人把他放下，我看得送医院啊！"

许邵文眼角一跳——这些老家伙很容易鬼迷心窍，骗他们取钱交钱上贼船容易，但冲动是不能长久的，刚刚到达基地的第一个晚上，他们最容易后悔，也最容易人心浮动。本来就需要很多有技巧的花言巧语才能哄住他们，花言巧语还没来得及施展，就撞见这么一场意外。刚从车上下来的老人们犹疑不定地互相看着，窃窃私语声四起。

"这是怎么回事啊？"

"我怎么觉得怪瘆得慌的。"

"其实我也没给家里说……唉，还是打个电话吧。嗯……怎么没信号？"

"我手机也没信号……"

许邵文耐着性子说："可能是附近的基站在维修，这两天信号都不好，大家不要着急。"

他话音还没落，就听老杨在旁边大喊了一声："老周！"

眼看要被架走的周老先生听见声音，艰难地扭过头来。看到熟人，周老先生吓飞的三魂七魄立刻归了位，挣扎起来："救命！千万别喝他们的水，他们在里面下——"

许邵文："……"

老不死的！

老周身边的一个男人眼疾手快地揪住他的前襟，在他胸前、脖颈间按了几下，老周就像个被人把脖子拉长的老龟，僵硬地梗着脖子，不出声了，随后被人拖回了小楼里。

杨帮主瞳孔一缩，倏地攥住了拐杖头。

许邵文："这个大爷一直被子女虐待，精神状态真的是不太好，下午倾诉会上多说了几句，可能是我们疏导工作不到位吧，晚上就有点神志不清——"

"没有吧！"老杨提高了声音，再次打断他，"老周的子女我都认识，都是好孩子，没有虐待他。"

许邵文的眼神像毒蛇，危险地看过来："是周爷爷自己说的。"

老杨知道今天已经不能善了，干脆不再装疯卖傻，一字一顿道："虐待老人犯法，那你们报警了吗？"

"小许，"这时，有个刚从车上下来的老太太第一个开了口，犹犹豫豫地说，"我怕我女儿找不着我着急，要不然，这次就先不参加了吧，等下回组织活动，你再叫我。"

"小许，我也……"

"车钱可以扣出去。"

"我也想退，你们谁想继续参加？"

戴小红帽的老人们倏地一静，没人开口。

许邵文想，司机说得对，他们这个基地，以前都是培养忠诚的中坚力量的，门槛很高，带回来的都是在外面发展好的忠实信徒，才有资格来接受彻底的集中洗脑，回去继续帮他们发展下线。现在他们为了赶任务、赚快钱，不管傻的、呆的都给弄回来，风险是相当大的，因为一旦有人闹着要退钱，局面很容易失控。把他们放回去是不可能的，老年人都抠门，如果认为自己被骗了钱，一定会不依不饶，只要离开基地，没准儿立刻就能把警察招来。

于是他说："来之前让大家签了合同，上面写明了，即使中途退出，也不退款，大家都没仔细看吗？"

"老红帽"们一听，立刻炸开了锅，有些老同志平时最擅长撒泼打滚，听了这么不讲理的话，撸起袖子就要施展十八般武艺。

"所以，请大家安心享受吧。"许邵文冷冷地一笑，图穷匕见，他话音刚落，周围不知从哪儿冒出一大帮穿着白袍的人，把他们连人带车一起围住了，"放心，十天以后，我们会把各位安全送回家的。"

韩东升放下望远镜："杨帮主他们不知道为什么，刚下车就跟这些邪教组织的人起了冲突，现在被围起来了。小喻爷，怎么办？"

喻兰川简短地回道："等着。"

但是韩东升不打算再等了。他有时觉得自己听惯了别人发号施令，就成了个六神无主的懦弱男人，只会眼巴巴地等，等着涨工资，盼着发奖金，期待着能在退休前混个办公室主任……哪怕是副的。

有时做梦，会梦见单位像以前那样，给员工分福利房。

这些所谓梦想，又俗气又没出息，少年人听了，非得嗤之以鼻不可，然而又很遥远，让蹉跎又困顿的中年人想破了头，也想不出该怎么实现它们。

韩东升拉起外衣拉链，从后备厢里拎起一根棍子，下了车。

老杨把拐杖横在胸前："小许，你不讲理，我们可就不客气了。"

许邵文半侧过头来，脸上带着讥诮，打算看看这些能进历史博物馆的老东西怎么不客气，还不等他看清，眼前棍影一闪，打狗棒"劈"字诀当头落下。硬木的拐杖带起了凌厉的风声，许邵文吃了一惊，慌忙抱头侧身躲闪。那拐杖一招没使完，在中路转成"戳"，一下子戳进许邵文两臂间的空门，正捅了他的胃。

许邵文干呕一声，往后退了七八步，被人七手八脚扶住，瞠目欲裂："打狗棒！你……你是谁？"

老杨绷起脸，被岁月抽干的嘴唇只剩下薄薄的一条线，紧抿着，站直的腰杆竟隐约有渊渟岳峙的气度。他缓缓地说："年轻人，你们姓许的，未免有些太猖狂了。"

大魔头许昭据说有门徒无数，座下一干弟子为了表示自己是他老人家的孝子贤孙,全跟着姓"许"。

许邵文怒斥一声:"多管闲事的老不死!"

好几个穿白袍的人扑了上来。老杨膀子一晃,五六斤重的拐杖像藤蔓一样灵活——丐帮本来就是个擅长群殴与被群殴的帮派,他老人家的"缠"字诀能让十条恶犬嗷嗷叫着近不了身。

老杨身后的"老红帽们"头一次看见九旬老人斗殴现场,全体伸长了脖子,感觉自己还能再战五百年。

就在这时,前院方向突然闪起红蓝灯,紧接着是警笛声!整个小院顿时炸了窝,穿白袍的邪教成员们集体往后院拥。老杨挑飞了一个白袍,用拐杖撑地,喘起大气,没敢上前拦着人潮——他毕竟是老了,使巧劲跟懂得尊老爱幼的年轻人比画几招是可以的,挥舞着老胳膊老腿真打架,还是太吃力了。

一个戴红帽的老太太踮着脚拽住他:"您太励志了,开气功班吗?我第一个报名!"

老杨:"……"

逃窜的邪教分子们冲进后院,领头的几个纷纷钻上停在后院的车里,一时间谁也顾不上谁,车门都没关上,就横冲直撞地要往外跑。

引擎发出暴躁的咆哮,开车跑的邪教分子根本不管会不会撞到人。这时,墙头树影间有数条黑影落下,跳进小院中间,敏捷地把几个傻站在那儿不知道躲车的老人扑了出去,推到墙角、树下等安全位置。

"杨帮主!"

丐帮弟子到了。

老杨这才松了口气,觉得老腰都快扭了:"别让他们跑了!"

"跑不了!"一个丐帮弟子转过头来,冲他一笑,"前院是咱们扔的报警器,警察都在后面呢!"

老杨一愣,只听身后又响起尖锐的刹车声。

方才从后院冲出去的邪教分子们慌不择路,几乎把油门踩到了底，没想到不知谁那么缺德，在路上放满了专门扎汽车车胎的长钉子，大巴、小巴一个个放屁似的漏了气，撞作一团。

紧接着，灯光打了过来，七荤八素的邪教分子们这才发现，钉子带后面是一排警车，正安静地伏在夜色里，守株待兔。

"小喻爷说了，这帮老头老太太被灌输得一脑袋"极乐"，脑子洗得不剩几滴脑浆了，肯定听不进人话去，关键时刻，一定会坚定地跟犯罪分子站在一边，没准儿还会给他们当盾牌。想把他们解救出来肯定不现实，只能让这些邪教分子自己抛弃他们。"丐帮弟子乐呵呵地说，"哈哈哈，老帮主，小喻爷这小子真鬼啊！"

老杨扶了扶自己的腰，脸上露出了一点笑意，可他的笑容还没来得及展开，就听旁边传来一声惊叫："那是什么？"

老杨一转头，蓦地变了脸色："躲开！"

他的话音被一声巨响盖了过去，只见身后小楼一层发出灼眼的强光，玻璃碴子碎得遍地都是，爆炸的响动震得人脑仁跟地面一起哆嗦。紧接着，浓重的烟火升起。这破破烂烂的农家乐里没有天然气，厨房用的是旧式的煤气罐，有人把那些煤气罐炸了！

北方的冬天天干物燥，本来就是火灾高发季节，冰冷干燥的夜风穿堂而过，火舌瞬间涨了几米来高。

风刮过来，离小楼近的人都闻到了一股火油味。

放火的人不单炸了煤气罐，还在一楼倒了燃料，楼上全都是没来得及跑出来的老头和老太太！

方才还在傻笑的丐帮弟子笑容僵在了脸上。

突然，一道人影从他身边掠过，径直奔向火场。

"东升！"老杨脱口叫出了那人名字。韩东升充耳不闻。老杨一巴掌拍向旁边傻眼的丐帮弟子："救火！救人去！"

楼上被惊醒的老人们像是身在蒸笼，纷纷挤在窗口，杂乱的哭喊与呼救声吵得人心烦意乱。浓烟翻滚着上了天。这地方实在太偏远，消防队不知道要猴年马月才能赶来，原本好整以暇设伏的警察们再也顾不上邪教嫌疑人。

空气又是灼热又是阴冷，强烈的对流卷起飞灰和沙石，老杨指挥着院里的"老红帽们"往外跑，一时有点喘不上气来，扶着拐杖按住心口。

这时，有人在不远处轻轻地笑了一声："我当是谁，原来是杨帮主啊。您看看您，都这岁数了，就要服老，还发少年狂。"

老杨缓缓地直起身，火光照亮了他半张脸。

只见一个身材高大、穿着黑袍的人不慌不忙地走了出来，手里还拎着方才被老杨捅成"大虾"的许邵文——这人正是给周老先生他们上课的"导师"。

邪教分子们听见警笛仓皇跑路的时候，他居然不慌不忙地留在小楼里，倒油、纵火有条不紊。

老杨大爷握紧了手里的拐杖："你是……"

"您可能不认识我，我是师父座下首徒。"黑袍人笑了一下，松开许邵文，"这不成器的小子是我徒弟，快过年了，出来帮小辈们撑撑场面，刷刷业绩，没想到还有幸见到打狗棒法，真是三生有幸。"

老杨大爷："你是许昭的徒弟？！"

"又给他老人家丢人了。"黑袍人说着，摊开双手，他两手各拿着一根三棱刺，"杨帮主，给我个机会，让我找找场子吧。"

许邵文捂着胃退到旁边，脸上挂起阴冷的笑。

黑袍人话音没落，就像影子一样，已经到了老杨大爷近前。老杨只能抡起拐杖迎了上去。然而黑袍人可不是那群听见警笛声就跑的水货，老杨刚才就觉得腰有点不舒服，硬木拐杖不是打狗棒，又沉得很，勉强接了几招，气力一时跟不上，那三棱刺像闪电一样擦过了光滑的拐杖边缘，直指他的咽喉。

老杨闻到了铁腥味。

他心里重重地一跳,心想:老了。

然而冰凉的三棱刺在几乎碰到他喉咙的瞬间,那黑袍人突然猛地往上蹿起,狼狈地躲了好几步。

一只手托住了老杨往后倒的后背。

老杨大爷惊讶地扭头看去,却只看见一个把头脸遮得严严实实的兜帽——

第十九章

 这个黑袍的所谓"导师",除了徒弟,压根儿不在乎手下这些大呼小叫的废物点心,楼里那群伸着脖子喊救命的"肉鸡学员"就更不用说了,钱已经到手,场地是租的,租金还没付,一把火烧干净,他卷款走人,回去过个好年,来年再建新的窝点,反正找不着工作的小青年满世界都是,随便套个皮包公司的壳,在招聘网站上挂个广告,立刻就能招来一帮。

 至于杀人放火,他也全然不在意——杀人者畏惧的,无非是法律制裁、牢狱之灾,前提是被警察抓住,警察又不可能抓得住他。

 拿这个老乞丐头子的人头回去,也好交代。

 然而此时,一直轻松惬意的黑袍人脸色终于变了。

 地面钉着一排刀片,斜斜地插进松软的泥土里,每一片刀露出地面的宽度都差不多,两片刀之间的距离近乎相等,一路排到他脚下。他方才躲闪不及,衣襟下摆被剌出了一条小口。黑袍人横着走了这么多年,从没吃过这种亏!

 同样震惊的还有老杨大爷。他张了张嘴,含混地喊了声"卫",随后又想起什么,把话咽回去了。

 对,卫骁已经死了。

 而这只托住他后背的手掌似乎要单薄一些,脚步虽轻,却又带着一点漫不经心的拖沓感，不像当年那人那么低调。

这时，许邵文开了口，问出了另外两位都想知道的："你又是干什么的？"

戴兜帽的人回答："我是来打听点事的，正赶上你们忙，不好意思，打扰了。"

她虽然把声音压得又低又沉，但毕竟是低头不见抬头见的邻居，老杨还是一瞬间就听出来了，难以置信地抬头瞪着她的背影——这是那个在张美珍家借住的姑娘！

甘卿没看他，松松垮垮地往前溜达了两步。许邵文下意识地往后退，心惊胆战地盯住她一双缠满了黑布条的手。

"请问——前一阵，有一伙供奉'万木春'木牌的人，拿红笔画虚线，现场教别人怎么抹脖子，"甘卿客客气气地说，"跟你们有关系吗？"

"万木春，"黑袍人先是一愣，随即，他看了一眼地面上的刀片，明白了什么，"你是万木春的什么人？弟子？"

甘卿笑了一下："哪里，万木春没有弟子，我只是个多嘴多舌的故人。"

"'春'字部确实是我们的人，"黑袍人端详着眼前这位被兜帽和口罩罩住的人，可能是觉得她也不像什么好东西，就坦诚地说，"以前机缘巧合，我们掌门认识了一位万木春的传人，得到了一点皮毛的功夫传承，可惜弟子们也都不成器。"

"哦，他说自己是万木春的……传人。"甘卿把"传人"两个字咬得很重，用一种很奇异的语气问，"是叫卫欢吗？"

"对，是他，"黑袍人一点头，"也是你的朋友？"

"不是。"甘卿笑了，然后她忽然发难，刀片在手指间翻转，火光下，像捏着一枚小小的闪电，朝黑袍人的脖颈劈了过去，"我不从……垃圾箱里捡朋友。"

刹那间，黑袍人浑身的汗毛都乍了起来，但他反应极快，瞬间退到安全距离，抄起三棱刺挥了出去。

老杨："小心！"

这种近身搏斗，对手武器的攻击距离就是安全距离，甘卿手里只有一把小刀片，攻击半径也就只有她手臂长度，相当于赤手空拳。而在黑袍人有防备的情况下，飞刀的杀伤力很有限——就算是传说中的"小李飞刀"，飞的也是三寸多长的小刀，大概不能是李探花刮胡子的剃须刀片。

黑袍人两根三棱刺把自己浑身的要害挡得密不透风，"叮当"一阵乱响，被撞飞的刀片飞得到处都是。许邵文被殃及池鱼，抱头鼠窜到了一棵大树后。

"接着！"老杨怕她吃亏，抬手把自己的拐杖扔给了甘卿。甘卿抄手接住，硬木拐杖在她掌心里旋转了半圈，横过来抵住了黑袍人的三棱刺。黑袍人大喝一声，骤然发力，前突的三棱刺仿佛一把长枪，把甘卿连人带拐一起撞了出去，与此同时，另一把三棱刺横扫过来。

老杨大爷也不知道是为了炫富还是怎样，实木的拐杖又长又沉，甘卿用起来很不顺手，这一下躲闪不及，被三棱刺"呛"的一声砸中小臂。

她的小臂上应该是戴了什么护具，这一声听着像金属碰撞，没伤到皮肉，但骨头也够受的。甘卿的右臂瞬间脱力，手里的拐杖一下子歪了，兜帽掉下来，两颊垂下来的发丝打着卷地勾着下巴，被口罩挡住的脸看起来只有一个巴掌大。

原来是个小丫头片子，黑袍人心说，装什么大尾巴狼。

三棱刺绕过拐杖，直捅向她小腹。甘卿这时重心在左脚上，黑袍人看得出来，她一只手没有那个力气打飞三棱刺，只能以左脚为轴闪避，于是不等她动，另一根三棱刺横了过来，正好封锁住她躲闪的空间！

甘卿却并没有躲，她突然松手扔了拐杖，矮了下去，人像弹簧一样缩成一团。三棱刺堪堪擦过她的头顶,随后不等人看清,她又骤然弹起,一步欹到黑袍人身前。黑袍人惨叫一声,一根三棱刺落了地——甘卿将一枚小刀片按进了他拿着凶器的手腕上!

那是双面刀片,一边的刀刃戳进黑袍人手腕的时候,另一边顶着甘卿的手指。

她的手指显然也是血肉做的,刀片往对方的手腕里扎了多深,就往她的手指里扎了多深。血水瞬间顺着指肚淌下来,浸透了缠手布条。而她毫无所觉似的,在手心抹了一把,捡起了那根落地的三棱刺。

火光照亮了她的眼睛,那双眼睛冷冷的,竟然带着些许亡命徒似的气质。

黑袍人无端有些心惊胆战,大喝一声扑上来,三棱刺上下飞舞,让人眼花缭乱。甘卿闪转腾挪,脚不沾地,一路躲避。

黑袍人:"杀!"

他话音没落,躲在树后的许邵文突然抽出一把自制的土枪,朝甘卿背后开了火!

土枪的巨响淹没在爆炸声里。

车载灭火器杯水车薪,根本压不下来,火舌越发贪婪。

周老先生被锁进了二楼一间单独的禁闭室里,随着爆炸,天花板上不断有碎沙石往下掉。外面人声杂乱,他慌忙用力拍起门:"有人吗?放我出去!"

但此时楼里太嘈杂了,他撞门的那点动静完全没人注意到,很快就有烟顺着门缝往里钻。

韩东升从小院里捡了几条晾在那儿的床单,用浇花的水龙头喷湿,连同一个车载灭火器一起夹在腋下,绕到离厨房比较远的一边,纵身一跃,勉强扒上了二楼窗棂。身体太重了,韩东升大吼一声,脖子上的青筋狰狞地跳出来,总算把自己吊了上去。他用身体撞开玻璃窗,把湿床单捆了上去,冲慌不择路的老人们大叫:"这边!"

警察们也赶过来了,韩东升弯腰抄起一个快吓哭的老头,直接把他塞进窗口,扔了出去,下面几个警察七手八脚地接人。热浪在翻涌,韩东升把外套和毛衣全都脱了下来,声嘶力竭地吼道:"找湿毛巾、湿衣服捂住口鼻……咳……"

乱窜的老头老太太们没头苍蝇一样,在楼梯口几乎要酿成踩踏事故。韩东升屏住呼吸冲了过去,一手一个,拎起那些挤作一团的老人,争分夺秒地往外送。

控制不住的火势越来越大,几个丐帮弟子也冲了过来,帮忙扛人。韩东升一身的热油都快被烤出来了,脸上一道一道烟熏的黑印,心里却比皮肉还火烧火燎——他还没找到周老先生!

"爸!"韩东升把手里的老太太交给丐帮的人,逆着人群往里冲,"里面还有没有人?爸!"

被困在禁闭室里的周老先生举起木头椅子,拼了老命地往门上砸,可那大门竟然纹丝不动!

他想起自己看过的那些气功书,病急乱投医地试图用丹田里的内力,然而一口大气吸进去,半口都是烟,连同丹田,一起给熏得五迷三道。周老先生涕泪齐下地呛咳起来,手指死死地扒住门缝:"救命!救……咳咳……"

真是奇怪,他们这些人,报名参加"极乐世界"的时候,全都觉得自己过得没滋没味,已经没什么好活的了,可是一场天灾人祸突然到来,老人才惊慌地发现,自己竟然还有这么强烈的求生欲。

周老先生被烟熏得迷迷糊糊,指甲扒裂了,劈出了血,双手却还在无意识地挠着门,心里冒出一个朦胧的念头,他想:我的周周还没上完小学呢。

火场外,甘卿好像颇为熟悉这些不要脸的套路,在黑袍人出声的瞬间，她就一步蹿了出去，土枪打了个空。许邵文骂了一声，正准备再次瞄准，后脑一痛——他被老杨大爷砸晕了。老杨喘着粗气，紧张地抬头张望。

黑袍人趁她躲避土枪，抢占先机，几乎压着她打，两根三棱刺在空中来回碰撞。黑袍人一脚横扫，甘卿险险地退开，一脚踩上黑袍人的脚背，同时吃力地把三棱刺举过头顶，扛住黑袍人当头一劈。她脚上穿了双破破烂烂的旧靴子，很大，有个又蠢笨又过时的方鞋头，看款式，似乎还是男靴——中老年人穿的那种。

黑袍人抬腿要把她掀下去，就在这时，甘卿那双不修边幅的鞋底突然弹出了一根铁锥，黑袍人这么一使劲，相当于主动把自己的脚钉了上去！

那惨叫声把见多识广的杨帮主都震得一哆嗦。

这二位，一个背后放冷枪，一个脚下藏乾坤，"小魔头高一尺，大魔头高一丈"，比着没下限！

甘卿一把攥住黑袍人没受伤的胳膊，指缝间的小刀裁缝似的剜了上去，毫不手软地"咔嚓"一折，拆筋卸骨，一气呵成。

老杨这会儿才找回自己的嗓子，忙喊道："别杀人！"

甘卿掠过黑袍人喉间的手一顿，手指灵活地一缩，擦过黑袍人一层油皮，绕到他颈后，往下一捶——

黑袍人无声无息地扑了地，瘸着一只脚。

老杨大爷惊疑不定地看着她："你……你是……"

甘卿避开他的目光，伸手在脚跟上拨弄了一下，鞋底上的锥子脱落下来。她在泥土地上蹭了蹭鞋底上的血，瞥了一眼乱哄哄的火场："我去看看。"

老杨："等等！"

甘卿充耳不闻，脚下一滑，人已经在几丈之外。

102

"大哥,里面没人了!快走!"小楼里,两个警察一人背着一个老人,拽住韩东升,"火要烧上来了!这楼里都是木头,非得烧塌了不可!"

韩东升慌慌张张地扳过两个老人的脸,都不是周老先生,他二话不说,挥开警察的手,往烟火里冲。湿毛巾能短暂地捂住口鼻,却不能捂住眼睛,韩东升一双眼睛被熏得通红,近乎绝望地四下寻觅。

就在这时,他听见了微弱的挠门声。

韩东升睁大了眼睛,很快辨认出声音来源,连忙跑过去,用力撞了两下门:"里面让开!"

然而周老先生已经没有力气让开了,他甚至没能辨认出那是家人的声音,他神志不清地顺着门板滑了下去。

韩东升猛地退后一步,缩起肩膀,全力撞了过去。禁闭室的门猛地被弹开,失去意识的周老先生随之被撞了出去。韩东升抢上前来,伸手探他的鼻息,慌乱之下也没摸出什么所以然来,一把将老头扛在肩头,往外跑去。楼下又是一声爆炸声,楼道顶上悬挂的白炽灯哆嗦了几下,直接砸了下来,然而韩东升已经看不清了。

电光石火间,一件外套飞了过来,当空兜起掉下来的灯管,"啪"地甩在墙上。韩东升踉跄了一下,被人一把扶住。

韩东升透过满眼熏出来的泪,看清了来人:"是你……"

楼下的警察在大声呼喊,甘卿一把拖起晕过去的周老先生,把人扔了出去。

"轰"一声,半座小楼塌了——

第二十章

韩东升给喻兰川发信息，说情况有变的时候，喻兰川刚走出会议室，差点迎面撞上端咖啡的助理。

"喻总，咖啡还要吗？"

喻兰川满嘴都是咖啡的焦苦味，闻着那玩意儿有点犯恶心，往后一仰头，摆摆手，迅速给韩东升回了信息，然后场外联系丐帮的人和于严。这边忙完，回到办公室，不等一口气喘匀，就发现他方才在会上力挺的项目总监已经等候多时了。

项目总监们对外都是"封疆大吏"，一人扛一方江山，但其实日子过得远没有那么风光，除非是业绩格外突出或者是老板亲信，否则自己常年驻扎项目，"朝中"又无人，对上级的沟通渠道不畅通，每次回集团总部抢资源，都得八仙过海、头破血流。这位总监手头正在运营一个养老养生方面的项目，但最近两年，整个集团都在往轻资产的方向倾斜，涉及地产的全是后娘养的。他自觉跟喻兰川私交一般——喻兰川恪守职场精英守则，整个风控部门一枝独秀，锦衣卫似的，跟谁都私交一般——没想到喻兰川会带着整个部门加班两宿，在董事会上以一杠三，力挺自己。

"喻总，辛苦，辛苦。"项目总监热情地迎上来，"什么时候赏光，请您吃顿饭？"

喻兰川公事公办地一笑："卞总客气。"

项目总监一屁股在他办公室里坐下，发现他办公桌上有几张广告传单，卖保健品的、卖磁疗仪的，还有一个叫"极乐世界"，宣传单上写着：你是否已经退休在家，生活无所适从？你是否儿孙绕膝，仍然孤独寂寞？你是否觉得自己正在变成一个多余的人，只有在那些花言巧语的骗子面前，才能找到稀有的存在感？

"极乐世界"的宣传单印得格外精良，项目总监拿起来一看，笑了："这跟咱们项目的广告思路好像啊，卖什么的？看着还挺高端——我家有个亲戚，家里一沓这些玩意儿，棺材本都给人骗出去了，不瞒你说，咱们好多宣传策略都跟着他们偷师的。"

"不高端，"喻兰川说，"只是个平凡的邪教。"

项目总监："……"

"我一个朋友是警察，最近刚查获的，正好今天卞总在，拿过来给你看看——你们最近在炒的不是这个话题吗？"喻兰川说，"我听说你们还打算拍部公益电影，详细说说，备案了吗？剧本有了吗？"

项目总监嬉皮笑脸地跟他套磁："备倒是备了，其他的还八字没一撇呢。咱们之前抠了半天预算，也就凑齐了够备案的那点资金。喻总，我们这些后妈捡的儿子，在集团的日子不好混，以后得多拍您的马屁啊。"

喻兰川意味不明地冲他笑："这种话少说两句吧，卞总，都是给老板打工的，我算什么？听多了该飘了。"

项目总监见他不吃这套，立刻没事人似的撤退："那是，那是。"

"今年的日子都不好过，明年也不一定乐观。会上大家都在吹牛，都想先占着资源，万一能盲狙到下一个风口呢？我是个比较不喜欢冒险的人，不想碰不了解的东西，所以选择了您。"喻兰川推了一下眼镜，"但集团资源倾斜得越多，任务就越重，今天牛皮吹出去了，到头来投资回报率不好看，咱俩谁都交代不了。卞总，关了门，咱们透

105

个底吧。"

项目总监叹了口气:"喻总,集团考核标准不公平,什么都要看投资回报率,行业不同……没有可比性啊!"

"行业不同,但股东的钞票都一样,水往低处流。"喻兰川说,"集团内部其实一直有杂音,想出售一定比例的传统板块……"

项目总监立刻急了:"我们不是传统板块,我们有新概念!"

"别激动,卞兄。"喻兰川不易察觉地换了个称呼,站起来给他倒了杯茶,"咱们都知道'概念'是怎么回事,这话就不要拿来哄我了。"

项目总监抹了把脸。

喻兰川当着他的面,打开平板电脑,调出他们在会上大吹特吹的项目PPT,把平板电脑压在那一沓保健品和邪教的宣传单上:"除非你们真能实现这个。"

项目总监的眼角跳了跳,目光落在PPT页面上。

向集团卖自家安利,都是疯狂地往"高大上"上靠,当今社会上什么名词火,就蹭什么的热度,实在哪儿也不挨着的,就自己攒一个类似的词硬往上堆,不能显得不如别人洋气。

喻兰川翻到的这一页PPT写得尤其不要脸,标题是"连横合纵,结合文化产业,打造地产IP"。

这句话是谁加上的,项目总监记不清了,盯着压在传单纸上的平板电脑愣了半天。这种意味不明的名词堆砌看得他都麻木了,底下人一股脑儿地加上,他审阅的时候也没细想,没想到老板们当真了,在会上揪住他一通问,要没有喻兰川帮着打圆场,差点下不来会议桌。

项目总监说:"现在市场上的养老服务,主要都在聚焦失能老人——就是没有自理能力的那些人,子女工作忙,顾不上他们,这才会想到养老院——但是我们当初做可行性报告的时候,认为专门替那些身体健康、生活能自理的老年人服务的东西不多,市场是有盲点的。"

喻兰川双肘撑在桌子上,不动声色:"投资人认为目标客户群不理想，因为这些人保守、抠门、消费能力有限，回报率不会好看。"

"这是刻板印象。看看那些狂热的保健品爱好者就知道，不是市场没潜力，是你没挖到这些人的点。我当时想的是，咱们集团旗下不是也有文化公司吗？销售预算给谁都是给，肥水不流外人田，所以就跟他们商量着，让他们帮着拍部小电影，小成本，万一真能公映，赚回点票房，没准还能把账抹平了……"项目总监苦笑了一声，"好，这回还弄成年度重点工作之一了，这不是莫名其妙吗？"

喻兰川顶着一张事不关己的脸，心里一点儿也不觉得莫名其妙，故作不解地一挑眉："集团的资金扶持已经帮你们拿下了，任务书签了，还有什么困难？卞兄，我以为钱是万能的。"

项目总监一咬牙，撸起袖子："行，今年我们就豁出去，和这帮卖保健品的抢生意了。"

喻兰川意味不明地笑了一声："这话听着真没志气。"

"也是，咱们为什么要跟这帮狗骗子抢生意？上星期刚跟大宗商品交易所的老板吃过饭，他们那边烂人烂事多，隔三岔五遇见几个跳楼喝农药的，经常跟公安打交道。"

喻兰川一点头："文化板块的老常今天出差，我约他电视电话会。"

"对，他们要拍这些，也得跟公安部门打招呼。"项目总监说，"要是真能撺掇市里组织一波严打，正好一起宣传。那……抓紧时间？我这就打电话。"

喻兰川："军令状悬在咱俩脑袋上呢。"

送走了自来熟的卞总，结束了电话会，CBD的灯已经亮起了一片，各色外卖送餐员在楼下列队打电话叫人来取餐。

喻兰川后腰发僵，站起来用力抻了两下，拎起外套，抽空看了一眼手机，韩东升没动静了，丐帮的人最后给他发的信息是"顺利"。

顺利是肯定的。喻兰川认为，这件事最大的难度就是带警察找到这帮邪教分子的窝点。算时间，这会儿老杨他们里应外合，应该已经

107

把这个邪教窝点一网打尽了。可是一个窝点肃清了，还有千千万万个窝点藏在街头巷尾。于严说得对，如果没有大范围的严打，他们就会像春风吹又生的野草。

如果还能再顺利一点的话……

喻兰川给于严发微信说："完事了吗？你想要的'严打'可能有戏了。"

这个时代，公与义背后，必须有资本的逻辑作支撑，否则没有人会帮他吆喝，也没有人会理睬他。假如一个人单纯地宣传理念与公益，那么人们往往认为他不是学生仔，就是打算寻衅滋事的。

喻兰川把茶叶渣倒进花盆，心想：盟主令有个卵用，让你们看看谁是爸爸。

就在这时，于严可能是看见了他的信息，把电话打了回来。

"喂……"

电话那边杂音很多，于严冲话筒吼："兰爷，是你把梦梦老师找来的吗？"

喻兰川："……啊？"

"我×，这不是重点……楼都快烧塌了。"于严的声音稍远了些，不知是对着电话那边的谁喊话，"消防队还有多久能到？这么大的火根本压不住！里面的人赶紧出来！"

喻兰川："着火？哪儿着火了？怎么回——"

他一句话没说完，电话那头传来一声不祥的巨响。

有人惊呼："塌了！"

于严骂了一句什么，撂下一句"回去跟你说"，就匆匆挂了电话。

喻兰川原地愣了两秒，撒腿往外跑。

岌岌可危的小楼里，韩东升脱力是小事，脱水更严重。他本来就比别人爱流汗，火场奔波，整个人被烤得外焦里嫩，这会儿肩头一轻,周老先生被人接走了,他的大脑就像是强制关了机,立刻失去了对身体的控制。

韩东升踉跄两步,扑倒在地。火已经烧到了这边,原本留在外面的床单被蒸干水分燎着了,人们在大声呼喝。可是这楼挑高太高,一楼的火势烧过来,底下的人根本上不来。粗制滥造的天花板掉了一大块,甘卿用从黑袍人手里抢来的三棱刺挑开,落了一身灰。她不小心吸了一口烟尘,呛得差点把肺咳出来。脚下的地面簌簌发抖。小楼是从另一边开始塌的,然而木料断裂的声音不断逼近,凶猛的火舌蚕食鲸吞着途中的一切,爆起的火花四溅,三棱刺都开始烫手了,她甚至闻到了煳味。

"喂!"

情急之下,甘卿一把扯住韩东升的后脖颈子,然而韩大哥的体重大约是他岳父的两倍,甘卿这一爪子下去,韩东升本人纹丝不动,反倒是本来就有些开线的衬衫被她扯破了。

韩东升的心"突突"地跳,手脚软得像面条一样,几次三番试着站起来,身体都不听使唤,眼前闪过一道又一道的幻影。他忽然有种错觉,好像自己不是第一次被什么击倒在地,像条狗一样趴在绝境里爬不起来。

他仿佛是习惯了这种姿势的。

韩东升喃喃地说:"走……走你的……"

三棱刺拿不住了,甘卿脱手一扔:"你说什么?"

韩东升连撑地的手肘也开始摇晃,右臂率先软了下去:"我……"

"噼啪"一下,甘卿蓦地回头,靠近他们这边的窗棂变了形,合金的窗户框就快给压裂了。头顶泛黄的天花板裂开,一条黑乎乎的缝隙直追到他们面前。

"我想求你……"韩东升几不可闻地说,他不知道甘卿能不能听见,一时也理不清自己混沌的思绪,只是觉得自己似乎有很多放不下的东西，话到嘴边，却又不知从何说起，鬼使神差地冒出一句，"告诉蓓蓓……钱没在……没在股市里……"

这都哪儿跟哪儿？甘卿一头雾水，掰扯不清，于是直接动手——甩出几把小刀片，稳准狠地在韩东升的指缝间钉了一排。

如果说十指连心，那指缝的嫩肉连的可能就是灵魂了。韩东升猝不及防，压在嗓子眼里的喃喃自语化作一声惨叫，全身的生命力在剧烈刺激下竟然死灰复燃。

他灰败的脸上肉眼可见地充了血，猛地抬起头。

那心狠手辣的妖女面无表情地说："哦，不用谢。"

韩东升大吼一声，收缩的手指在地上留了一排血手印。他猛地一按地面，把自己撑了起来。

就在这时，合金窗框彻底断了，被挤在中间的玻璃粉身碎骨，木梁和巨石砸了下来……

韩东升："让——开！"

甘卿应声侧身让路。韩东升抱着头，像一颗巨大的炮弹，从她身边轰了过去，把松散的木石撞出了一个人形的洞，直直地摔了下去。甘卿不再迟疑，紧跟着他往外一钻。

又是一声巨响，小楼彻底成了一片废墟。

救人的与被救出来的人纷纷撒开脚丫子逃离现场，有人惊惧地仓皇回头，望向火场——雪白的"极乐世界"撕开墙皮，露出狰狞的鬼脸。

那里就像是被业火点着的南柯一梦。

喻兰川第一次后悔为了省钱，把车租出去了，仓促间，他跟同事借了辆车，往"极乐世界"的窝点赶。

"您拨打的电话已关机——"

甘卿这女人的手机好像专门用来在朋友圈行骗的，一旦有事，她的电话绝对打不通！

喻兰川想起甘卿那条前不着村、后不着店的留言,差点把手机砸出去。

就在这时,他电话又响了,喻兰川险险地把差点脱手的手机勾回来:"喂?"

"是我。"于严飞快地说,"出了点意外。"

"什么情况?"

"这帮邪教分子比我们想象中还丧心病狂,本以为就是想骗点钱,结果方才有个人,一看跑不了,把房子点了,想趁着我们救火救人时溜掉。梦梦老师跟老韩都在火场里,刚才楼塌了……"

喻兰川瞳孔倏地一缩。这时,他正好开到路口,红绿灯变色,前车已经停下,他一脚把刹车踩到底,车轮和地面发出让人牙酸的摩擦声。

"喂喂喂,兰爷?你没事吧?"电话那头的于严都听见了他这边刹车的动静,"你、你、你注意交通安全!"

有那么一瞬间,喻兰川的耳朵好像被什么东西堵住了,电话里于严的絮絮叨叨变得模糊不清。他好像被人迎面打了一棍,双手有点握不住方向盘。就在这时,路口变灯了,后面的车不耐烦地按了喇叭,喻兰川被尖鸣声惊醒,短暂地恢复听力。

只听见电话里于严的尾音:"……就近送医院抢救了。"

第二十一章

老杨帮主是泰斗,和那些邪魔外道是世仇难消;韩东升有家人陷在里头,义不容辞。

她算哪根葱?跑去凑什么热闹!

平时一直是一副"我很神,我只是装屄,一切尽在我掌握中"的臭德行,套路一打一打的,其实又怕黑又怕鬼,坑蒙拐骗一个月赚不出一壶醋钱,随口答应请人吃饭,转头就赖账;跟人动手之前得先把手缠起来,不然就犯帕金森……万木春隐世隐半天,就培养出了一个这么不靠谱的货?

喻兰川脑子里乱七八糟的念头此起彼伏,飙升的血压快把心脏跳爆浆了。他还没来得及想明白自己着什么急,这个本该"运筹帷幄"的角色就被他演砸,成了"夺路狂奔"。汽车引擎的"嗡嗡"声和他自己的心跳声充斥着小小的空间,一个模糊的念头忽然如"水落石出",渐渐从噪音里凸显出来。

我……

他压在心里很多年的少年用力扒开十五年的烟尘,从漫长的岁月里露出一张几乎面目全非的脸。

他想:我好不容易才找到你……

于严"喂喂喂",喻兰川那边电话断了,他正要再打过去,被一通来自上级的电话打断了,急忙去解释为什么"寻找离家出走的老头"会变成跟犯罪嫌疑人火拼。

警察们都忙疯了,一部分留在现场等消防队,抓捕犯罪嫌疑人,另一部分跟到医院,不但要照顾好这些饱受惊吓的老年人,还得跟医院说明情况、挨个联系老人家属,人手非常短缺,一个个忙得脚不沾地。

韩东升送走了来查看情况的民警,就缓缓地在急救室外等候区的木椅上坐下了。周老先生吸进了不少烟尘,被送进去抢救,这会儿还不知道是什么情况,尽管警察安慰他说肯定没事,但……万一呢?

那么那顿被辜负的早饭,大概会成为家人给他的最后的回忆了。

其实细想起来,就算没有万一,周老先生也年过古稀了。据蓓蓓说,他们家没什么长寿基因,周老先生已经活过了他自己父母兄弟去世的年纪,差不多是家族最长寿的了,他的日子已经走进没有里程碑、没有标尺的荒原,每一个被家人冷落的工作日,都有可能是他戛然而止前的最后一天。

可是"珍惜"太难了,就像是"勤奋""坚持""自律"一样,明明是每个人都知道的道理,却只有非凡人才做得到。

韩东升的伤不重,除了在火场小楼里磕碰了几块皮外伤,多补充点水分和无机盐就行了,最严重的伤害是"我方战友"造成的——他那只手几条指缝里全都有刀伤,每根手指都不能动,让医生包成了一个"大猪蹄子"。

独自等在急救室外,韩东升一开始试图正襟危坐,坐着坐着,后背和小腹上的肥肉就开始把他往下坠。他太疲惫了,累得连眼都睁不开,就像一块被加热的黄油,从立方体坍塌成不规则状,继而就快要化成液体,流到座椅下面了。

忽然,一阵脚步声传来,韩东升激灵一下睁开眼,看见甘卿朝他走来。

甘卿比他还慢。其实按照她的想法，手指割破了条小口子，塞嘴里自己舔一舔就好了，实在没必要上医院，结果刚从小楼里逃出来，她就被莫名其妙地塞进了救护车，大惊小怪的大夫们不但要给她打针，还非得说血液接触有风险，要她化验检查。

"我就是过来问……咳，你这个，"甘卿指着他的"猪蹄子"，"是不是应该我赔医药费？"

"什么话，救命之恩还不知道怎么报答呢，要不是你这几刀，没准儿我就得留遗言了。"韩东升很客气地冲她笑，露出一口明晃晃的白牙。

甘卿递给他一张湿纸巾，两个人劫后余生，寒暄了几句，因为不太熟，也没什么话好说，就都沉默下来。韩东升脸上都是黑灰，擦了一遍，手里的白湿巾变成了黑抹布，在手心里一攥，能攥出一把泥汤。

他缓缓地擦着没受伤的手，好一会儿，忽然说："从那小楼里出来的时候，我就想，要真陷在里面，以后蓓蓓自己带着孩子……可怎么活？"

甘卿看了他一眼，但她是光棍一条，没拖家带口过，无论说什么，都有"站着说话不腰疼"之嫌，因此没吭声。

韩东升跟她说话，渐渐成了自言自语。

"后来又觉得，也可能是我想多了，"他自嘲地一笑，"我这样的男人，实在没什么用，有没有也两可，没有我，人家没准能活得更好。

"我可能……就不是那种能成功的人。

"她对我一直挺失望的。"

甘卿换了只重心脚，双臂抱在胸前，有一搭没一搭地听，目光平直地射向楼梯，听着那些人间烟火事——女人对不求上进的丈夫失望；老父亲对抛出去得不到回应的感情失望；一事无成的男人仓皇回顾，自己对自己失望。

韩东升单手撑起下巴，眼皮熬得有点水肿："有时候夜深人静了，也忍不住想，要是人能重新活一遍就好了。"

甘卿平静的目光终于微微起了波澜。她似乎是深吸了一口气，脖筋一根一根地跳出皮肤。

"是啊，"她几不可闻地说，"能重新活一遍就好了。"

就在这时，零乱的脚步声响起，一个人跟跟跄跄地跑上来，在最后一层台阶上绊了个大马趴——正是披头散发的周蓓蓓。

她这一下摔得太实在了，把那两位神游的都惊动了。韩东升看清了是她，连忙要上来扶："哎，你怎么走路不知道抬脚啊？摔哪儿了？我看看。"

周蓓蓓不等站起来，就着跪地的姿势一把搂住他的腿。

"爸没事，就是岁数大了，吸进几口烟。"韩东升举着自己的"大猪蹄子"，单手架住周蓓蓓的胳膊肘，把她往上托，"不是让你跟周周在家等着吗？这儿有我就行⋯⋯怎么了？"

周蓓蓓不肯站起来，死死地把脸埋在他腰腹间。

韩东升就攥着她的肩膀，轻轻把她扒下去："我身上脏⋯⋯"

他忽然一顿，因为看见周蓓蓓通红的眼。两个人无声地对视片刻，她的眼泪倏地落了下来。

她是个满嘴埋怨、没一句好话的女人，怨气堵住了她的气管和喉咙，话行不顺，肚子里有千言万语，全都说不出口，只好号啕大哭。韩东升一开始被她哭得手忙脚乱，好一会儿，他好像从女人的哭声里领会了什么，手掌缓缓地落在了周蓓蓓的头发上。

甘卿冷眼旁观，笑了一下，悄无声息地上了旁边的直梯，下楼走了。

医院里乱哄哄的，丢了老人的家属们都赶来了，有的喜极而泣，有的暴跳如雷，还有个男人茫然地在医院楼道里游荡，正好撞见甘卿从电梯下来，就上前拉住她问："请问一个姓林的老太太是不是也在这儿？"

甘卿还没来得及回话，就有个民警赶上来，好说歹说地把人劝走了。

"那是林老太太的儿子。"身后有人说，"就是最早失踪的那个老太太。"

甘卿一回头，见老杨帮主拄着拐杖缓缓地走过来。

老杨说："林老太太参加过一次他们这个'极乐世界'的体验活动——其实就是给老家伙们喂一点稀释了的劣质致幻药，让他们晕晕乎乎地睡一觉，他们还真以为自己体验了灵魂出窍——被那帮人忽悠了几次，信得死心塌地，觉得以前跟随的'气功大师'都是骗子，还帮忙发展了好多下线。老周他们都是她给撺掇进去的。这回参加这个培训要四万块现金，老太太手里没那么多钱，就去找那'气功大师'，想要回自己以前打赏的钱，没想到本身就有点心血管疾病，吃了这帮邪教分子的药，又加上要不回钱，情绪激动，一下子，人就过去了……尸体都找到了，还是儿媳妇去认的，儿子一直不愿意接受。"

甘卿带着几分事不关己的冷淡说："要是每个人头上挂一个生命倒计时牌，大家可能就都不想离家出远门了。"

"你叫甘卿，对吧？"老杨转过头来看着她，"练的万木春的刀法，你师父是卫骁。"

甘卿对"师父"的部分避而不答，只说："刀法是真的。"

甘卿平时在一百一十号院又礼貌又乖巧，每次去张美珍家里碰见她，她不是在擦地，就是在做饭。杨逸凡说她像个小保姆，被老妖婆压榨。此时，她背着手，站在离杨帮主几步远的地方，终于撕掉了所有的面具，露出了本来面目。她甚至比年迈的杨帮主还要高一点，清瘦挺拔，眼皮略微垂着，露出几分说不出的桀骜之气："我早已叛出师门，跟万木春再没有瓜葛。"

老杨一愣。

"家务事，碍不着别人，不多说了。"甘卿意味不明地一笑，又冲他一摆手,"年底房子应该好找,杨帮主放心,回去我就搬家。"

老杨:"你——"

他话没说完,就见一个净衣的丐帮弟子慌慌张张地跑进来:"帮主!"

只见杨逸凡跟在他后面,大马金刀地闯了进来,胳膊底下还夹着打狗棒。

老杨脸色一变,他这回出来浪,没告诉孙女,怕她起疑心,也怕邪教那边有人认出来,还特意没带打狗棒,杨逸凡此时的表情就像是想把丐帮圣物当场撅了!

老杨赶紧:"凡凡,有话好好说,你别……"

然而杨逸凡一路杀到他面前,却只是红着眼瞪他,半晌没吭声,随即叹了口气,把打狗棒塞进了老杨手里,抢过了那根硬木拐杖。

老杨眨眨眼,呆呆地看着她。

杨逸凡把那根木头拐杖拎在手里,掂了掂:"是沉,拿着不顺手吧,你为什么不早说?"

九十多岁还能徒手斗殴的老帮主就像个犯了错的小学生,嗫嚅说:"你专门托人买的,挺贵的东西——"

"那又怎么样?"杨逸凡打断他,"我逢年过节就买爱马仕、买钻石,不要钱似的到处给小白脸塞,就是想堵住他们的嘴,想让他们都吃人嘴短,以后都老老实实地围着我转,除了钱,别再向金主索取时间和精力——你也是我包养的小白脸吗?奉行他们那个准则干什么?不喜欢你就说啊!"

老杨:"……"

旁边的丐帮弟子听了杨总这番大逆不道的话,缩脖端肩,不敢吭气。只见老杨被烟熏过一遍的"老白脸"由黑转红,又由红发青,终于忍无可忍,扬起打狗棒抽向杨逸凡:"成何体统!说的是人话吗?你个不孝的东西!"

117

甘卿飞快地挪开脚步,给这二位让出场地,以免影响老头三十六路打狗棒法的发挥。然后她插着兜,往外走去。

她真的很喜欢一百一十号院,鸡飞狗跳,明媚欢快……最主要是便宜。

可惜了。

孟老板那里大概也不方便待了,肯定要换个工作。她能干点什么呢?好在临近年关,燕宁四处都缺人,找个地方当服务员应该不难,可以先凑合混一下。

甘卿走出医院大楼,被西北风劈头盖脸地卷了一身。她哈出一口白气,觉得自己这小半年过得太舒服了,娇气了,居然还有点小惆怅。她这种人,过的本来就是居无定所的日子,比路边的流浪汉干净体面一点而已。

"忘本了。"甘卿颇为自嘲地想。

这时,停车场冲进一辆轿车,还没停稳,一个眼熟的人就冲了下来,直奔停在那儿的警车。于严正在跟火场附近的同事打电话,喻兰川上气不接下气地冲上来,一把拽住他:"人呢?"

于严:"什么?"

喻兰川:"甘卿!"

"……哎。"不远处有人迟疑着答应了一声,"小喻爷,我好像听见你在叫我。"

喻兰川猛地扭过头去,膝盖一软,打了个趔趄。

于严一把拉住他:"你这是加班加得低血糖了吗?那你回去躺着啊,跑这儿来干什么?"

喻兰川一把甩开他。

甘卿在他几米以外的地方松松垮垮地站着,插着兜,外衣不知道跑哪儿去了,里面穿着沾满了灰尘的棉马甲,脸虽然擦干净了,但几绺头发有点焦,仍然是灰头土脸的,就这么莽撞地撞进了他的视线。

不知道为什么,喻兰川一路狂飙的心率非但没有降下来,反而又往上攀升了一格。

甘卿被他的目光盯得不自在,以为脸上沾了东西,不大讲究地抬起袖子抹了把脸。喻兰川的目光这才缓缓地落在她缠着绷带的右手上。甘卿抹了一把,没见有灰,不解地挑起一边眉毛回视喻兰川。这样大眼瞪小眼有点尴尬,于是她没话找话,说:"行吧,既然碰上了,正好跟你们告个别,我这两天打算……"

"告别"俩字好像刺激了喻兰川,他突然上前,一把攥住她的手腕,拖着她往自己车上走。

于严:"什么情况?梦梦老师,你告什么别?哎,兰爷,你怎么不让人说话呢?喂!"

第二十二章

甘卿才刚掉了马甲……不是指她身上那件棉的。

她被喻兰川一把拉走的时候，不着边际地想：虽说是个师门叛逆，可是不也应该表现一下"万木春"的专业素养吗？比如"不要靠近我十厘米以内，否则杀手防备系统启动，容易失手取你狗命"之类。

可惜，她并没有配备以上系统，不然没法在把人挤成遗照的公共交通工具上混了。等她回过神来的时候，已经被喻兰川一言不发地推进了车里。她甚至没有抗拒。

为什么呢？

甘卿自己也有点想不通，也许是刚才在身后的医院大楼里走了一圈，沾染了一身的与自己无关的悲欢离合吧，被传染了。

也可能是因为她想蹭顺风车。

甘卿揉了揉自己的手腕，看着喻兰川紧绷的侧脸，没心没肺地说："有话好好说，就你刚才那动作，换个人要喊抓流氓了。"

喻兰川耳根一下子红了，不看她，冷冷地说："喊人来抓你吗？安全带。"

甘卿不想再听一通交通法规科普，只好老老实实地扣上安全带："怎么这么大火气？我可是提前跟你打过招呼了。怎么，破坏盟主在亚太区的战略部署了？"

喻兰川:"你来干什么?"

"上次那伙供'春'字牌的废物,谈到过他们有个师父,这个师父到底是谁,后来也没审出来。"甘卿看见车上放着个一摇一摆的招财猫摆件,就手贱地捉下来玩,"万木春功夫不外传,你们都知道,那天你和杨帮主在门口说话,我听见了,过来看一眼。"

喻兰川:"然后把自己看进了医院?"

"哎,小喻爷,"甘卿笑眯眯地说,"我才刚围观了好几场抱头痛哭,你再这么馋,我都要以为你对我牵肠挂肚了……吁!"

喻兰川脚下一哆嗦,把油门踩得格外凶猛,小轿车几乎原地炮了蹶子。偏远地区医院附近基础设施建设情况堪忧,路面活似麻子脸。喻兰川这无影脚先是把车踩进了一个大坑,又蹦蹦跳跳地弹了出来。要不是安全带拦着,甘卿差点跟着起飞:"就调戏你一句,你就要跟我同归于尽?大招不是打最终boss才用的吗?"

喻兰川从牙缝里挤出三个字:"说、人、话。"

"虽说世风日下吧,但谁也没想到堂堂一个杀人放火的高手,居然屈就在农家乐里骗老头老太太的养老金。"甘卿说,"我不来,你指望让九十多岁的老大爷跟人舞刀弄枪吗?在杨帮主面前出手,跟自报家门差不多,回去又得搬家,你以为我愿意吗?"

喻兰川生硬地问:"谁让你搬家?"

"自觉自愿,面斥不雅。"甘卿淡淡地说,她捏着招财猫前后晃的小爪,仿佛是怕旁边这位靠房上位的盟主不熟悉江湖规矩,又好心多解释了两句,"你既然知道卫骁那老头上过盟主令,就该明白,'万木春'在你们名门正派眼里,和刚刚被抓起来的那伙人也差不多,再住下去,老杨帮主他们要怀疑我别有用心了。"

"你要去哪儿?"

"没想好,找找看再说。"甘卿不怎么在意地坦然回答,"可能还要在燕宁待一阵子,毕竟还有点没了结的事。"

121

没了结的事——是行脚帮吗？

"我以为，你在一百一十号院住了这么久，"喻兰川说，"对……我们这些人……"

"多少会有点留恋。"

甘卿打开车载音响，翻着里面的音乐，车主的品位相当复古，音响一开，就流出了一段《新鸳鸯蝴蝶梦》。

"江山信美，"甘卿一点儿也没听出他微妙的弦外之音，随口扯淡说，"终非吾土。"

喻兰川："那你打算归哪儿去？"

一句话把甘卿问住了，她微微一顿。

音响里唱："抽刀断水水更流，举杯消愁愁更愁，明朝清风四漂流——"

正好经过一个十字路口，路口亮了红灯，喻兰川把车停在白线后面，目光盯着交通指示灯上的倒计时，两人一时沉默下来。偶尔经过的车灯透过窗户打进来，她的脸明明灭灭，脸颊让湿纸巾擦得有些干燥。她身上什么都没带，连外套也扔在着火的小楼里了。她漫不经心地摆弄着车里的摆件，像个搭顺风车，即将往远处去的路人。

交通灯倒计时从四十多秒一路减，好像追近着什么，十位数减到"10"，喻兰川握着方向盘的手心忽然起了一层细汗。倒计时又倏地一变，从"10"变成了"09"，喻兰川眼角轻轻地一跳，被那倒计时牌上的时间催促着似的，他脱口说："我就是。"

甘卿："嗯？就是什么？"

05、04……

"你刚才说我戗你是……担心你，我回答的是这一句。"

甘卿吃惊地偏头看他。

喻兰川面无表情地语无伦次："没接着刚才的话题说……就……往前跳了一下……"

"啊。"甘卿有点茫然地应了一声,"听明白了。"

路口倒计时牌结束,转了绿灯,喻兰川却没动,好在这条马路不是单行道,路上车流稀疏。他伸手把车载音乐关了,关完立刻又后悔了,因为整个车厢里一下子寂静下来,连心跳声都分毫毕现。

甘卿:"那个……"

变灯了。

喻兰川几乎与她同时开口:"我……"

两个人同时闭嘴。

甘卿谦让道:"你说。"

"我看人不看出身,更不看什么所谓师承。"喻兰川说,"什么年代了,还跟你穿的那破马甲一样土吗?"

甘卿:"……"

"于严打电话说小楼着火了,你在火场里,紧接着电话里就有人喊'楼塌了'……"喻兰川说不下去了,重新按开了音响。

甘卿的睫毛好像不堪重负似的忽闪了一下,随即又垂下去:"你是因为这个,才大半夜赶过来的?"

喻兰川一脚踩下油门:"不然呢?"

轿车才蹿出白线,交通灯又变回了红灯,遵纪守法的小喻爷急忙又刹车,"咣当"一下,把两人震了三震。喻兰川低骂了一声:"我问都没问清楚就跟人借了车赶过来,结果你没事人似的见面就说要告别,你是人吗?"

甘卿很想说,这又不是一码事,可是不知怎么的,话到了嘴边,没说出口。

她经过医院楼道,就像看了一幕一幕情景剧似的,入眼不走心,不料突然也被拉到剧情里,一时无所适从。有人听见只言片语,就驱车几个小时,从燕宁市区跑过来找她。这个人还深更半夜跑到东郊墓地,翻墙进去,就为了阻止她私下里去找王九胜……这一任的小盟主这么热心肠吗?

　　甘卿忽然沉默,喻兰川手心的汗几乎开始让他的手打滑了,胸口的发动机——心脏好像崩了几个气缸,越发没头没脑地乱跳起来,与车载音响里那些上个世纪的老歌联袂组成了一段噪音。从小到大,喻总都是一朵等着异性表白的"高岭之花",自尊心高高地架在雪山绝壁上,负责偶尔施舍几个眼神给表白者,以示不感兴趣,差不多是头一次艰难地低下头,说出这种话……她居然还敢沉默?!

　　"呸。"喻兰川心想,"我说什么了?我才没表白……别唱了,真烦!"

　　他有些恼羞成怒,在变灯的一瞬间,把车开了出去。关了音响觉得尴尬,打开又觉得吵,来回开关几次,甘卿终于忍不住说:"小喻爷,你就饶它一命吧。"

　　"别多想。"喻兰川冷冷地说,"你小时候救过我一次而已,还你人情。"

　　"谢谢。"甘卿说,"呃……我就不用脱衣服以示对等了吧?"

　　喻兰川:"……"

　　甘卿:"毕竟我也没有小狗的……"

　　"闭、嘴!"

　　甘卿感觉小喻爷快报警了,于是从善如流地做了个在嘴上拉拉链的动作。

　　喻兰川成了暖空调以外的第二热源,一路头冒蒸汽地驶回燕宁。甘卿不知是被热气烤得昏昏欲睡,还是怕他尴尬,干脆就在旁边闭目养神。

　　喻兰川不动声色地把空调温度调高了些,觉得甘卿有一张自带寒意的脸,无论被多高的温度烤着,皮下的毛细血管也不肯显露出一点红晕,节约生命力似的。她的右手搭在车门上,绑着绷带的手指悬空,不由自主地轻轻颤动,一点儿也看不出有什么危险的,反而让人有种想要握起来,攥进手心里保护的冲动。

我可能是疯了,喻兰川想。

大龄男青年忙于加班,没工夫找对象,看见个长得像点样的异性就胡思乱想。

"等等……谁是大龄男青年?我才不是,我风华正茂!"喻兰川满脑子弹幕,"这不就是个土了吧唧的柴火妞吗?哪儿有样?路人水平!"

又一个红灯,喻兰川忍不住偏头瞥了她一眼,把外套脱下来扔在她身上。

甘卿肯定醒着,装蒜没睁眼,睫毛动了动。

喻兰川飞快地收回视线,心想:……比路人睫毛长一点。

这一路也不知怎么那么多红灯,车开得磕磕绊绊,回到市区,已经是后半夜了。喻兰川把车停在一百一十号院门口,甘卿适时地"醒"了:"你要找地方停车是吧,那我先下去了。"

她说着,若无其事地把身上的外套拿下来,捋平叠好,推开车门。

喻兰川:"你的手是怎么回事?"

甘卿看了一眼自己手指上缠的绷带:"我刚才不是说了吗?遇上个硬茬,不太好对付,动手的时候割破了。"

"不是,"喻兰川垂下眼,落在她略微有些变形的右手上,"我问的是,你的手筋是怎么回事?"

甘卿一顿。

喻兰川欲盖弥彰地干咳一声:"我不是打听别人的闲事,我继父辞职以前就是医生,可以帮你问问有没有恢复的可能性,其实受伤的时候如果及时治疗的话……"

甘卿说:"不知道,没治过。"

喻兰川一愣。

甘卿耸耸肩:"我自己挑的,治什么治!"

喻兰川怀疑自己的耳朵出了毛病:"你自己……什么?"

"哎,你那是什么眼神?"甘卿冲他笑了一下,"放心,我不是神经病,没有反社会,更没有自残倾向。哪吒割肉还母、剔骨还父,是断绝双亲;我当初叛出师门,跟原来的师父一刀两断,当然也要留下点东西——把右手十几年的功夫还他了。"

喻兰川瞠目结舌地看着她。

"江湖险恶,"甘卿老气横秋地说着,推开车门下了车,"邪魔外道们心黑手狠,什么都干得出来,小喻爷,躲我们远点吧——我先上去了,多谢你的顺风车,早点休息。"

她在燕宁年关凛冽的清晨里伸了个懒腰,走进小楼,连天天出门浪的张美珍都已经回家睡下了。甘卿轻手轻脚地把自己洗涮干净,回了房间,清点起自己的行李。她行李不多,几件随身的衣服、一点日用品而已,明天起来和孟老板请个假,把自己住过的房间彻底大扫除,窗帘和床单拆下来洗一洗,就可以和美珍女士辞行了,一点儿也不麻烦。

甘卿把前室友"猫头鹰小姐"送给她的毛绒玩具放在窗台上,撕下了猫头鹰室友的字条,打算把这个留给张美珍做纪念,不带走了。

"你的一生,将以什么立足呢?""猫头鹰小姐"隔空问。

真是个好问题,甘卿把字条团起来,扔进垃圾箱,但是——人又不是花草树木,为什么要立足呢?

浮萍浪梗一样地活着,也是活着,没什么不好。

喻兰川突如其来地、有些狼狈地靠近并没有打乱她的计划,甘卿枕着自己的双手,仰头躺在床上,回味了一下这一段特殊的路,把它当成一块意外的小甜饼咽了。

"幸亏是我,"甘卿想,"孤男寡女的,换个人要想入非非了。"

第二十三章

张美珍作为一个精致的老太太,裹着一身香水味,照常睡到日上三竿。一睁眼,她就觉得家里似乎有什么不太寻常,于是循着声音走到厨房,看见甘卿正在煎肉松蛋卷。

张美珍恍惚了一会儿,还以为自己失眠了,回头确认了一下时间,这才疑惑地探头问甘卿:"小尼姑,你不是应该已经出门念洋经了吗?"

"有点事,请假了,一会儿和您说。"甘卿没回头,"给您卷一点鸡肉松还是牛肉松?"

张美珍嘀咕了一句:"我不吃那些小零嘴,谁知道里面加了什么……"

甘卿:"不是小零嘴,肉松是我自己做的。"

张美珍转头看向甘卿的房间,门口放着一个行李包,窗帘被撤了下来,整整齐齐地摞在洗衣机上,大概是怕吵醒她,洗衣机还没开机。张美珍皱了皱眉,忽然意识到了什么,缓缓站直了。

甘卿:"放牛肉的吧,牛肉的油多,香一点。"

"哦,行啊。"张美珍刚醒,脑子不太清醒,被她带过去了,随即才反应过来,"这不是重点——你昨天去哪儿了?收拾行李干什么?"

甘卿抓了一把肉松,撒进鸡蛋饼里,又在上面铺了一层芝士片,食物在不粘锅里"沙沙"地响,她说:"蹭车跟杨帮主他们去看了一眼,不小心跟人动了手——我少抹一勺酱吧，您血压高，吃得太咸不好。"

"我血压现在就不低。"张美珍把披在肩上的头发往后一撩，"什么意思？你住我这儿，还需要他姓杨的批准？"

说来也巧，美珍姐话音刚落，就有人按了门铃，老杨大爷仿佛是掐着她起床的时间过来，专程来给她泄起床气的。老一辈不知道有什么恩怨情仇，杨帮主在外面一直都是一副资深男神的模样，到了张美珍这里，美珍姐姐指东他不敢打西，堂堂丐帮帮主，天天被吆五喝六不说，还得不着几个好脸色。

张美珍开门，一见是他，不等老杨打招呼，就"砰"的一声把门甩上了，冲着外面喊："我们这里是盘丝洞、妖怪窝，不方便接待你们名门正派，您滚蛋吧！"

老杨大爷的声音被隔在门板外面："你听我解释……"

张美珍："助听器让狗叼走了，听不见！"

老杨大爷："你先开门，楼道里人来人往的……唉，我站这儿多不好看。"

张美珍："回去照照镜子，你站哪儿也不好看。"

甘卿手里拎着锅铲，脑子里已经演了一部四十集的狗血电视剧，忍不住把自己逗乐了。她关上火，自己走过去给老杨帮主开了门。

张美珍冷冷地哼了一声："别拿你的拐杖碰我家地板，打狗棒的清白都被玷污了。"

说完，她甩上卫生间的门，洗漱去了。

杨帮主灰头土脸地进了屋，腿脚还有些不灵便，毕竟是年纪大了，头天晚上挥舞着实木拐杖打了场架，今天膀子就提不起来了。他脸色有些发灰，大概是没休息好，也不知道几点才从医院回来的。

"我正做饭，您一起吃点？"甘卿客气地问，"要——"

"他不敢，"张美珍阴阳怪气的声音从卫生间里面传出来，"怕你下毒，吃完穿肠烂肚！"

"别忙，别忙。"老杨大爷摆手，余光瞥见了甘卿收拾好的行李，认出了那个包——她背着这行李来的时候，还是自己让喻兰川帮的忙。扶着拐杖，老杨大爷打量着甘卿，问她："我昨天才想起来，你就是当年……卫骁带来的那个小孩，是不是？"

甘卿笑了一下。

"唉，认不出来了，"老杨大爷伸手一比画，"当年才这么高，你师父——"

"前——前任师父，ex，死好多年了。"甘卿慢条斯理地打断他，给他倒了杯水，"您先坐，我饭还没做完，下午约了中介看房，一会儿得走了。"

"什么'埃克斯''歪'的，我听不懂那个。"老杨大爷摆摆手，说，"昨天医院太乱，都没来得及向你道谢。我来找你，就为了这个。"

甘卿一笑："不客——"

"不光是昨天夜里的事，后半夜小川给我打了半宿电话，我才知道以前好多事能顺利解决，都是因为你出手。"老杨大爷顶着一副厚重的黑眼圈，证明这个"半宿"是实际数据，不是修辞，"要不然，光是绑架，闫皓那小子就得吃不了兜着走；前些日子他们几个被行脚帮围住，要是没有你解围，恐怕也难全须全尾地回来；这半年，那些能捅娄子的后辈没少给你添麻烦，这声谢你当得起。"

喻兰川一早就上班走了，1003的厨房窗户冲着楼道，甘卿做早饭的时候，感觉他在窗外站了好一会儿。昨天奔波到那么远的地方，回来还到处打电话。

他这是……一宿没睡吗？

甘卿心里一时说不出是什么滋味，她是个喜欢溜墙脚的人，虽然不至于像楼下的"燕子"一样怕别人的眼神，却也不太习惯被人关注。如果有人专门为了她做什么，哪怕只是举手之劳，她也会有点如芒在背的感觉。

"长江后浪推前浪，"老杨大爷说，"以你的年纪，大概也没见过你师祖几面，我虽然不知道你们门派内部出了什么事，但……春兄要是泉下有知，应该是颇为欣慰的。闫皓千里迢迢来投奔我们；小川新房没装修好，暂时住过来；东升为着孩子上学，走了十年，又带一家老小回一百一十号院；你也机缘巧合地住在了美珍这儿，这不是冥冥中自有天意吗？我有生之年能重见五绝聚齐，也算是三生有幸。姑娘啊，你走了，五绝可就有缺憾了。"

甘卿低头笑了笑："快一百年了，凑这种数没意思。杨帮主，昨天您听见了吧？我只是个师门叛逆，您都不问问我做了什么吗？"

"该知道的，总有一天会知道；不到时候的，强行打听一点，可能也只是管中窥豹。"老杨大爷不在意她疏离里带着刺的态度，只是说，"小川那么个性情，为你打了半宿电话，美珍也出面留你，我这老眼昏花的人，还要跟他们比眼力吗？"

说完，他慢吞吞地站起来："不耽误你们吃饭啦，再不走，美珍又要甩脸色了。"

甘卿："……"

"对了，"老杨大爷走到门口，忽然想起了什么，回头对甘卿说，"你应该不记得了，小卫带你来一百一十号院那回，其实是他最后一回在武林中露面。他说年少轻狂的时候惹过不少麻烦，得罪了好多人，种因得果，他自己倒是也无所谓，只是有你这么个小家伙在身边，要多好多顾忌，以后不方便再搅和江湖事了，所以打算隐姓埋名，就此归隐。"

从此卫骁变成了厨子卫长生。

甘卿愣愣地看着他。

老杨帮主拄着拐杖往外走："你师父啊，肯定还是很疼你的。"

甘卿送走了老头，神魂不知飞到了哪儿去，失手煎煳了一块鸡蛋饼。张美珍把抽油烟机开大了些，抬手挥了挥厨房里的烟："干什呢,日子不过了?"

甘卿连忙把焦黑的碎渣铲出来,清理锅铲上的灰。就在这时,门铃又响了。

平时安静得自成一国的1003今天格外热闹,张美珍打开门,看见已经放寒假的韩周小朋友捧着个纸盒站在那儿。全楼最有前途的小男孩见了美珍女士,眉开眼笑,往上一蹿,给自己蹿了好几个辈分,张口就说:"美珍姐好,我能来蹭饭吗?"

张美珍的脸色变了几变,语气不由自主地温柔了不少:"没大没小的,叫谁呢?你爸都得叫我奶奶。你们这些熊孩子,都跟谁学的,一个个都油嘴滑舌的……唉,进来吧。"

"这是我妈买的蛋糕,让我给姐姐们尝尝。我姥爷还在医院,我爸妈去陪床了。"韩周小朋友举起纸盒,"甘卿姐姐,我爸让我给你带句话,他说等我姥爷出院,一定带他登门道谢,幸亏你在一百一十号院住,你可千万不要搬家呀——你要搬家吗?"

甘卿:"呃……"

韩周跳上椅子,两只脚丫还够不着地,细伶伶地悬着,这位未来的"情圣"忧郁地双手托腮:"那你把我也带走吧,我要跟你去浪迹天涯,何必困在人世间,苦……苦……唉,苦什么来着?反正就是还得上学的意思。"

他们家大人这一阵顾不上他,这小崽放假在家撒了欢,可能已经长在电视里了。

等甘卿最后一个蛋卷出锅,不速之客又来了一位——幸亏她做得多了一点,不然还不够吃。这回来的是刘仲齐。刘仲齐刚从学校回来,像个被狼追杀的大兔子似的,书包都没放下,就慌慌张张地跳进来,惊恐地说:"我们上午最后一门考英语,跟人对了一下答案,我感觉我'大限将至'了。梦梦老师,快给我估个分!"

甘卿:"……"

131

甘卿好不容易打发了组团来刷她的老年组、幼年组以及"一心向学组",比在郊区和邪教分子大战三百回合还累,窗帘也没来得及洗,就到了她跟人家中介约的时间,只好匆匆出门。坐着公交车绕城一周,房子看了好几处,都不怎么样——以她的预算,当然不会有什么好房子,唯一条件还算过得去的地方,是一处陵园旁边的凶宅。

甘卿下了公交车,手指在手机上划来划去,犹豫着要不要跟中介说,把凶宅定下来。车站附近一个正在垃圾堆里捡瓶子的乞丐远远地见到她,冲她咧嘴一笑,还弯腰鞠了个躬。甘卿点头回礼,微信发送键却忽然按不下去了。

她裹紧了厚外套,有些茫然地走进夜色里。有生以来第一次被人挽留,她有点不知所措。

刚走到一百一十号院附近,没过路口,一道人影突然闪过来,甘卿的脚反射性地一缩,脚尖点地,调整到随时能踢出去的动作,这才看清拦住她的人是闫皓。

"是你啊,"甘卿把提起的脚放下,"怎么,小喻爷也给你打电话了?"

还真是不挑人。

闫皓愣了愣:"什、什么?"

甘卿:"……"

哦,不小心自作多情了。

甘卿:"什么事?"

"那个……那个人,"闫皓结结巴巴地指着一个在路口徘徊的男人说,"在这儿走来走去,说警察告诉他,他妈妈就是从这条路上'走'的……"

甘卿顺着他的目光看了一眼,认出了路口的男人——昨天在医院也见过一次,是那个不幸去世的林老太的儿子。林老太讨要打赏钱未果,心脏病发去世以后,行脚帮的人怕担责任,偷偷把老太太的尸体运走埋了。

"尸体是从这条路上运走的啊?"甘卿问闫皓,"怎么了?"

"我想跟他说句话……不、不知道怎么说,"闫皓抓耳挠腮,他被甘卿揍过、救过,还从她手里领走过塑料小人,因此勉强拿她当熟人,还能说几句话,要他去搭讪陌生人,可就太强人所难了,"我也没有证据……不一定,你能不能帮我说……"

甘卿被他这颠三倒四的表述说得云里雾里:"什么没有证据?帮你什么?等等、等等,喘口气,不着急,先确定你的主谓宾。"

"他妈妈,就……林老太太,"闫皓按照语法家教梦梦老师的指点,艰难地凑出一个主语,"失踪……从这条路上……悄悄可能看见了。悄悄是……"

"宠物店的小女孩,我知道。"甘卿说,"然后怎么了?"

闫皓感觉自己说不清楚,从兜里掏出一个小本,上面是他和悄悄面对面笔聊的记录。

"那天晚上我看见有个人蹬着电动三轮从这儿过,"纤秀的女孩子的字迹写道,"车上装了个一人高的麻袋,那人还打电话说'燕宁人多眼杂,惹麻烦'之类的话,然后不小心骑进坑里,车上东西都掉了。"

"麻袋在动。"

第二十四章

"我,是一个派出所的片儿警,并没有因为工作业绩突出,被转岗到重案组,对吧?"于严木然地坐在宠物店的塑料椅上,"我现在的重点工作,应该是防止片区居民非法燃放烟花爆竹,全心全意地投入年底反扒环节,以及努力找出前一段时间的那个高空窃……啊!这是什么?"

他话没说完,一只无毛猫从悄悄怀里跳了出去,闪电似的蹿到桌子上,探出一双硕大的眼睛,打量着于严。于严一蹦三尺高:"这到底是什么?长得好恐怖啊!ET吗?"

无毛猫愤怒地朝他叫唤了一声。

于严震惊道:"我去,这哥们儿叫起来跟摩托一个调!"

铁路部门已经宣布进入年底春运,宠物店的寄养业务也随之多了起来,于严一嗓子领衔了一场猫狗大合唱,楼上楼下"汪汪喵喵",七嘴八舌地跟他一起嚎,简直是一场灾难。悄悄气呼呼地跑过来,一把抱起无毛猫放进猫窝,翻着眼睛看向于严,飞快地比画了一串哑语。

甘卿在旁边翻译:"她说这是一位漂亮姑娘,让你跟它道歉。"

"不是……母猫啊?母猫怎么叫起来这个调?你们确定这位不是一只女装大佬吗?"于严说,随后又转向甘卿,"等等,你怎么知道她比画什么?你连哑语也看得懂?"

甘卿谦虚地说:"一点儿,连猜带蒙。"

于严难以置信地看着她,像不理解自己一个片警,为什么要和犯罪分子火拼一样,他也不理解甘卿这种什么都"懂一点"的人,为什么会屈就在一个小黑店里当"托儿"。

"可是仅凭'你看见'了,不能作为依据啊。黑灯瞎火的,万一你看错了呢?就算你没看错,里面不一定是人啊。"于严对哑女悄悄说,"也可能是猫狗——就那些路边摊上用的三无小厂生产的便宜肉肠,好多都用流浪猫狗当肉原料,有人专门来收……当然,这也是违法的,所以驾驶三轮车的人做贼心虚,在电话里跟人说出你听见的那段词,没毛病啊。"

悄悄反驳不出,噘起嘴,不吭声了。

于严看她年纪小,就很耐心地给她解释:"而且像老太太这种失踪死亡案件,我们一开始不能断定是意外还是谋杀,法医肯定要验尸的,不可能听他们说什么就是什么。尸检结果证明老太太就是心脏猝死,不然你以为我不想让那个狗屁'气功大师'把牢底坐穿吗?因为他,我差点被流氓群殴!"

甘卿听到这儿,抬头看了他一眼。

"没办法嘛,"于严冲她一摊手,"组织袭警的是那几个黑车司机,林老太太自己气死的,属于意外……要说起来,跟那个'极乐世界'给她瞎吃的致幻剂关系更大。'气功大师'他们那伙人充其量只能算私自藏匿尸体。"

闫皓不习惯在这么多人面前插话,就转头看向窗外的街道,林老太的儿子已经沿街走远,不见踪影了。

"你拦着他俩,没告诉老太太家属是对的。"于严对甘卿说,"家人死得不明不白,换谁也不甘心,这时候你不管捕风捉影地告诉他点什么,他都会相信,万一一时想不开,指不定会干出什么事来。"

悄悄着急地伸出手,要比画什么,甘卿轻轻地搭住她的手腕。

"心脏猝死,有很多种情况。"甘卿说,"尸检只能检查出她是这么死的,很难说诱因吧?"

于严:"嗯?"

甘卿说:"比如我看见一个人,像是气出了点问题的样子,但也不至于死,我不光不打急救电话,反而扣下她不让她走,还用一些手段进一步刺激她,最后活活把她吓死了,这怎么算呢?就像这样——"

她说着,忽然飞快地伸手在于严身上按了几下。于严心口一突,半个身体都麻了。

动不了了!

于严瞠目结舌,传说中的点穴!

"没那么神,"甘卿好像明白他在想什么,"就麻一下,你使劲动一动就好了。"

于严:"啊?"

他用力活动了一下方才被甘卿拍打过的几个地方,果然,又能动了,这才发现"被钉住了"是心理作用。

"一般人没那么大手劲点穴,"甘卿说,"而且跟人动手的时候,也不会有人老老实实地站在那儿任你点,这种所谓点穴其实不会造成什么伤害,所以也不会在尸体上留下痕迹。但吓唬个七八十岁的老太太,应该够用了。"

想要钱?没门儿。动不了了吧,我们还要活埋了你,看你上哪儿要钱去。

于严一愣:"那不就真成杀人了吗?"

"不是所有人杀了人都会被良心谴责的,有些人在意的只是哪种处理方式风险小。"甘卿摸了摸凑过来的猫头,"林老太索要的金额太大,够上社会新闻了,他们这些老年人,为了棺材本,闹起来能玩命。要是真让她闹出了圈,那可实在太麻烦了。相反,人死了更好处理,等这事风头一过,就把尸体拉到远地方,随便找个垃圾堆一扔,被人捡到，也只会当成猝死的流浪老人处理。"

闫皓忍不住问："那、那怎么办？"

"没办法。如果真是那样，行脚帮里肯定会有专门处理尸体的人。"甘卿冷静地说，转头问悄悄，"你看清那个开三轮车的人长什么样了吗？"

悄悄摇摇头——没有，那人戴了头盔。

"那就是专门的'清道夫'。即使被监控拍下来，也查不到他是谁，三轮车也一定藏好了，尸体上不会留下多余的痕迹。行脚帮是老江湖了，没那么容易被抓住把柄。"甘卿站起来，"还有，今天的事情不要乱说，听到于警官说的没有？不明不白的，反而会给死者家人带来更大的伤害。"

闫皓和悄悄一起瞪向她。

"得了，陈述客观事实，别这么看我，弄得我觉得自己玷污了纯白的灵魂似的。"甘卿摆摆手，插着兜走出了宠物店。无毛猫睁大了眼睛看着她的背影，"呼噜"了一声。

"等等！"刚才还说自己只管抓扒手的于严追上了她，"甘卿，如果真有你说的这种可能，我们会查到底的。"

甘卿抬头看了一眼阴沉沉的天色，冲他笑了一下："好，加油。"

于严："你跟行脚帮有过节，我跟他们也有过节，以后大家一起商量怎么对付他们好不好？兰川跟我说你要走……"

甘卿终于有点头疼了："小喻爷这是要当我经纪人吗？我还没出道呢，就把我的行程广而告之。"

于严说："他小时候被绑架的那事对他影响很大，这么多年，就一直对这事念念不忘，他还以你为原型画过一本素描。"

甘卿的舌头打了个结："画……画什么？"

"就是……你懂的。唉，太尴尬了，我觉得自己传这些小话，活像个说媒拉纤的。"于严把帽子摘下来，抓了抓自己的一头短发，"梦梦老师,你的水逆符虽然不太灵,但是我都习惯定期找你拿新的了——"

甘卿轻轻地打断他:"于警官,你查过我吧?"

于严一下子哑了。

甘卿缓缓地转过头来,脸在素白的路灯下没什么血色,干燥的嘴唇裂了一道小口,一侧的眉梢轻轻扬起,她忽然变得不那么像可亲可爱的"梦梦老师"了:"看过我的档案,知道我以前是干什么的,你还打算留我住在你的片区里?"

于严一时说不出话来。

甘卿吸了一口凛冽的西北风,忽然想起很多年前的事。

那也是一个冰冷的冬天,十七岁的她狼狈地走在路上,身上的伤口被冷风吹得没了知觉,血,走一路滴了一路,最可怕的是右手上一道刀伤,几乎贯穿了少女的手臂,整条袖子像从血水里捞出来的。

甘卿一头栽倒在泥塘后巷附近,醒过来的时候,伤口已经被处理干净。她发现自己躺在自己的小床上,床头放着一杯热牛奶。甘卿盯着那杯冒着热气的牛奶愣了半天,突然掀开被子一跃而起,一瘸一拐地跑出屋:"师——"

"杆儿!"

甘卿蓦地扭头,眼神一瞬间黯淡下来:"……孟叔。"

"快回屋去。"孟天意压低了声音,把她推进屋里,"没敢送你去医院,伤是我叫你婶子帮你包的。到底怎么回事?你去哪儿了?惹什么事了?怎么伤成这样?"

甘卿充耳不闻,沉默片刻,她问:"我师父呢?"

孟天意面露难色:"你师父现在……嗯,托我来照顾你。"

"哦,懂了,他不见我。"甘卿冷漠地说,"没把我扔在大街上,是怕我给他惹麻烦吧,特意把我捡回来,自己躲出去?"

孟天意:"什么话——你这到底是跟谁动了手啊?我的祖宗!说

句准话,让你孟叔心里有个底,行不行?伤人犯法啊,你师父好不容易让你在燕宁读书,高三了,咱们好好考大学当文化人不好吗?你这一天到晚,旷课打架背处分,书也不正经念,学校都要开除你了!那一辈子可就毁了,你怎么那么不懂事啊……哎,你上哪儿去?你给我回来!"

孟天意气急败坏地去抓少女的肩膀,受伤的甘卿却游鱼似的从他手里滑了出去,几步的光景已经晃到了门口,右臂上缠的纱布脱落下来。

"甘卿!"孟天意额角青筋暴跳,从兜里摸出一个信封,高高地举起来,"这是你师父亲手写的,你再不懂事,后果自负!"

信封上的红封上写着"敬万木春一门列祖列宗"——弟子犯了门规,要被逐出门墙的时候,师父才会亲手写这么一封信,供奉到师门,以示正式断绝师徒关系。如果卫骁没有归隐,他还应该把这封断交信昭告四方,让所有敌友都知道,甘卿这个弟子,从此和万木春再没有瓜葛了。

少女甘卿的目光像是要把那张红纸烧穿,她盯着孟天意手里的信封看了良久:"我是为了谁……为了什么?我……他要跟我断绝关系?"

"你师父也是在气头上,"孟天意以为把她吓唬住了,好言好语地说,"你啊,以后……哎,杆儿!你干什么?"

孟天意大惊失色,只见甘卿刀锋落下,像拆快递一样劐开了自己本就受伤的右臂,喷出去的血溅了一门框。她的手软塌塌地垂了下去。甘卿疼得额角青筋暴跳,死硬着不肯吭气。她抽着气,一字一顿地说:"那就还给他……一刀两断吧。"

孟天意追了出去,可那少女已经不见了踪影,只留下一行血迹。

"查了。"于严突然开口,拉回了甘卿的注意力,"那天你在行脚帮的地盘上出现,表现实在不像一般人,我就回去查了……也告诉过兰爷。"

甘卿一愣。

"喻兰川今天请假，你知道吗？"于严说，"我认识他这么长时间，他就因为自己弟弟被绑架那一次请了一次假。他是……怕你走。"

甘卿仿佛感觉到了什么，顺着他的目光回过头去，看见一辆非常低调的黑色小轿车停在不远处的路口，隐约有点眼熟……今天好像在别的地方也见过这辆车！甘卿低头翻出手机，见微信上有个未读信息，她约见的中介发信息道歉，说她犹豫不定的那处凶宅已经被人高价租走了。

甘卿撂下手机，大步走过去，敲了敲车窗。

车窗落下来，露出小喻爷的脸。

"你跟我抢凶宅？还高价？真……"甘卿忍不住骂了一句，转身就走。喻兰川连忙发动车子，隔着几米，不声不响地跟着她。

甘卿猛地刹住脚步，喻兰川立刻跟着踩刹车，像个死乞白赖求收养的流浪猫。两人大眼瞪小眼好一会儿，喻兰川喉咙动了动，紧张地看着她。

甘卿："八百年没人要的凶宅就这么处理出去了，早知道我跟中介要提成了！"

喻兰川被她喷得一愣，好一会儿，他意识到了什么，猛地一拍方向盘，嘴角控制不住地露出一个笑。

半个月以后，旧历新年到了，一百一十号院挂上了大红春联，周老先生也终于出院，平平安安地回了家。周蓓蓓终于知道了自家房子的真相，大哭一场，不知道是最后的希望落空，还是心疼别的什么。不过，她也好歹算是解脱了，不用每天再去盯股指，市场上有点风吹草动就焦虑了。

于严带来消息，全市范围内针对传销、诈骗的严打活动年后就要开始了……不过经过这么一场,这些被解救的老年人都成了坚定的唯物主义战士,一时半会儿也不会上新的当了。

虽然韩东升依然升迁无望,韩周依然不及格,刘仲齐仍然在和英语死磕,喻兰川的年终奖总比预期的少。

但……

人还在,年总还是要过的。

甘卿拎着年货,来到那片老筒子楼,照例给她一直暗中照顾的独居老太太送去。

临走时,她深深地看了一眼客厅里女人的遗照。

照片上的女人姓陈,叫陈娟,多年前,因不堪丈夫家暴,在一个孤独又绝望的深夜里,捅了她醉酒不醒的丈夫十一刀,被判无期徒刑。

入狱六年后,她在狱中因病去世,死前最大的愿望,是有人照顾她的老母亲……那个没有独立生活能力,一手把她拖向万劫不复之地的人。

甘卿记得,她是个非常温柔的女人。

卷四

失焦

No Pollution
No Public Nuisance

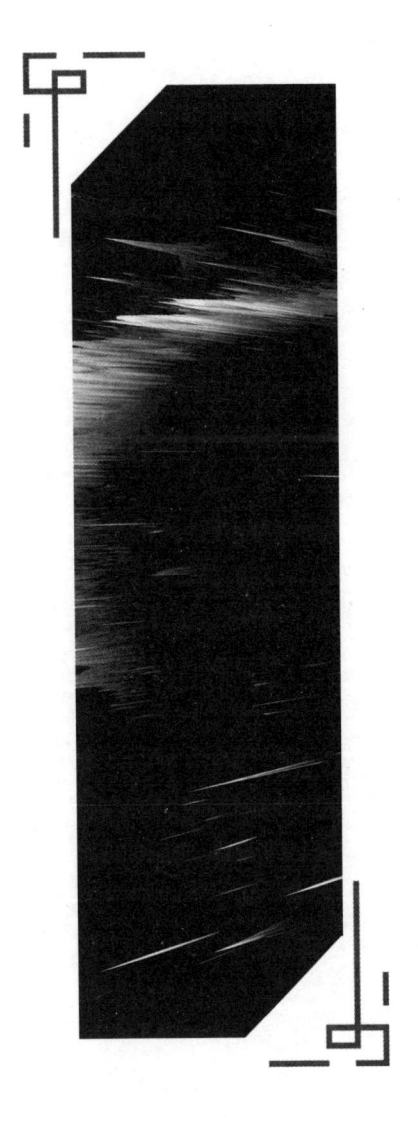

第一章

　　每到春节,像燕宁这样的城市就会变得空荡荡起来,条条大路宽阔通天,来往的地铁全像专列,热气腾腾的城市热岛也临时熄了火,于是大年夜里,一场雪无声地飘落了。
　　一百一十号院不凋的松柏披上雪白的挂霜,停了满院的私家车开走了一多半,小院空旷起来,唯有"针灸花圈"一条龙服务的小电动车,还一枝独秀地戳在进门的地方,后窗上的雪被人用手划开,写了"升棺(官)发财"几个字。
　　春节,星之梦没什么客人,甘卿也没在店里费电,早早关了店门回家。孟老板给她封了个红包,给她放假放到初三。甘卿无所谓放不放假,反正她这份工作既不劳心也不费力,约等于闲着。她翻了翻,发现红包还挺厚,就奢侈了一回,去了一家还开业的百货大楼,打包了一盒闪电泡芙带回去吃,没预备年货——年货一买就多,她自己过,顶多偶尔加上张美珍半张嘴,东西囤多了吃不动,反正现在的超市过年都不打烊,随吃随买就行。可是这样一来,这年就跟少了一道工序一样,又缺了不少滋味。
　　她到底还是没有辞职,也没有搬走,就这么稀里糊涂地在一百一十号院住下来了。她十七岁时,为人处世像切油的热刀,一刀下去,甭管什么都切得分分明明,丝毫不拖泥带水;现在,却成了那块被切的油,是黏糊糊、软塌塌的一团,得过且过,逮哪儿粘哪儿。

可见人心如水,世上就没有一成不变的人设。

刚要进门,甘卿迎面撞上了张美珍。张美珍新接了睫毛,眨眼带风,刮得甘卿往后一仰。美珍姐不等甘卿说话,就回手带上家门,不由分说地推着她往外走:"走走走,楼下过年去,跟他们一起吃年夜饭。"

甘卿讪笑一下:"我就不打扰——"

张美珍一抬手,把家里电闸拉了:"别废话,你不来,谁做年夜饭?你们家练的不就是这门功夫吗?"

甘卿:"……"

万木春真的不是新东方的分校。

于是她又这么稀里糊涂地被张美珍搓下了楼。

老杨家比较大,杨逸凡买下了隔壁,又把两户打通了,显得格外豁亮。张美珍和甘卿进门一看,韩东升一家、喻兰川兄弟俩、闫皓……一干人等全在,热闹得有点吵。

老杨大爷举着碧绿的打狗棒站在门口,一见甘卿,就笑眯眯地打招呼:"又一年了。"

甘卿几乎没过脑子,下意识地回了句拜年:"杨帮主过年好。"

说完,她自己也愣了一下。这还是很小的时候,卫骁教的——卫骁说,长辈聊起过年话题的时候,要懂事,先拜年,不能等人家拿出红包来再补。从小训练的东西根深蒂固,总是不经意的时候脱口而出。

下一刻,还愣着的甘卿就被老杨大爷塞了一个红包。

"哎,"甘卿连忙把手一缩,"不合适,我都——"

"讨个彩头。"老杨大爷摆摆手,"里面的钱是让你帮着出去买菜的——凡凡订的那堆揍屁的年货,送来的时候都一大箱,打开一看,里面都是一两、二两多的小肉块,根本没法用。我列了个单子,楼底下超市应该还没关门呢,快去!"

甘卿："……哦。"

"杨逸凡！"老杨大爷冲屋里咆哮道，"都赖你，跟着拎东西去！"

杨逸凡正举着手机自拍，为了亮出新耳环，她把脖子伸出了二里地，大概是因此没听见。

喻兰川披上衣服站起来："我去吧。"

一般人穿外套，都是先伸手套一条袖子，然后后背拱着，把衣服卷上，再一通乱蹭，找另一条袖子。这个过程中，外套往往要窝着后脖颈，紧绷出又弯又鼓的背，不是十分美观——喻兰川就不，他像个准备走秀的男模似的，先把大衣往肩上一搭，亮出衣服架似的平整肩背，一边走，一边表情冷酷地展览，秀够了，再揪着衣领略微往上一提，展开胸膛和双臂穿进袖里，下摆带着风，非常潇洒。

甘卿差点让他潇洒的肘子撞个跟头，急忙敬畏地往后退了几步，以防影响他发挥，同时又闻到了一点古龙水味，不由得感慨：生活对于一些人来说是苟且，对于另一些人来说是诗和远方……对于小喻爷，就是个秀场。

超市里人也很少，平时卖力推销的服务员都归心似箭了，见了客人也懒得招呼。

甘卿推着车，脚踩着超市里《恭喜发财》音乐的鼓点，游手好闲地跟在喻兰川后面，发现自己根本什么都不用管。小喻爷不光穿衣服有姿势，逛超市也有姿势——甘卿每次自己逛超市，就是"逛"，推着车在货架间无目的地来回走，想起什么拿点什么，至少消磨一个小时。喻兰川就不，他似乎是赶时间赶惯了，什么都要高效，进门前扫了一眼老杨大爷列的单子，然后迅速规划路径，跟秋风扫落叶似的，一路走一路拿，从入口到出口，没一步回头路，单子上的东西正好拿齐了，连结账时间加在一起，前后不到一刻钟。

甘卿叹为观止，忙说："我来拿，您是主要采购人员，我是拎包的。"

喻兰川一扬手避开她，拿走了比较沉的那一袋："你手不行。"

说完，他又顿了顿，好像不习惯好声好气似的，非得再补上一句："只有惹是生非的功能，干活儿不行。"

甘卿无言以对，小喻爷这个人，说话可真"讨人喜欢"。

超市出口处，几家小铺居然还没关门，一个女孩孤零零地守着"某某英语"的摊位，看见人，就急忙迎上来塞一张传单，嘴里机关枪似的喷一串词："想要从月薪三千涨到三万吗？想要完成职场逆袭和阶级跃迁吗？人和人之间最大的差距都是工作八小时之外拉开的！每天回家不要瘫在沙发上看综艺了，你的同龄人都已经在抛弃你了！托福雅思培训、职场英语升级了解一下，春节班初四开班，余位有限，陪伴您度过充实有意义的假期。"

喻兰川："……"

女孩二十岁出头，可能是刚进社会不久，还没修炼出一双见人下菜碟的势利眼，跟谁都怼这一套词，这让喻兰川几乎觉得自己受到了冒犯。

"这么灵，你怎么还不去升？"他没好气地随口甩了个大招，"三千和三万能有多大区别？还不都是穷光蛋？"

女孩被逼王的气场惊呆了，一时不知道怎么接下句。

甘卿看她挺可怜，把传单接了过来："大过年的，你怎么还在这儿支摊？"

"今年市场竞争太大了，现在大家都上网课，不愿意报线下班，好几个月没完成招生任务了。"发传单的女孩可怜巴巴地缩在羽绒服里，"没有奖金，每月拿一点基本工资，回家过年也没钱。小姐姐，帮我登记一下好吗？不一定要来的，也不用交钱，就留个联系方式，以后他们可能要给你打电话推销课程，嫌烦直接拉黑就好——我们看摊的绩效是按登记人数算的。"

　　甘卿不嫌手机烦，每次接到推销电话还都能跟人聊几句，于是顺手帮忙登记了一下。女孩送了她一包自己掏腰包准备的纸巾以示感谢，小心翼翼地又插了一句："就算不能涨工资，学学外语也挺好的呀，以后看美剧就不用盯字幕了……哎，好吧，那您慢走。"

　　喻兰川还想回头说什么，被甘卿一把拽走了："行了，小喻爷，小女孩天天蹲超市门口发传单，估计成功人士见得少，有眼不识泰山，没认出您老'微服私访'情有可原，都不容易，少说两句。"

　　"推销就推销，"喻兰川皱着眉说，"我是看不惯他们满大街卖焦虑。"

　　"焦虑不是他们卖出来的，"甘卿笑了，"煽风点火，也要有火才能煽。"

　　喻兰川顿了顿，装作不经意似的提起："我那缺心眼弟弟期末英语考试比上次强了点，他说是你教的。你读书的时候成绩应该挺好的。"

　　"不好。"甘卿回答，"叛逆期，觉得上学没劲，经常旷课出去打架。"

　　喻兰川被她噎得没法往下聊，翻了个白眼，有心不理她了。这会儿雪小了一些，绒毛似的落在人身上，几乎感觉不到，只有路灯、车灯过处，能扫到一点细密的影子。两个人一起走，如果不聊天，就会显得很尴尬。甘卿可能是怕尴尬，也可能是除夕夜里有魔法，总能引诱人多说几句。于是破天荒地，她又多说了几句："后来遇到了一个……脾气很好的大姐姐，特别唠叨，每天喋喋不休地给我灌鸡汤——就'世上只有想不通的人，没有走不通的路'这种调调的书，她有好几本，能从头背到尾……我当时其实烦透她了。"

　　喻兰川略微吃了一惊，像是头一次在平淡的黑夜里窥见极光的人，不由自主地屏息凝神起来："朋友，还是老师？"

"都算不上吧。我以前好像跟你说过，我认识一个被家暴的人，就是她。"甘卿的声音懒散地飘在北风里，随着风雪浮着，有一搭没一搭的，不往下落，"她的事我是听别人闲话说的，我那会儿年轻气盛，讨厌她，总觉得一些人会挨打不是没道理的……她是那种人，我不知道你见过没有，顶着一张想讨好全世界的脸，让人觉得不管怎么对待她，她都不会反抗，说出来的话又很蠢，还不知道自己讨人嫌。可她又瘦又小，还有病，端个沉一点的水杯都哆嗦，所以我虽然讨厌她，也不好欺负她，每次只能甩个冷脸。她不会看人脸色，单方面地觉得我对她挺好。"

　　喻兰川瞥见她睫毛上沾的雪渣，心里忽然一动，总觉得在她这番愤世嫉俗的描述里，似乎藏着一个心里很温柔的小女孩。

　　"她找人要来一套高中教材，每天在我耳边念，但其实自己连初中都没读完，根本看不懂，尤其英语，通篇找不着几个认得出的词。"甘卿笑了一下，"小孩子嘛，就算是学渣，也控制不住争强好胜心。我有一天没忍住纠正了她一句，从那以后，她就跟赖上我一样，天天追着问。"

　　喻兰川轻轻地问："后来呢？"

第二章

"当然是……"甘卿停在路口,等着红灯过去,"我更讨厌她了。"

"青少年一般都有慕强心态,"喻兰川说,"一个人要是不漂亮,也不酷,不大可能讨十几岁的孩子喜欢,这个正常。"

甘卿揶揄道:"你这是养'一只'青春期弟弟的切身感受?"

喻兰川漫不经心地耸了耸肩:"是啊,不过只要让他觉得你比他强、比他酷,他就会自动模仿你,努力满足你的期望,这比给他讲道理管用多了。这些小崽都没良心,对他们再好也不管用。"

由于小喻爷已经"酷极近冰",所以甘卿一时也分辨不出,他到底是深藏不露的问题青少年专家,还是问题青少年本人,只好干巴巴地说:"是哦,你以后也以同样的原则对待我就好了。"

喻兰川:"……"

甘卿:"特别是'法治进行时'的时候。"

"我以为……"喻兰川居高临下地瞥了她一眼,本想搬出平时颇有威慑力的视线,却正好刮来一阵西北风,忽地一下把甘卿半长不短的头发掀了起来,千丝万缕地打断了喻总严肃的目光。冬天是个很神奇的季节,能把一切都刷成亚光丝绒质地,给人镀上一层明净的釉色,黑白分明地撞进了喻总的瞳孔,于是那风好像也钻进了他的嗓子。喻兰川不得不干咳了一声,才勉强说完自己走调的挖苦:"……

151

你已经是个超龄熊孩子了。"

"超龄的人也没良心。"甘卿抬腿走上变灯的斑马线,"你看大家都说,努力读书,能考上好大学;努力工作,能升职加薪。有的傻帽可能就觉得付出总有回报吧——其他的努力或许还有回报,但'努力对别人好'可不一定,有时候你越努力,别人就越得寸进尺,越觉得你低人一等……她到哪儿都是被人欺负的货色。相比起来,我虽然不爱搭理她,但确实也还算是对她比较好的一个,所以给她当过一阵子室友。

"那时候我才知道,她白天和晚上是两个人——白天不知道人嫌不待见,谁给她两句,她好像也听不出来,傻得没心没肺的,晚上却连睡都不敢睡熟,因为一做梦就是噩梦。我第一次见她做噩梦时尖叫挣扎的样子,还以为她疯了,就像有个鬼拿钝刀磨她的脖子。惊醒了,她就神志不清地抱着被子瑟瑟发抖,在床角缩一晚上,一分钟一分钟地数着,等天亮,然后把眼泪一抹,接着当傻白甜。我从来没有见过这样的人,就从单纯地烦她,变成怀疑她精神不太正常,反而对她有点好奇了。

"她每天雷打不动地读书,看不懂也强行读,逼着自己看,但是半懂不懂的东西不太容易看进去,她为了集中注意力,就必须念出声音,'嗡嗡'的,像只大号蚊子,挺烦人的,因为这事还被人打过,可她就是不改。一般别人欺负她……像推搡几下、扇她几耳光什么的,不关我的事,我看见也当没看见。不过有一次闹得太过分了,有几个人揪着她的头发往墙上撞,我看她们下手实在是没轻重,怕要闹出事来,就管了一回闲事。"

喻兰川看了她一眼,心想:这倒是她能干出来的事。

"她当时应该是有点脑震荡,好半天才爬起来,一边擦鼻血,一边居然傻笑着问我一个词怎么读。我也不知道她到底是真热爱学习,还是挨打有瘾,就说'你有病吧'。她说她其实也不知道学这些有什么用,但是听别人说,她命不好,被家暴,都是因为没有文化,所以迷信这个,有点拜神朝圣的意思。"

五体投地,连滚带爬,她心里有多虔诚,姿势就有多难看,努力就有多徒劳。

"我对她说,这跟有没有文化不沾边。一个人挨打,要么你自己是贱人,要么打你的人是贱人,或者双方全是,没别的原因——但她不信。"

喻兰川轻轻地说:"生活全盘失控的人,有时候必须要抓住一个简单粗暴的逻辑,做一些外人看来很玄学的事。"

因为没有文化,所以没本事出去赚大钱,养活自己和母亲,只能仰仗男人、挨男人的拳头。而如果把一切当事人不愿意细想的复杂因素都剔除掉,这件事就可以简化为"没文化,所以挨打",那么有文化是不是就好了?干嚼生吞掉那些看不懂的书,一定可以摆脱噩梦了吧?

"她说,人是不能怨命的,越怨,命越不好,所以要是还不想死,就得玩命地活着,除此以外没别的办法。"

"鸡汤"就是麻醉剂,忍无可忍的时候,拿出来背诵几段,聊作安慰。

"可惜她连一本教材都没来得及读完,我跟她住了没几个月,她就因为重病住院了。临走的时候,她大概自己也感觉到了什么,把所有的书和笔记都留给了我,托我有机会替她看一眼她妈。"甘卿说,"后来没过多久,我就听说她死了——她那个妈倒是命长得很,别看是个病病歪歪的孤寡老人,多少年过去了,还没有要死的意思。

"她在世的时候对我照顾得很殷勤,我又拿了人家的'遗产',所以也只能捏着鼻子,偶尔去看那老太太一眼。那几年我闲着没事,拿着她留下来的东西,倒把在学校里没好好学的功课补回来了点……可能是神经病会传染吧。"

喻兰川没过脑子,顺口问:"她是因为什么——"

他说到这儿，突然意识到自己说走了嘴，猛地收住了自己的话音，僵住了。

甘卿回过头来，隔着几步的距离看向他："嗯？"

她穿了件会掉毛的羽绒服，超市里几十块钱一件，有股鸡毛味，鼓鼓囊囊的，像背着个乌龟壳，可在她身上并不显得臃肿，她回头的一瞬间，喻兰川甚至觉得有衣袂翻飞起来，猎猎而动。就见她浑不在意似的一笑，替他接上话："怎么不说了？你是不是想问，她因为什么'进去'的？"

喻兰川的喉咙艰难地动了动，哽住了，一时不知道该怎么解释才能圆过去。

"杀人。"甘卿轻描淡写地说，"她趁打她的男人酒醉，把人捅死了，被判了无期。"

喻兰川说不出话来。

甘卿低头一笑，继续往前走，背对着他摆摆手："这没什么好讳莫如深的——不就是于严告诉你的吗？我也是杀人，我杀的人叫卫欢，只不过杀他的时候正好差一点没到十八岁。我师父知道了这事不肯再认我，我就挑断了自己手筋叛出师门，觉得天大地大无处可去，一时中二，赌气跑去自首了，所以判得轻。"

喻兰川好一会儿才找回自己的声音，涩声问："卫欢是什么人？"

甘卿没吭声，好一会儿才说："按辈分算，是我师兄……也是我仇人。"

喻兰川："但你们万木春不是——"

"一脉单传？对啊，不过卫欢在我出生前就被除名了，听说我师祖晚年时，已经后悔把万木春的功夫传承下去了，说万木春是邪功，坏人心性，容易走火入魔……他老人家是一代大家，看得透，可能真像他说的那样吧。"

喻兰川下意识地说："其实不——"

"小喻爷啊，"甘卿笑了起来，"你就别口不对心啦，你不也觉得万木春危险，整天怕我出去杀人放火吗？"

喻兰川忽然哑巴了。

"有人告诉我，卫欢是我那前任师父的儿子，我也不知道该不该信，反正自我有印象以来，那老头就是一条光棍，从来没听他提起过师娘……搞不好是他天赋异禀，自己生的，不然为什么多脏的污名也肯替他担？"甘卿有点尖酸地挖苦了一句，"卫欢觉得辛辛苦苦练就一手出神入化的刀工，用来切豆腐丝太荒谬了，他一直野心勃勃，想把师祖洗手的金盆吃回去，所以后来被逐出师门了。"

喻兰川没料到万木春还有这种"绝活儿"，震惊地问："怎、怎么吃？"

"不是吃盆……唉，你这人……我的意思是回去当杀手。"甘卿失笑，"别人办不了的、做不到的脏事，一条三寸二分的刀口都能解决，想要多少钱弄不来？非要每天一身油烟地给人炒菜，一个月赚一壶醋钱吗？按理说，被逐出师门的人，应该由师父亲手废掉功夫，可是一时不察，让他跑了……现在想想，应该是有人帮他，可能是杨帮主说的许昭之流吧。"

"卫骁一直后悔没听自己师父的话，教出了这么个不肖弟子，所以想方设法查他的下落。听说哪儿出了什么蹊跷的谋杀事件就会追过去，"甘卿说到这儿，顿了顿，"我就是他在这时候收养的。我爸是卫欢杀的，当时卫骁赶来得及时，报了警，卫欢受伤跑了，没来得及做别的。我妈被吓得从那以后精神恍恍惚惚的，卫骁过意不去，就搬到我们隔壁照顾了我们两年……有一天他出门不在，回来就发现我妈自杀了。那时我三岁，被她锁在小屋里……"

喻兰川没想到随口闲聊，聊出的事一件比一件不得了，几乎不敢说话了。

"你这是什么眼神？没什么，这些事我都不记得了，"甘卿满不

155

在乎地笑了,"那时太小了,才三岁,懂什么?我老家是小地方,连一个福利院也没有,当时收养什么的也不太严格,我没人管,没别的亲戚,卫骁就出面,把我领走了。这些事卫骁没告诉过我,长大以后我机缘巧合知道的,所以心里一度很恨他……我那时候甚至觉得,他不好好教我功夫,只是为了袒护那个人,怕我找他报仇。"

喻兰川好一会儿,才小心翼翼地说:"你其实不用——"

"你们既然留我,我觉得还是坦诚一点好。"甘卿手插在羽绒服兜里,"自己做过的事,自己走过的路,没什么好讳莫如深的。"

喻兰川忍不住皱了一下眉头,坦白过往不都应该真情实感、剖肝剖肺吗?还头一次见坦白得这么客观冷漠的:"你不喜欢欠人人情。"

"不喜欢。"甘卿说,还不等喻兰川评论,她又狡黠地一笑,"我以前看过一篇文章,说如果你想让一个人喜欢你,就去求他帮忙,他碍于面子帮了你,又想不出自己有什么这么做的理由,就会产生自己喜欢你的错觉,然后真喜欢上你——我一个未婚青年妇女,不是怕惹一堆桃花吗?"

喻兰川呼吸一滞,莫名其妙地,他的脸倏地红了。甘卿其实是满嘴跑火车,可说到这儿,却敏感地觉出身边人的呼吸和脚步乱了一瞬。她有些讶异,睫毛轻轻地忽闪了一下,继而故作无所谓地说:"开玩笑,小喻爷千万别报警啊,大过年的,因为流氓罪'二进宫'太没脸了。"

喻兰川生硬地扭转了话题:"于严说,当年死者……也就是卫欢的指纹和DNA信息显示,他是多起未结案的犯罪嫌疑人,一个穷凶极恶的危险人物,而你当时只是个未成年的小女孩,又是自首,如果辩护律师靠得住,本可以说是正当防卫,其实根本——"

"不是正当防卫,是我追杀他。不过,我功夫不到家,自己当时也很惨,装个可怜,倒也不会有人怀疑……都说了是中二嘛。"甘卿看似很好脾气地笑了起来,"不爱听'正当防卫'这个词,因为觉得这里面暗含的意思是，那废物找上门来要对我做什么，我呢，小可怜一个，一边尖叫，一边屁滚尿流地失手杀人。所以我跟警察说，我要是不想杀他，在他脖子上划二三十刀，他也不会咽气，失手个屁。"

喻兰川："……"

"唉，这些倒霉事办的，说出来真是脸红啊，见笑了。"甘卿嘴里说着脸红，脸却一点儿也没红，"承蒙诸位没有另眼相看，实在感激不尽，没别的可以报答，以后只好做饭勤快点了。小喻爷，你快别那么小心翼翼、温柔呵护了，怪肉麻的。"

喻兰川有种很微妙的感觉，好像他无意中不请自入地进了个禁地，正诚惶诚恐，大气也不敢出，结果主人进来大剌剌地开了灯不说，还没事人似的招呼他"三缺一哎兄弟，来搓一盘吗"。

浪费感情！

"你想多了！"喻兰川生硬地说，"谁小心翼翼了？谁温柔……那个什么！你这种人就是社会不安定因素，改造过一次还不重新做人，每天不是在招摇撞骗，就是在违法犯罪边缘徘徊！"

甘卿叹了口气："观众朋友们，大家好，这里是'小喻爷时间'，又到了《今日说法》栏目……"

第三章

"你俩是买的菜籽，现种的菜吧？等你俩一年了！"张美珍开门就喷，"约会什么时候不能约，非得在一群饥饿的人嗷嗷待哺的时候，一边买菜一边约吗？良心呢？狗男女！"

喻兰川不做贼也心虚，一不小心顺拐了。

"先垫垫。"甘卿却没当回事，嬉皮笑脸地从购物袋里拿出一根巧克力棒，投喂给了张美珍，"你调戏小喻爷怎么还老带我出场呢？无辜道具压力很大啊。"

"无辜道具是我才对吧，到底是谁磨磨蹭蹭？"喻兰川眼神微微一沉，嘴里没了好话，转向张美珍，"美珍……姐，饭前吃这种高糖零食容易扰乱胰岛素分泌，她不怀好意，想让你变成美珍球。"

张美珍举着刚咬了一口的巧克力棒："……"

这帮小兔崽子！

今年为了空气质量，燕宁市区又开始禁放烟花爆竹，杨逸凡不知从哪儿弄来个气球打气筒，在封闭的阳台天花板上挂满了大大小小的气球，教韩周和刘仲齐用特制的小飞镖射着玩。气球里，有的塞了彩纸片，有的塞了糖，在熊孩子吱哇乱叫声里炸裂，比烟花爆竹的杀伤力还大。

韩东升按了按耳朵，对老杨大爷说："那些大爷大妈都在打听您什么时候开班，想跟您学棍子。"

"才疏学浅，教不了啦。"老杨大爷叹了口气，"一帮上了年纪的老兄弟、老姐妹，身上哪儿哪儿有毛病，不上医院仔细查一遍，自己都不知道，我哪敢随便组织起来瞎教——再说你看看，我连自家后辈都教不好。"

"真正的高手是用指力，不过一般人小肌肉没那么强，所以还是要用腕力。"阳台上，杨总像个大佬一样，给未成年比画，"夹飞镖的手指一般用最灵活的那几根，拿得稳，也甩得出，手腕扭的幅度要尽可能小，像这样……"

在两位少年儿童崇拜又紧张的目光下，杨总"嗖"地把飞镖甩了出去，手势非常炫酷，飞镖落点的误差却有点大——打到了玻璃上。玻璃窗坚强地承受住了这无妄之灾，随即怒而反弹。闫皓只听脑后传来风声，连忙一缩脖，小飞镖擦着他的鸡窝头掉进了韩东升的茶杯里，往韩先生笑盈盈的脸上泼了一碗冻顶乌龙。

杨逸凡若无其事地收回架子："就是手腕扭过头的结果。"

"人生赢家预备役"韩周见大人脸色不对，立刻主动给漂亮姐姐背锅："对不起爸爸，我不淘气了。"

杨逸凡摸了摸韩周的头，又凉凉地瞥了幸灾乐祸的刘仲齐一眼："一些小朋友'母胎 solo'不是没有原因的。"

老杨大爷气得顿足捶胸："一代不如一代。"

厨房里，甘卿右手捏着一块内酯豆腐，左手拿刀，手上刀光剑影，眼睛还盯着喻兰川往锅里放调料："少放点盐，刚才那个酱我尝了，咸……够了，够了！"

老杨大爷家的灶台和料理台不在同一边，她说话的时候盯着火上

159

的锅,整个上半身扭了快一百八十度,手上的刀却一下没停,看得人心惊胆战。

"少废话,我知道放多少盐!"喻兰川不耐烦地叫嚣回去,"看着点你的鸡爪子,炫什么炫,我们不想吃红烧手指头……你这剁的什么鬼,演砸了吧?"

内酯豆腐本来就软,甘卿三心二意的一通乱刀,把豆腐剁成了一团泥状物。

喻兰川嘲讽道:"今天这顿饺子是要包豆腐馅吗?"

甘卿没跟他逗口舌,"笃笃"的刀声一顿,她把案板上的"豆腐渣"一拢,往放满了水的汤锅里一撒,拿根筷子轻轻搅了搅,"豆腐渣"倏地散开,舒展成了一根一根头发似的细丝,在水里上下翻飞。

喻兰川:"……"

"不啊,"甘卿气定神闲地说,"调个文思豆腐,好消化。"

说完,她把菜刀在水下冲了冲,抽了张厨房纸擦干,回手一甩,菜刀隔着三步远飞回了刀架,炫技炫得人牙根痒痒。

"刀工是真传。"张美珍称赞道。

美珍的称赞没落地,甘卿又走到锅边探头看了一眼,关了火,还不等喻兰川嫌弃她多事,她就迅雷不及掩耳地抓了一把不知是罗勒还是百里香的碎末扔了进去。

"喂!"喻兰川制止不及,"这是红烧肉,不是咖喱鸡!你随便串菜系申请签证了吗?"

"我知道,"甘卿晃悠到一边去洗手,"最新改良款,还没申请专利,配方便宜你了。"

张美珍喃喃说:"……就是调味不太守规矩。"

怪不得天意小龙虾的厨房不要她!

甘卿平时做一两道家常菜,可供发挥的材料不多,还算能中规中矩，年夜饭菜品多，材料也多，给了她放飞自我的机会。喻兰川为了大家的生命安全，严阵以待地守在锅边，手持汤勺、锅铲等武器，随时准备敲掉她来偷袭的爪子。

周老先生自己坐着的时候看不得别人干活儿，原本探头探脑地想进厨房帮忙，结果目瞪口呆地参观了一场刀光剑影，又溜墙边走了。

这顿鸡飞狗跳的年夜饭总算上了桌，盟主和小妖女过招八百，各有输赢，于是正常菜和改良菜平分秋色。老杨大爷把客厅里的沙发都挪到了一边，支起家里最大的餐桌，上面还带旋转盘，满上杯中酒，喟然长叹。

当年，五绝名满天下时，他是最小的小兄弟，跟那些早早成名的传奇兄长在一起，就像个凑数的小跟班，他们连酒都不给他多喝。一晃，几十个春秋如浮光掠影，他环顾周遭，发现身边剩下的都成了小辈，他成了桌上第一个提杯举箸的人。

"今年……"老杨大爷顿了顿，一时有些不知从何说起，到最后，只好化成笼统的三个字，"不容易。"

也许是他的语气太复杂，这话一出口，满座的老人都沉默了。

好一会儿，周老先生才说："哪年都不容易啊，要不年关怎么叫'关'呢。"

一道一道地闯、一关一关地过，没有读档，没有重来。

得到了时过境迁、万事都后悔不及的时候，才有机会回望复盘，继而恍然大悟——

原来好多时候，以为自己已经身在低谷，其实才刚刚进深坑。

原来好多时候，以为自己即将飞黄腾达，其实只是抵达巅峰时轻轻跳了那么一下，很快就会落地，一路往坡下滚去。

老杨用酒杯磕了磕圆桌上的转盘，说出了祝词："来年，就祝大家伙都平平安安吧。"

喻盟主心累地补了一句："遵纪守法，不要惹事。"

张美珍想了想:"及时行乐?"

韩东升说:"惜福,惜福。"

杨逸凡:"还是要有梦想的,比如一夜暴富,买下连卡佛。"

闫皓在心里把"新年快乐"反复彩排了好几次,结果到了他这儿,还是顾此失彼地演砸了。他慌慌张张地碰了酒杯,预演了半天的话到底是忘了说。好在,没吭声的不止他一个,甘卿也没说话。她只是把酒杯往转盘上轻轻一碰,一口喝完,夹在两根手指间亮出杯底——先干为敬。

"干杯!"

窗外响起几声突兀的爆竹声,还是有不自觉的人违反禁放令,警车神出鬼没地循声追了过去。诸事不顺了大半年的于严同志作为单身狗,节假日大概率是要"发扬风格"的,没准就在那辆气急败坏的警车里值夜班。

长达四个多小时的"聊天背景音"春晚上线,年轻人的手机开始此起彼伏地振动。杨逸凡在忙得五指翻飞的同时,还数次力挽狂澜,把饭桌上滑向"催婚催育催二胎"的话题捞回来。

小飞镖太危险,被周蓓蓓收起来了。甘卿难得大显身手,向熊孩子们演示正确的扎气球方法——她在晾衣竿上绑了根毛衣针,举起来挨个儿捅,裹着金纸的奶糖下雨似的满地乱滚。

刘仲齐愤怒地在一片"噼啪"声里说:"所以你们就是不教我功夫!怕我偷学,连气球都不好好扎!我期末考试成绩离一百二只差十分!"

屋里的喻兰川和阳台上的甘卿异口同声:"你知道高考的时候一分刷掉多少人吗?"

刘仲齐:"……"

于是客厅里的话题从小孩教育转向毕业找工作,继而滑向国计民生的深渊。先是刘仲齐和韩周两个小朋友被公开"处刑",期末成绩单给人拿出来分析了一通。紧接着,站着说话不腰疼的大人也不能幸免——大人的成绩单比较简单,总共只有两个科目,一个是"结婚成家",一个是"立业买房",很不幸,在座诸位武林后起之秀,没有一个及格的。

闫皓"后进生",惨遭众长辈教育。甘卿也比他强不到哪儿去,庆幸自己早早躲进阳台,从地上捡了一块奶糖放进嘴里,假装自己不存在。

过了一会儿,杨逸凡也懒洋洋地拎着手机来到阳台,捡了一颗奶糖剥开,跟人发微信语音。

"……大过年的,不要胡闹。"

"那天你不是不在吗?"

"我还给你准备礼物了呢……"

"哎……什么话,怎么就好聚好散了?"

甘卿在旁边津津有味地听了几句,只见杨总"啧"了一声,耐心告罄,收起手机不回了。

甘卿:"男朋友?"

"'男',有的是,'朋友',没地方找。"杨逸凡叼出一根细长的女士烟,皱着眉低头点了,"小奶狗——给我做头发的,送过几回东西,前两天做造型他不在,我懒得再约,找了别人,这还不依不饶上了……啧,下次太奶的不能要,黏人,烦。"

说着,她伸手在阳台储物柜里扒拉了两下,扒拉出一个袋子:"他不要给你吧,一个钱包,娘唧唧的,男女通用。"

"不了,不了,"甘卿连忙推拒,"我没钱往里放。"

"不喜欢算了,你喜欢什么告诉我,买给你。"杨逸凡笑着喷了口烟,"从善如流"地收了起来,打开手机上的一个微信群。群内成员非常活跃,聊天如刷屏,照片闪得让人来不及看,有名牌、珠宝、豪车、烛光晚宴、度假风光……是个丧心病狂的炫富群。杨逸凡随手点开了几张图片给她看,问:"包喜欢吗?这个新款的……话说回来,好像除了搬家,就没见你背过包。"

甘卿恐慌道:"杨总,我虽然混吃等死,但暂时也没有被包养的志向。"

"想什么呢,我不包女的——其实我早想找你聊聊了。"杨逸凡说,"我们家老头跟我说了,你是卫骁的徒弟。"

甘卿一愣,不知道为什么,总觉得"卫骁"这个名字从杨总嘴里蹦出来,有点画风不对……撞破了次元壁似的。

"那个卫骁……"杨总弹了弹烟灰,语气一顿之后,罕见地加了敬语,"……前辈,我虽然不认识,但是一直很感激他,可惜没机会见一面。"

甘卿不明所以,想不通隐居二十年的卫骁,和杨逸凡能有什么交集。

"你不知道吧?"杨总说,"卫骁前辈年轻的时候不是跟一些人比武结过仇吗?那些人里有我爸。"

甘卿:"……"

她震惊之余,飞快地回头看了一眼客厅里的老杨大爷——等等,杨逸凡她爸不是老杨帮主的独生子吗?老杨帮主的独生子是废在卫骁手里的?仇家留她住下,还留她过年?

杨逸凡站在一片金纸中间,回过头来:"嗯,对,不瞒你说,我爸的武功就是废在他手里的。"

甘卿干巴巴地说:"不瞒你说,我现在站在这儿有点尴尬。"

杨逸凡笑了起来:"不用尴尬,我爸当年以丐帮传人自居,最讨厌别人说他没有练功天分,得不到打狗棒的真传,都快走火入魔了,也没个正经工作,家里穷得还要爷爷补贴,每天逼着我穿打补丁的衣服,吃糠咽菜,美其名曰'保持传统'。他被废了挺好的。"

第四章

甘卿迟疑了一下:"令尊后来怎么样了？"

杨逸凡回答:"后来？终于肯上班了，托人找了个工作，就在这楼开电梯。"

甘卿:"开……什么？"

杨逸凡说:"哦，你不知道，早些年有电梯的居民楼还不多，这楼别看现在是个老破小，当年算是比较时髦的，好多人不适应这玩意儿，所以居委会出钱，在电梯里安排个人，管开门、关门、按楼层，现在已经没有人干这个了。每天早六点到晚十二点，他就搬张小桌子、小板凳一坐，沏壶茶——这工作只要识数就能干，既不用什么技能，也不需要卖力气。一个大老爷们儿，拖家带口，月工资始终跟最低工资标准看齐，赚那点钱不够他买偏方吃的。但不管怎么说，这也是份正经工作，比游手好闲地整天跟那些狐朋狗友鬼混强多了。"

杨逸凡手里转着手机，那是一双骨肉匀停、养尊处优的手:"我小时候还在日记里写过感激你师父的话，不过不巧的是，那本日记被我爸发现了。"

甘卿吃了一惊。

杨逸凡却不往下说了。这时，她那个飞快刷屏的群里有人私戳她发语音。以甘卿的耳力，即使是正常不漏音的手机，一个房间有人打电话,她也听得见电话里的人说什么,就抓了一把奶糖,准备回屋避开。

"没事,"杨逸凡摆摆手,"一欧洲代购,不用避,没正事。"

她说完,就直接点开语音听。

"亲爱的,新年快乐!"电话里传来一个很甜的女声,一听这个语气,甘卿就知道准是同行,除了卖东西的,没人用这么腻歪的语气说话,"上次那个疯狂断货的包包终于帮你找到了,还有折扣,开不开心呀?可以给自己当新年礼物了!"

杨逸凡的表情有点茫然,可能没想起来要的哪款。

对方"叮叮咚咚"地发了一串图片过来,又说:"我给你报价,代购费按老规矩算,给你熟客优惠,快点把你喜欢的颜色和型号发给我啊宝宝,我一定要让你在春节假期结束之后第一天就背它出门。"

甘卿在旁边听完,起了一身鸡皮疙瘩,盘算着回去也把顾客都发展成"宝宝"试试。

杨逸凡可有可无地翻了翻图片,把手机屏幕分享给甘卿,问她:"还行,是吧?"

"还——"甘卿还没来得及看清包是圆是扁,先看清了代购发的报价,差点咬了自己的舌头,没等她数完后面跟了几个零,信息就被刷上去了,她顿时不敢妄加评论了——有轻慢人民币之嫌。

就听旁边杨逸凡轻描淡写地回信息:"黑的和黄的不要,其他一样一个吧,我给你转定金?"

甘卿:"……"

她感觉自己以后可以出去吹牛了,毕竟是和土豪做过邻居的人。

"不好意思亲爱的,"代购柔声细语地说,"现在我这边比较贵重的代购都收全款了,咱们认识这么久了,应该还是能信任我的,对吧?现在除了你们这些老朋友的单子,我也不接别人的了。"

"行吧。"杨逸凡财大气粗,没在意,"怎么开始一次性收全款了?"

"唉，其实是Coco，"代购支支吾吾了一会儿，还是忍不住说了，"之前帮她从意大利带了一双靴子，东西寄过去好几个月了，剩一半尾款，到现在也没给我打。也可能是快递出问题了，可是给她发信息不回，电话也打不通，现在怎么也联系不上……唉，我不是跟你抱怨什么啊，大家认识这么久了，一双鞋子而已，我送她都无所谓，就是有点担心她。你好像跟她关系不错，过完年见了她，帮我提醒一下就好了。"

杨逸凡莫名其妙地一挑眉："哪个Coco？"

远隔重洋，都能听出代购笑得花枝乱颤："你后宫是有多大啊，我的天！我就欣赏你这种薄情寡义的小样儿——就元旦……新年前夜还跟你一起吃牛排来着。"

杨逸凡更加莫名其妙："新年前夜我公司年会，裙子太紧没吃饱，开完我补了一顿夜宵，自己去的，没约别人啊。"

代购沉默了一会儿，然后发来一张朋友圈截图。

上面的几张照片杨逸凡看着眼熟，她仔细看了看——这是她自己拍的照片！

新年前夜，她等上菜的时候百无聊赖，拍了几张餐厅夜景，有人拿去截掉了水印，把照片稍微调整了一点角度，还配了文字——"约起来"。

代购说："呃……她跟你发图的时间就差十几分钟，我看你俩好像在同一个地方，就给她留言，问她看没看见你，她说就是跟'好姐妹'约的。"

杨逸凡："……"

代购："还有圣诞节，她还发过你的车。呃……这就尴尬了，我一直还以为你俩关系好……所以你都不知道吗？"

杨逸凡："这人是谁？"

杨逸凡的微信通信录长得翻不过来，里面有一个团的闲杂人等——毕竟这是个随便买瓶擦脸油都有店员追着加微信的时代。她朋友圈里发的基本都是吃喝玩乐,没什么正经事,所以对所有人可见,没分组,搜了半天搜到了这个"Coco"的号,想不起来是在哪儿加的这人,对方的朋友圈明显是把她屏蔽了,只能看见几组仰头撅腚的自拍。

"还有这样的戏精吗?"代购十分震惊,嗓子都忘了捏了,发出了一串非常粗犷豪爽的女中音,"她还在我'女神群'里,哎,我去,不行,我要去群里挂她!"

因为这一段插曲,杨逸凡的群里又掀起了腥风血雨式的刷屏。

"见笑,这帮人都是在种草晒货App上认识的,"杨逸凡说,"什么奇葩都有。"

甘卿"啊"了一声,表情很是茫然。

"就是买了什么,就拿出来拍照显摆一下,然后大家互相酸一酸、夸一夸,群里人都懂行,虚荣起来比较高效。"杨逸凡说,"没有人冲着你耳朵咆哮'你花好几万买个兜子,你是不是疯了'。"

她话音刚落,就听见客厅里传来老杨大爷义愤填膺的控诉声:"有个兜子装东西不就行了吗?她还天天换!猪肉才多少钱一斤?好,天天炖排骨,够炖好几年了!一个兜子!唉!兜传国玉玺使的吗?"

喻兰川默默地把伸向排骨的筷子缩了回来。

杨逸凡吼道:"爷爷,算我求你了,能不说'兜子'这个词了吗?"

老杨大爷:"那不就是个兜子嘛!"

杨逸凡:"……"

老杨大爷语重心长:"不管有钱没钱,日子就得照着日子过,你今天能赚钱,明天赚不来了呢?你这一辈子才到哪儿,长着呢!得为长远打算,攒点钱吧!我像你这么大的时候啊……"

九十岁的老爷爷开始长达一个世纪的忆苦思甜,把小辈们忆得头痛欲裂,纷纷抢起了擦桌洗碗的活儿,只求逃离现场。唯独甘卿稳稳当当地回沙发坐下,一边练习用右手削苹果,一边偶尔顺着老杨大爷的话音插句话,有一搭没一搭的,让杨帮主不至于唱独角戏。

她的右手能写字,平时看着没什么异状,只是不大拿得了重物,时间长了手会抖,集中注意力的时候手也会抖,苹果削得深一刀、浅一刀的,喻兰川在旁边看得胆战心惊。

老杨大爷:"……是吧,小川?"

"嗯?"喻兰川盯着甘卿手里的刀,根本没听见前文,随口说,"对、对。"

只见甘卿手一哆嗦,刀刃往前滑了半寸,直接照着另一只手的虎口去了。

喻兰川比当事人还紧张,一把攥住甘卿的手腕拉过来看。幸好老杨大爷家的刀钝,没破皮,只戳了个白点。

"那刀没事,"老杨大爷说,"上次凡凡拿反了都没割破手。"

张美珍跷着二郎腿,在旁边"嗯哼"了一声。

甘卿意味不明地挑起眼,看了喻兰川一眼。喻兰川就跟摸了电门似的,立刻把她的手腕丢了回去:"现在还有这种残疾人专用刀具?"

"怎么说话呢?"老杨大爷拍了喻兰川一下,看了看甘卿的右手,"丫头啊,你这手时间有点长了,找人看过没有?我认识几个专门看这种伤的大夫。"

"没事。"甘卿把刀换到左手,顿时,那苹果皮就像自动脱落一般,光滑地滚了下来,"不影响。"

"以后要是干点什么精细的事,一只手还是不方便。"老杨大爷说,"还在天意家的店里当服务员吗?服务员不能干一辈子啊,明年有什么打算啊?"

甘卿笑了一下:"再说吧,反正我一个人吃饱,全家不饿,也没有买……那个'兜子'的需求,赚点饭钱就够了。"

老杨大爷好不容易抓到了一个肯听他说话的小朋友,当然不肯轻易放过她,对这样敷衍的回答很不满意:"要打算的,趁年轻要多给自己攒一点资本——我看你做饭很有一手,当年你师父也——"

甘卿眉尖轻轻地跳了一下,不想和老头聊"师父",于是她挑起了一个对方应该也不想聊的话头,打算结束对话。

"不是我师父,我被逐出师门了。"她又问,"卫骁当年伤了您儿子的筋骨,废了他的武功,杨帮主,您这么多年,都不记恨吗?"

喻兰川一愣,愕然地看向老杨大爷,想起他之前提起"万木春"总是三言两语,含含糊糊,没想到居然还有这种内情。

这时,旁边的张美珍却冷笑了一声:"养不教,父之过,那小子活该,早该废!"

甘卿没想到这件事比自己想象的还有内情,看了看这个,又看了看那个:"呃,美珍——"

张美珍不由分说地打断她,拎起外套站了起来:"我困了,上去睡觉了。"

老杨张了张嘴,似乎想要挽留,可是手还没伸出去,张美珍已经扬长而去了。

甘卿讷讷地问:"我是不是提了句不该提的?"

喋喋不休了一宿的老杨大爷摇摇头,弓着腰坐在沙发上,沉默下来。

甘卿有点过意不去了,随手把削好的苹果塞给喻兰川:"那我⋯⋯我上去看看美珍姐。"

她走到门口的时候,听见身后的老杨大爷忽然几不可闻地说:"我絮叨凡凡,不是嫌她花钱败家,钱乃身外之物,再说人家自己花自己赚的,有什么呢⋯⋯我是怕她沉溺在里头,和她爸一样,被浮尘迷了眼。"

可能是因为老人坐在沙发上的侧影太寂寞了,不知道为什么,甘卿觉得他最后一句话有点不祥的意思。

梦梦老师整天浸泡在玄学里,可能还真给熏陶出了一点第六感。

大年初二,一个词毫无预兆地上了热搜——"燕宁盛宴"。

全国人民都在春节长假里无所事事地躺尸,接到这个"瓜",连忙纷纷伸手,打算吃上一吃。甘卿也可有可无地跟着点开了一个帖子,一目十行地扫了一眼。大意是燕宁一些有钱人以私人酒会的名义聚众不干好事,里面涉及某某总裁、某某公子等人模狗样的社会名流,流出了大量不雅照片和视频——已经都给和谐了,不过群众可以自行想象。

照片和视频是从一个捞金女孩手里流出来的,现在这个人已经失踪,家人报了案。文末贴出了失踪女孩的照片,马赛克薄得恶毒。

甘卿吃"瓜"吃到一半,被"瓜子"卡住了——这好像是过年那天,她在杨逸凡手机上看见过的那个"Coco"。

第五章

"'Coco'是网名,这女孩的真名叫王嘉可,二十五岁,研究生毕业刚一年,在三十三中当音乐老师。网上的照片和视频,来源是她手机连着的云盘,最早直接发到了一个叫'小草原'的App上。据我们了解,这是个有社交功能的应用软件,图片、视频都可以发。'小草原'会自动给用户发的图片打水印,然后被人截图保存以后,转发到其他社交媒体。"

于严带着两个陌生的警察来到了杨家,点名要找杨逸凡问话。说话的男警察三十来岁的样子,沉着脸,五官活像在冰箱里冻过,除了嘴,脸上其他地方纹丝不动。他的眼神黑沉沉的,看人的时候掺着打量和戒备,就像动画片里审问耗子的黑猫警长。

被当成耗子审的杨逸凡冷漠地吹了吹新做的美甲:"关我什么事,我又不认识她。"

街坊们平时接触的都是于严他们这些派出所小民警——民警们平时过来调解个矛盾、寻找个走失老人什么的,跟院里的大爷大妈们混熟了,有时还会被热心群众扣住,强行介绍对象——很不适应这种上来就拿人当嫌疑人查的态度。

于严连忙在旁边打圆场:"这两位都是我们上级领导,这次的事舆论压力大,我们压力也大。您说这大过年的,好好一个大姑娘没了,活不见人,死不见尸的……是吧?说话着急了,或是语气不太好,大家伙体谅一下。"

"黑猫警长"冷冷地说:"你俩互相加过微信,还同属于一个活跃的微信群,你说你不认识她?"

"帅哥,那群里有四百多人,网络社区也是社区——你们家全小区的人你都认识吗?每个跟你问过刚买的黄瓜多少钱一斤的路人甲,你都能背出人家家谱吗?"杨逸凡一耸肩,"行吧,那你还挺牛×的。"

"黑猫警长"差点被她怼出"飞机耳":"你什么态度?!"

杨逸凡提起胳膊肘,搭在自己身后的沙发背上,跷着二郎腿回答:"你什么态度,我就什么态度。"

"别、别、别,"于严分开这二位,又对杨逸凡说,"杨总,我们翻这个失踪女孩用的各种社交媒体,发现她偷偷保存了好多你拍的照片。她刚进大学就关注过你的私人博客,还摘抄了很多你说过的话,应该算是你的一位小崇拜者,能不能请你仔细回忆一下……"

老杨大爷插嘴:"凡凡,你好好跟人家说。这么大的姑娘丢了,家里得多着急。"

杨逸凡翻了个白眼,还是配合了:"这人我不认识,不过最近听说了一点八卦——我一个朋友做代购,给她带了一双鞋,约定的收货付尾款,一直没给钱,联系也联系不上,元旦的时候还盗了我的图在朋友圈炫富回留言,一提尾款就装死,我也是前两天才知道这事的,你们不如先查查她的财务情况吧。"

"黑猫警长"问:"你的意思是,这个王嘉可经常炫富,展示不符合她收入水平的高消费?"

"我不知道她收入多少,"杨逸凡懒洋洋地说,"也不清楚什么水平算高消费,不过那种花几百块钱买地摊货的,一般也没脸跟我们混。"

一句话好似万箭齐发,把周围一帮人都射成了刺猬。

于严拍了拍胸口,笑呵呵地试图缓和气氛:"幸好国家给我们发制服穿，不然我可能就是每天穿抹布上班的男人了。"

"黑猫警长"不为所动，逼视着杨逸凡，他说："我还有个问题，1月5日那天晚上，你在哪儿？"

网上删帖删得沸沸扬扬的"燕宁盛宴"就是1月5日。

杨逸凡眼神冷了下来。

于严连忙小声对"黑猫警长"说："苗队，还有老人在呢，等会儿出去说……"

谁知"老人"杨大爷耳朵一点儿都不背："小于，怎么回事？"

"我们在王嘉可的云盘里找到了大量照片，"黑猫警长说着，从怀里摸出一部手机，翻出几张照片，"其中一张照片上拍到了一个人，我想杨女士应该认识她。"

那几张照片拍的是大厅的自助甜品区，灯光闪烁，环绕桌子或立或走的人都是盛装，营造出某种衣香鬓影、纸醉金迷的氛围。桌边有个人正在拿果汁，可能是感觉到了什么，回头看了一眼镜头，露出大半张脸——正是杨逸凡本人。

"黑猫警长"问："这人熟吗？"

杨逸凡往后一靠，双臂抱在胸前："这是一个朋友公司成立十周年组织的慈善晚会，当然，慈善只是噱头——但也没什么吧？当晚十点我就走了，至于他们几点散的，散完还有什么活动……他们没邀请我，我也不清楚。怎么，穿着衣服站在餐厅里喝杯果汁也犯法了？难道还有别的照片拍到我了？"

"黑猫警长"冷冷地说："要是那样，我们就该邀请您去尿检了。"

言外之意，这个聚会上居然还有人涉毒。

"啊……"杨逸凡先是愣了一下，随后捏了捏眉心，一点儿也不严肃地笑了起来，"啧，有些人真是太不体面了。"

"这件事还在调查中，将来我们还会来找您，到时候还请您多谅解。"黑猫警长额角跳起了一根小青筋，"唰"地一下站起来，"另外,杨女士,贵司早期为了发迹,编造过很多耸人听闻的故事,当真实事件炒作,借以鼓吹高消费的生活方式,吸引关注,赚取了巨额的广告费。后来跟风这么干的人很多,您是引领风潮的,我佩服您的市场嗅觉和炒作能力,但是也希望您能对自己造成的不良社会影响有个反思。"

"苗队慢走。"杨逸凡才不理他那套,笑盈盈地起身送客,"您这个姓真好,跟您特别配。"

她说完,"咣当"一下关上门,把警察关在了外面,脸上浑似画的笑容还没消失,一回头,就看见老杨面色不善地盯着她。

老杨大爷重重地把打狗棒往地板上一戳:"杨逸凡,这到底是怎么回事?"

"我躺着也中枪好吧?"杨逸凡不耐烦地冲他摆摆手,"八竿子打不着的网友,就因为去了同一个晚会上玩,还得被警察盘问——我去公司加班了。"

"加什么班!"老杨帮主脸上挂着寒霜,"刚才人家为什么那么说你?你每天都在忙什么?回来,杨逸凡,你给我说清楚!"

"哈,"杨逸凡披上外衣,笑了一声,"就这种小破公务员,一个月拿仨瓜俩枣的工资,没本事赚钱,还拿自己当个人物,心理不平衡呗,又仇富,凡是他买不起又配不上的生活,他都看不惯,我哪知道他什么意思。"

"你说的这叫什么话!"老杨大爷短短的白发楂儿被她气得集体站直了,"我早跟你说过,凡事有度,要知道适可而止,就你那些狐朋狗友,每天互相攀比——"

"靠自己的努力,过自己喜欢的生活不对吗?"杨逸凡不耐烦地打断他,"我没有教过那些小女孩说'你要把自己捯饬得漂漂亮亮,将来想方设法傍个大款包养你',我敢发誓我这辈子从来没有说过一句这样的话!我教她们正视自己的野心,喜欢名牌,自己省吃俭用攒;

喜欢口红，自己做兼职、打零工赚钱买，这有什么毛病？年轻人不该努力吗？不该奋斗吗？都跟你一样'淡泊名利'，拿一点退休金在家啃馒头，社会就能好了？"

老杨大爷："君子固穷……"

"是啊，君子固穷，小人才'穷斯滥'，"杨逸凡毫不吝惜地从衣架上扯下自己鳄鱼皮的包，"所以自己废物就找个墙根好好反省，少探头酸别人贪慕虚荣，丢人现眼！"

老杨大爷："咱们家世代在丐帮，没求过富贵，你得凡事无愧于心！"

"爷爷，"杨逸凡一脚跨出门槛，忽然回头说，"照你这么说，我爸就是个不求富贵又'固穷'的君子了吧，那你怎么觉得他心术不正，还跟他断绝关系了呢？"

老杨一愣，无言以对。

杨逸凡说完，嗤笑一声，转身走了。

老杨想追出去，被她气得前胸后背一阵发麻，缓了半天，才叹了口气，慢吞吞地走进楼道里，正好看见杨逸凡把自己的小跑车开出来，"嗡"的一声，绝尘而去。

这个世界变得太快了，尘嚣四起，言语喧天，老人从年轻时根深蒂固沿袭下来的观念被各种思潮反复冲刷，即便是手握打狗棒的杨帮主，此时也觉出了恐惧。他有时候有很多话想对年轻人说，可是老了，慢的不单单是拳脚，往往他一句话没说完，这些受过良好教育的年轻人已经机关枪似的怼了他十句，每句话都让他哑口无言，疑心自己是不是真错了。他在楼道里站了一会儿，慢吞吞地回屋，挨个儿打电话给燕宁的丐帮骨干，让他们帮忙留意找这个叫"王嘉可"的失踪女孩。

甘卿大年初三就回去看店了，她在家也没什么事做，这个人除了拿小刀片削东西以外，根本没有其他的兴趣爱好，上网玩一会儿就腻了，没事只好穷折腾——炸了一锅油饼和一锅酥肉，差点累残抽油烟机，出来的成品差不多全楼都送了一遍，还有剩。地板一天擦两遍，美珍姐姐说，她再不去找点事干，地板就快被她擦破皮了。

"欢迎光临。"甘卿正在招待客人，听见门响，头也不抬地送了门口一句。

门口的人"嘶"了一声："这什么玩意儿？"

星之梦门口挂满了滴胶的小挂牌，来人个子太高，没留神撞了一头。

甘卿一抬头："小喻爷，又代购啊？"

喻兰川没理她，皱着眉看那些挂在门口的滴胶牌——上面是一水的"一夜暴富"。

"开门撞上暴富，小喻爷，你今年要飞黄腾达啊！给你打五折，十块摘一张走，新年讨个好彩头。"甘卿笑眯眯地说，"说不定有富婆倒追，你就不用还房贷了。"

"有你这么个……邻居，我也飞不起来，"喻兰川嘀咕了一声，"低……"

"俗"字还没说出来，店里的另外两个顾客就插了话：

"梦梦老师，我要！"

"我也要！"

"谁不想往脸上抹金箔呢？"

"做梦都想撸一撸镶宝石的鞋子和包包……"

"唉，咱俩也就这点出息了，贫穷限制了我们的想象力。"

"暴富以后，你们就该不来我这小店了。"甘卿帮两个少女把滴胶牌包装好，递过去，"我就快失去你们了，宝宝们。"

"宝宝们"听了这样吉祥如意的梦话，心花怒放："万一真实现了，你这儿就得排大长队了。梦梦老师——人间活财神……我怎么觉得过

177

完年以后你变甜了?"

跟代购偷师的甘卿笑而不语,跟顾客"宝来宝去"了好一会儿,甜得那两位"宝宝"又买了不少其他的东西,这才晕晕乎乎地走人。

甘卿送走了客人,一看时间,快到吃午饭的点了,隔壁天意小龙虾的锅已经"刺啦"作响地忙活起来,味道仿佛透过门缝钻了进来,香得她心猿意马,于是随口问喻兰川:"你又想要点什么啊,宝宝?"

喻兰川:"……"

"咳……"甘卿看着他仿佛被雷劈过的脸,回过神来,尴尬地干咳了一声,"呸,说顺口了。"

第六章

　　卖东西的人对顾客的称呼千奇百怪,"美女""帅哥"是普通版,"亲爱的""宝贝"是肉麻版,"殿下""小主"是莫名其妙版,"金主""爸爸"……是臭不要脸版。当然,这种一般都是说者无心,听者无意,等银货两讫后,大家会自觉断绝"父子关系"。

　　然而喻兰川看起来非但不想买东西,还不想遵循买卖双方的"潜规则",表情非常一言难尽,弄得甘卿觉得自己好像口头调戏了他,只好解释:"只是个普通的……"

　　喻兰川不等她说完,就飞快地接话:"我当然知道,你想多了。"

　　甘卿:"……第二人称。"

　　后半句跟他重合在一起,不知为什么,更尴尬了。她只好一摊手:"我什么都没想。"

　　"不就一句嘴瓢吗?你有完没完了?!"喻兰川迫切地想把这个话题揭过去,说出了欲盖弥彰的味,"反正你不庄重也不是一天两天了。"

　　"哦。"甘卿只好摊开一张庄重的脸,念悼词似的沉痛道,"那喻兰川先生,请问您有何贵干?"

　　喻兰川的眼神在店里飘:"你昨天在朋友圈里发的那个开春招桃花的珠子,还有那什么剪子……"

"剪子？"甘卿一脸不解，"我这儿不卖剪子，要不你上旁边杂货铺问问？"

喻兰川："专门找东西用的那个剪子，不是你发在朋友圈里的文吗？"

"那叫'剪刀倒挂大法'，昨天想不出来公众号更新什么，在网上随便搜了点信众比较多的封建迷信小常识。"甘卿说，"你哪个同事要的，没好好审题吧？那个用普通剪子就行，不用特意开光——奇怪，我以为日常搞小迷信的群众都听说过这个。怎么，玄学领域也有大龄萌新，还这么肯花钱？"

"大龄萌新"喻兰川："……"

其实没有同事让他代购——大过年的，都在家应付三姑六婆呢——他只是无意中转到了泥塘后巷，莫名其妙地进来了，自己也不知道来干什么，被她追着问，才仓促地想了个借口。

喻兰川一年到头，能完完整整休的，也就只剩春节假了。他家亲戚少，今年父母出国，大爷爷仙逝，亲爹又行踪飘忽，更没有什么需要走动的亲戚了，本来他都已经计划好了，留半天带熊孩子刘仲齐出去玩，剩下的时间就用来好好宅——他要复盘全年，要列明年的个人计划，补看经典电影和书，再挑一两门线上课程集中突击一下新领域，给自己添加几道"斜杠"……每年他都是这样度假的，可是今年不知道怎么回事，他在家坐得心浮气躁，总想找个理由出来转转。

"招桃花的粉晶，你自己挑吧。"甘卿拿出了几个大纸箱，可能是刚进的货，还没来得及包装，往柜台上一摊，就像上个世纪地摊上卖的塑料珠门帘，非常不堪入目。

喻兰川嫌弃地伸手扒拉了两下："卖这种鬼东西，你到底是怎么让人相信它灵光的？"

"心诚则灵，"甘卿漫不经心地说，"肯花钱买这些的，都是迫切希望找到对象的。反正满大街都是人,对象这玩意儿,自己诚心找,总能碰上几个,这不就灵了吗?至于那些自己不行动,指望天上掉下个梦中情人的,戴着这个能自我安慰。"

喻兰川:"安慰什么?"

甘卿一撩眼皮,露出被隐形眼镜渲染成灰色的瞳孔:"有人暗恋我。"

喻兰川原本平稳跳动的心脏一脚踩空。

"但是'那个人太害羞,我太迟钝,所以不知道'。"甘卿拎起一条粉晶手链,擦了擦上面的浮尘,开始往礼品盒里装,"在即将到来的春暖花开之季,有这种错觉也是好的,毕竟本店的主营业务就是贩卖梦想与美好。"

喻兰川哑巴了。半天,一直等甘卿哼着小曲,把全部的粉晶包装好,他才忽然前不着村,后不着店地说:"也有可能不是错觉。"

甘卿一愣:"什么?"

"没什么,字面意思。"喻兰川侧过身,装作漫不经心的样子,目光漫无目的地扫过她的柜台,"有时候,你感觉有人暗恋你,没准是真的呢。"

"大家一没有杀父之仇,二没有清规戒律,城府再深,也都是藏恶感,谁没事把好感也藏那么深?"甘卿"扑哧"一声笑了,"那要多不会看人脸色的人,才会迟钝得一无所知啊?这种二傻不多见的。"

喻兰川顿了顿,猛地扭过头,意识到甘卿话里有话。

甘卿头也不抬:"没什么,字面意思。"

成年人的世界,就像擂台比武,点到为止,不用事无巨细,什么都说明白。

你的好感我看到了,可我不想回应。

喻兰川的目光落在那些粉色玻璃珠上:"哦。"

踩空的心脏"啪叽"一下摔在了洋灰水泥地上，差点裂开。

甘卿笑眯眯地说："粉晶新年酬宾，买五条就送'一夜暴富'牌，富婆在不远的前方等你哦。"

喻兰川挑挑拣拣地拿了四条，往她面前一扔："结账。"

隔壁的"天意小龙虾"冬天主打火锅和汤面，孟老板指导着学徒炒完一锅料，隔着烟熏火燎的窗户，正看见喻兰川经过，连忙打招呼："小喻爷，有空串门来啊，我这儿有……"

喻兰川仓促地冲他点了一下头，话也没说一句，就走了。

"……刚熬好的辣酱。"孟天意觑着他的背影，嘀咕一句，"怎么走这么快？还想给他带一罐尝尝呢。"

"什么辣酱？"甘卿走进来，"孟叔，我要。"

"你就知道吃。"孟天意没好气地瞥了她一眼，"今天撑个锅子？"

"饿了，别弄那么麻烦，烫几片牛肉下碗面就行。"甘卿一探头，用筷子挑了点辣酱抿了抿，"嗯！好吃，用这个拌！"

孟天意一探头，冲她招招手："哎，你这年后开店没两天，小喻爷过来逛游好几趟了吧。"

甘卿洗了洗手，接过小学徒手里的刀，把肥牛片得飞快："可不？照顾生意的朋友才是好朋友，小喻爷够意思。"

孟天意瞥了她一眼："少来这套，男女之间还有纯友谊？当谁还没年轻过！"

甘卿笑了："那是，那是——您，泥塘后巷著名仙草，小龙虾潘安，谁不知道啊。"

她手起刀落，不到片刻，就把小学徒半天的活儿都干完了，看得没见过世面的小学徒目瞪口呆。

"男女之间是不太容易发展纯友谊。"甘卿把菜刀往案板上一戳，若无其事地说，"不过公羊和母鹿吃草的时候结个君子之交，不算很稀奇吧。"

孟天意一愣。

甘卿冲他一抬下巴："孟叔，留神面软了，可别给我煮过头。"

春节假期里，星之梦关门也早，没到晚饭的点，甘卿就关了门买菜回家。快到一百一十号院的时候，她脚步忽然一顿，猛地扭过头去，向路口一条小胡同射出目光——那里有一道隐约的影子闪过，她感觉得出，有人跟了她一路。

那人在这儿露了马脚，于是甘卿毫不迟疑地追了上去。

这是她当时追踪向小满，还坑了刘仲齐同学一顿下午茶的那片小胡同，地形错综复杂，这会儿游客稀少，小路上都空荡荡的。甘卿站在路口凝神片刻，手指间蓦地弹出一把小刀片，切开西风，飞进了一片漆黑的自行车棚。

小刀片打着旋地卷过，一声极轻的裂帛声响起，是刀刃刚破了衣服！紧接着，一个瘦小的身影从自行车棚里一跃而起。

甘卿出了声："等等，这位朋友，有话明说！"

那人理都不理她，猴似的跳出生锈的栏杆，撒腿就跑。他似乎非常熟悉这里的地形，在窄巷间左钻右跳，甘卿追出了两条街，竟追丢了！

冬天黑得早，这会儿已经暮色四合，风挤过宽窄不同的小巷，发出高低不同的呜咽，隐约向"知音"透露着每一条小路的情况，其中夹杂着一个轻且急的脚步声。

甘卿循声一转身，可还不等她追出去，身后突然有厉风袭来，一根铁棒直冲着她后脑勺挥了过来。她好像早有预料似的，单手夹起购物袋，以一只脚为轴转了半圈，左手一抬，稳稳当当地攥住了那根挥过来的铁棒。

偷袭她的人全副武装，脸上口罩蒙得严严实实，只露出一双凶险的小眼睛。

甘卿眯了眯眼，左手几把小刀片闪烁在幽暗的路灯下："冲我来的？新鲜。"

偷袭者猛地一沉手腕，挣开了她的手，铁棍拦腰向她扫来。甘卿猛地往后一让，手指间寒光倏地一闪，从铁棍底下钻了过去，不偏不倚地卡进了拿棍偷袭者的手腕——而与此同时，她躲闪退避时刚好背对着另一条小胡同入口，还没来得及站稳，那里突然冲出一个人，手里举着一把西瓜刀，照着她后心就捅了过去！

甘卿的脚跟没落地，膝盖轻轻一屈，以不可思议的轻盈从平地上翻了起来，腰倏地往后折成拱桥，刚好让过那把刀。拿刀的人轻喝一声，手腕翻转，刀势转为平削，不等他力气使足，小臂忽然一痛，被一颗大土豆砸中了！

刀刃往下一歪，下一刻被人拿住了手腕——甘卿借着一翻的力道把他手腕扭过了将近一百八十度，腕骨发出了可怕的"咔嚓"声，那人惨叫起来——

就在这时，一块板砖不知从哪儿飞了过来，同时，灼眼的远光车灯扫过，直接刺进甘卿的眼里。

她眼前一花，什么都看不清。那个被她扭断了手腕的人顺势推了她一把，甘卿只能凭感觉和听力尽可能地偏过头，板砖擦着她的肩膀滚落在地。

摩托车启动的尖鸣声响起，"嗡"一声，等她恢复视力的时候，方才偷袭她的几个人已经趁乱跑了，地上只留下一把西瓜刀和几滴血迹。

这些人好像只是试探，一触即走。

甘卿活动了一下被砖头扫了一下的肩，捡起方才掉出来的土豆，缓缓地皱起眉——如果她没看错，把她引进小巷里的那个人穿得破破烂烂的，就……像个乞丐。

她走后不久,小巷尽头一间民房里亮起了灯,一个乞丐打扮的男人惊魂甫定地探头看了一眼,压低声音对屋里的人说:"走了,这回你们信了吧?她跟那个许家人动手的时候,我就在现场,一眼就看出来了!"

第七章

屋里有人轻轻哼了一声,从阴影里走出来。

这男人有五六十岁的样子,衣品颇佳,穿着件剪裁精良的深色衬衫,低调奢华,把人衬得挺拔瘦削了几分,可惜中年男士的脑袋不方便过度修饰,因此他一张柿饼脸无所遁形,下垂的两坨腮帮子肉把嘴唇挤压得无处安放,几乎缩成了一张樱桃小口,看着还怪卡通的。

"樱桃小口"一张,里面喷出了一口阴阳怪气,他说:"你们丐帮可真行,到处要饭就算了,还捡破烂。现在什么人都能往一百一十号院搬了,怎么,是名门正派当腻了吗?"

当年纸媒《燕宁周刊》还没倒闭的时候,有一期的封面上曾经出现过这张脸,介绍的是本地优秀企业家,"福通达"快递公司的老总王九胜。上这份杂志不需要特别优秀,自己拍好照片,拟好稿,连广告费一起送到杂志社就好——因为时常刊登这路货色辣人眼,《燕宁周刊》不久就倒闭了。

这个传说中与丐帮素来不和的行脚帮北舵主此时居然和丐帮弟子鬼混在一起。

乞丐打扮的男人眼角跳了跳,低头看了一眼自己的胳膊。他的袖子被剃须刀片剐破了,刀片刚好扫过皮肤,刮起一层细小的油皮,没出血:"杨帮主是老糊涂了!我叫你们来看,用眼看就行了,动什么手？打草惊蛇怎么办？"

"惊就惊了，"王九胜轻慢地点了根烟，"一个小丫头片子。"

"都说她得了卫骁的真传。"

"卫骁又算什么东西，"王九胜冷笑了一声，"一个藏头露尾的老王八，他们这路人，之所以让人传得神乎其神，不就是因为喜欢躲在暗处出阴招吗？现在她在明，我们在暗，她就是那灯下的鬼，能厉害到哪儿去？"

"王舵主还是先把自己屁股擦干净吧。"丐帮的人冷笑了一声，"贵帮什么香的、臭的都揽，可是在警察那儿挂了号的。"

"挂呗，"王九胜一笑，露出一口贴过面的大白牙，白得异常科幻，看着就不像从人嘴里长出来的，"袭警的既不是我，也不是我指示的，污蔑我，有证据吗？法制社会了，这么欺负人，我可不干的。"

"那可不一定。"丐帮的人说，"王总，树大招风。你当盯着你的人只有警察吗？你以后要干什么事之前，可千万仔细点，路上别有要饭的。"

"老而不死是为贼啊。"王九胜叼着烟头，含糊不清地说，一转头对着那丐帮的人，却又笑了起来，他把眼笑出了一团和气，嘴里依然是咬牙切齿，五官扭着，像个磨牙吮血的动物，"我这不是就找到你老兄了嘛。不是我说，贵帮杨清老帮主这把年纪，也该颐养天年了，给他找点事干，别让他老盯着我了。"

"别着急，就快了。谢谢王总雪中送炭，送来的好把柄。"丐帮的人说，"只是那女的……不会出什么问题吧？"

"能有什么问题？"王九胜笑了笑，"背着一屁股高利贷，走投无路得都快卖身了，有人给她一条活路，她还敢怎么样？"

"那就好。"

"唉，"王九胜摆摆手，"我是最不愿意找事的人，你知道的，我们做生意的讲究和气生财，这两年市场竞争压力那么大，底下又有好多弟兄要吃饭，不容易，就希望大家都各干各的，好好过日子，不要互相找事……留个杀人犯在隔壁住着，跟床头养只老虎有什么区别？晚上真睡得好觉吗？"

反正他是不能的。

他自从听说"卫骁"现身小旅馆，差点一把掐死黑车司机牛亮之后，就没有一天能睡着觉，做梦都梦见自己脖子上多了一条三寸二分的伤口。

王九胜把抽了一半的烟扔在地上，随意地伸脚一踩，也没看火灭了没有，就拍了拍那位丐帮男子的胳膊，抬腿走了。丐帮男子扭头看着他上了等在路口的车，这才低低地骂了句什么，从地上捡起那半根烟头，随意用手抹了几把，塞进嘴里，身影悄然融化在了寒风里。

喻兰川头痛欲裂地走进一百一十号院——他从泥塘后巷出来以后，胸口堵着一口西北风也吹不散的闷气。

他从小自视甚高，有点接近自恋的意思，他妈过年的时候试图催婚，才开个前奏，这位少爷转头就一副"不与世俗同流合污"的姿势，倾家荡产地买了房。喻兰川以前想，遇不到符合标准的女孩就拉倒了，反正他不肯屈就凑合。

像大爷爷一样，少年时轰轰烈烈，老来自由自在、浪迹天涯，不也挺好吗？

他所谓符合标准的女孩，起码得有让人眼前一亮的漂亮，学历背景要与他相当，双商要在线，要善于自我管理，性情温良可亲，不能太黏人，处事得成熟有度……喻兰川就是这么要求自己的，当然也不肯给别人降低标准。

可是甘卿完全就是以上标准的反义词——那货不修边幅，高中都没念完，还有案底，日常以坑蒙拐骗为乐，该扛事的时候贼尿，该冷静的时候刀比风还快。谁也不知道她什么时候就会失控，她甚至常年游走在违法犯罪的边缘。

可是没想到,他三十年房奴狗生涯换来的自由,才不到一年就想交付出去……人家还不稀罕!

小喻爷听话会听音,自尊和心一起摔得乱七八糟,一个严严实实包裹在其中的念头却露出了端倪——

他想:我第一个正经喜欢的人怎么会这样?

喻兰川漫无目的地闲逛了一会儿,心里的郁结仍然吐不出来,于是稀里糊涂地跟着人群进了电影院,随便买了一场还有余票的。但可能是今年禁放烟花爆竹的缘故,电影院和制片方都可怜人民群众的耳朵太寡淡了,于是搞出了一部动静极大的贺岁片,整整两个多小时,几位演员在大银幕上卖力地号叫咆哮,音响三百六十度震耳欲聋。

喻兰川本想找个黑灯瞎火的地方思考一会儿人生,没想到灌了一耳朵驴叫,脑浆都给震成了一锅粥。然而电影院座无虚席,他又是在最里面的角落,想要中途离席,就得扶着一排人的爆米花,踩着他们的脚摸出去,很不方便,于是只好忍辱负重地耗完了全场。

这位健康标兵并没有因为失恋借酒浇愁,但也阴错阳差地达到了宿醉的效果。

于严在一百一十号院门口碰见他第一句话就是:"哟,兰爷,喝酒啦?"

"……假酒。"喻兰川说,"你找谁?"

"杨大爷。"于严说,"这两天我们不是在全副精力寻找王嘉可吗?查监控查得我都快近视了。杨大爷说他们丐帮有点线索,我来问问看。"

喻兰川私愁缠身,懒得关注无聊的花边八卦,闻言眼皮也没抬,闷声往前走。

"你说这小女孩,年纪轻轻,家里也就普通工薪阶层,在学校工作,按理说也没什么互相攀比的环境,她怎么就能把日子过得这么乱七八糟的?现在人也不知道去哪儿了,信用卡、花呗、借呗什么的都追着管她要账,这倒好说,最多是影响个人征信。但我们大致估算了一下,觉得她可能还借了高利贷,现在也不知道安全不安全。"于严叹了口气,"网上的人都说她是勇于曝光有钱人的黑暗内部,搞不好被人灭口了。谣言多得删不过来,屏蔽关键词又要说我们欲盖弥彰,压力大啊……你说梦梦老师昨天发的那个'剪刀倒挂大法'管不管用啊?要不然我偷偷找她施个法?"

喻兰川只觉得耳畔犹如飞了一串苍蝇,"嗡嗡"不止,基本一个字也没听进去,唯有"梦梦老师"四个字触动了他的耳膜,冷冷地回答:"一会儿回去我就给你上级打电话,举报贵所民警工作期间宣传封建迷信。"

于严小心翼翼地闻了闻,没闻到酒味:"你是不是刚才出门让狗咬了?"

喻兰川:"走开。"

说话间,两人到了电梯间里,喻兰川看清等电梯的人,脚步猛地一顿——冤家路窄,正是甘卿。

于严:"哎,巧了!"

不等喻兰川掉头往外走,于严就大剌剌地一巴掌拍在了甘卿肩膀上:"梦梦老师,我们刚才还说你呢!"

这一记巴掌正好拍在甘卿被板砖掀了一下的肩头,甘卿被他打得往前跟跄了几步才站稳,骨架都歪了。

于严莫名其妙地看着自己的手:"我这是……一夜之间把'如来神掌'自学成才了?"

第八章

甘卿感觉自己半边肩膀就像煮熟的螃蟹壳，被于警官一掌掀掉了一般，都能听见里面骨肉分离的"咯吱"声，艰难地笑了一下："不愧是人民警察，功力……咳……一日千里。"

"别乱碰她，毛手毛脚的。"喻兰川上前一把扒拉开于严，"你受伤了？怎么回事？"

"没……什么，说来话长。"甘卿抽了口凉气，有些直不起腰来，"嘶……菜……菜帮我拿一下。"

喻兰川："……"

都这样了，她捧在手里的一袋菜居然纹丝不动，连豆腐都一角没碎。

"你怎么了？半路遇上打劫的了？"于严赶紧上前接过她手里拎的东西，又想起她在行脚帮一个人干翻一个加强连的光辉业绩，纳闷地往购物袋里看了一眼，"比你还厉害的人，至于出来打劫？打劫也不能劫你啊，你身上有什么好抢的，菜吗？"

甘卿："哎，当心！那袋破了个口，土豆别滚出来……啊！"

喻兰川飞快地在她抬不起来的肩上按了按，确定骨头还在原位："还废话！"

张美珍不在家，甘卿苦笑着抱怨："二位也太不把我当未婚女青年了，这要是在古代……"

于严其实还挺尴尬的，但鉴于甘卿这会儿的半身不遂有他的"功劳"，也不好撂下不管，于是吭哧吭哧地说："那要么……我去八楼看看周姐在不在家，还是……"

喻兰川截口打断甘卿，怼道："没胸没屁股的豆芽菜，侏罗纪也没人要看你！"

甘卿眨眨眼："我怎么觉得这句话有点熟悉？"

她说着，表情不大端庄地舔了一下牙根，笑了笑，居然真就不怎么避讳地脱了外衣和里头的毛衣。两位男青年嘴硬也好，嘴软也好，还是不约而同地怂了，一起把视线转向房间各个角落。

然而想象中香艳的场景并没有发生，甘卿里面穿了件夏天可以外穿的运动背心。她肩头只有一层薄而细密的肌肉，将将包住骨头，有能把刀锋控制在毫厘之间的力量，但硬扛板砖就有点捉襟见肘了，乌青从三角肌后方一直延伸到了肩胛骨附近，皮下爆裂的血管织出了一片触目惊心的蛛网。

喻兰川不由自主地活动了一下肩背，感觉后背跟着疼了起来。

于严不安地说："我刚才还使劲拍了一下，我这手欠的……这不行吧，我看得去医院拍个片子。"

"不至于，"甘卿回头看了一眼，不以为意，"板砖扫了一下，我感觉骨头还好。"

"最近的医院是哪家？"喻兰川不理她，摸出手机来叫车。

"真的不至于。"甘卿把羽绒服拉上去，顿了顿，说，"唉，好吧，其实是孟叔让我自己去交医保、社保，我一直拖到现在还没交……去医院太贵了，反正是右手，不影响什么，自己抹点药过两天就好了。"

喻兰川忍无可忍，一口烈火喷了出来："既然没什么用，你一会儿剁了炖汤好吗？"

甘卿："……"

"凡是没用的事一定要干,凡是正经的事一定要拖,医保也拖!"喻兰川怒道,"自己抹什么药? 去厨房拿白胡椒粉和面自制金疮药吗? 21世纪了,您老还反清复明呢!"

于严忙说:"都怪我手欠,医药费我来负责。"

喻兰川掉转枪口:"负什么责? 你很有钱吗?"

于严:"兰爷,你怎么跟个被人踩了领地的猫似的?"

"领地。"甘卿试图发声,"那个,我——"

"你闭嘴。"喻兰川转身去接网约车司机的电话。

约的车很快到了楼下,本打算回家做饭的甘卿被莫名其妙地搡上车,拉到了最近的一家骨科专科医院。年节期间,路上不堵,连医院里也比平时冷清。甘卿鲜少有就医的机会,抬头看着门诊大楼,有点茫然。喻兰川撂下一句"等着",就把她扔在了座椅上,自己跑去拿号挂号。

于严看着他的背影,忽然感叹说:"兰爷其实最懒得管闲事了。"

甘卿僵着右半边身体抬头看了他一眼:"我跟你认识的可能不是一个'兰'。"

"所以说他对你是真的好。"于严在她旁边坐下来,摸出小本,"我刚才几次三番想问你,都被他堵回来了——梦梦老师,来做个笔录吧,你这伤是怎么回事?"

甘卿想了想,这场莫名其妙的袭击倒是没什么好隐瞒的,于是简明扼要地跟警察说了。

"我总算明白什么叫'淹死的都是会水的了',"于严板着脸说,"黑灯瞎火,一看就有诈,你怎么就敢独自追过去?"

甘卿很好脾气地笑了笑,是一脸典型的"虚心听取,不打算改"。

于严:"那刀和血迹呢? 收集了吗?"

"没。"甘卿说,"我这么跟你说吧,卫骁……就是我前任师父,

193

以前到一百一十号院来,也都是避开别人耳目的,丐帮里那么多人,连杨帮主的儿子都跟他老人家有仇,个别人看我不顺眼也正常。上次在那个什么'极乐世界'里跟许家人动了手,暴露了来历,我就估计得有这么一出,正常。"

"这叫故意伤害!哪里正常了?"于严严肃下来,"小喻爷说得对,21世纪了,你们怎么还来江湖仇杀那一套?"

"普通人有打架斗殴,江湖人有江湖恩怨,都管,你们警力够吗?"甘卿冲他笑了笑,"再说,你当这些人是进个看守所都能吓尿的良民吗?这些打手靠人养着,抓进去也不会供出主子的,一回生,二回熟,随便关一阵,出来还有饭吃。"

于严竟无言以对。

"正经过日子的人能让他们骚扰疯了。"甘卿用没受伤的手把掉下来的碎头发卷上去,"幸亏是我啊。"

她就无所谓了,孑然一身,心情好,一走了之;心情不好,不死不休,她也能奉陪,反正她什么都没有。

只要肯破罐子破摔,就能活得无所顾忌。

甘卿:"就是得告诉杨帮主一声,最近可能有人要找他麻烦。"

于严沉默了好一会儿,瞥见喻兰川已经挂好号回来,正往这边走,他忍不住说:"甘卿,你可能不喜欢包,也不喜欢首饰,那你喜欢什么呢?人这一辈子,总要有个追求的方向吧,你不怕老来两手空空吗?"

甘卿想了想,回答他:"有的人打的是'收集经营'类的游戏,有的人开了'冒险流浪'模式,生活方式不一样,有什么高下之分吗?"

于严犹豫着说:"那倒也是,可——"

就听甘卿又慢悠悠地补了一刀:"反正不管开哪个模式,大部分人都活得不明不白,不是无事忙,就是不知道明天住哪儿,都差不多惨吧。"

于严:"……"

甘卿在医院被折腾了一溜够,又拍片子又面诊,大动干戈一番,最后医生得出了和她本人一样的结论——骨头没事,回去休养几天,别作就好。

医生给她化瘀上药,听说她是被砖头砸的,还以为小青年闲来无事往施工工地钻,于是絮絮叨叨地给她好一番教育,告诉她"君子不立危墙之下"。离开医院时已经很晚了,甘卿正发愁晚饭做什么,就听见于严问:"喻兰川呢……哎,兰爷,你又跑哪儿去了?"

喻兰川挂号、拿药,平均每隔五分钟就消失一次,过一会儿再突然出现,忙得一言不发、不可开交。

"车在那边。"喻兰川说着,塞给甘卿一个纸袋,一股面包的麦香就从纸袋里飞了出来,是个三明治套餐,还热着。

"啧,"于严撇撇嘴,"我以为你要请我们吃大餐呢,土豪,高中生请女生吃饭都不买快餐了。"

"吃什么大餐,拿脚吃吗?"喻兰川瞥了甘卿一眼,又转头喷于严,"喂你就不错了,你哪那么多事!"

甘卿心里轻轻地一动。她的惯用手是左手,但这是受伤以后强行改的,拿筷子、端杯子,其实用的还是右手,她的右手并不像自己说的那样可有可无。在她愣神间,喻兰川飞快地伸出一只手,拎走了她纸袋里的饮料,拧开,然后又跟扔炸弹一样飞快地塞回她手里,若无其事地走了。

你会喜欢上那个向你求助的人——这句话就像诅咒一样,喻兰川生怕惊动什么似的,警惕地一触即走,一个眼神都不肯多往她身上瞟。

甘卿站在路边,小心翼翼地低头咬了一口纸袋里的三明治,又轻轻地抽了一口凉气——好奇怪,抹了药,还有饭吃,受伤的后背反而开始疼痛难忍了。

于严从前边转头说:"上车再吃!别呛着风咽东西啊。唉,梦梦老师,你怎么跟小孩似的?"

甘卿含混地应了一声,拖着"半身不遂"的身体往前走。

一辆破破烂烂的桑塔纳停在斑马线前,让她先过,甘卿心不在焉地冲车子的方向点了个头,没抬眼,人和车擦肩而过。

就在这辆桑塔纳的副驾驶上,一个年轻女孩焦虑地不停地用指甲抠着安全带,趁停车,她小心翼翼地问旁边的司机:"我为什么要换地方?"

司机说:"还不都怪你自己?叫你别出门,别让人看见,不听。"

女孩嗫嚅道:"我看……街上没人……"

"流浪汉不是人?乞丐不是人?实话告诉你,那些乞丐和流浪汉都能被收买,一顿饭的事,就能给那些放高利贷的人渣当眼线。"

女孩轻轻地哆嗦了一下:"那他们……找来了吗?你们答应的帮我还钱,还了没有?我……我什么时候可以回家?"

司机把车窗打开一条缝,喷了口烟,慢条斯理地启动车子,敷衍道:"快了。"

女孩着了急:"可是每天都有利息啊,越拖越多的!"

"我知道有利息,不用你告诉——你以为还了钱,你就没事了?警察和照片上的人都在找你。"司机瞥了她一眼,"哪那么简单,再忍一阵吧。"

第九章

桑塔纳车里的女孩,就是于严他们遍寻不到的王嘉可。

单就五官而言,王嘉可非常漂亮,可是整个人透着一股焦灼感,那种状态就好像是恐怖片里的女主角——慌不择路,途经的每一个路口、每一个角落都有可能突然冒出个什么怪物来,她全身战栗,坐立不安。

司机从后视镜里看了她一眼,把暖气开大了些:"怎么,冷啊?"

王嘉可双臂神经质地抱在胸前,摇摇头。

这一路红灯有点多,司机闲极无聊,自然而然地拿旁边的漂亮姑娘做消遣,问她:"你借的什么钱还不上?这么漂亮一大姑娘,吸毒了?"

王嘉可:"没有。"

"那赌博?也不像啊。"司机用眼角夹了她一下,又不憋好屁地说,"总不能是赎身吧?"

王嘉可脸嫩,被这么个二流子似的男人调戏,却敢怒不敢言,脸涨得通红。

"就随便聊几句呗,"司机流里流气地说,"大过年的,我辛辛苦苦来接你,开个玩笑你也生气?你这姑娘脾气也太大了,怎么在社会上混啊!"

王嘉可刚毕业不久，对"在社会上混"这个说法还有天然的敬畏，一些年轻人——特别是从小被教导"温良恭俭让"的年轻女孩，在感觉被冒犯的时候，总是习惯先反省是不是自己太事儿了，而不是果断判定对方是傻×。

　　司机这么一说，她就愣了愣，居然还真有点不好意思，于是缓和了语气，老老实实地交代了："我……一开始其实就是借钱买一盒化妆品。"

　　司机其实对她的血泪史不感兴趣，挑起话题纯为聊骚，带听不带听地哼唧了一声，示意她接着说，两只眼珠几乎要分道扬镳——一只勉强留着看路，另一只挪到了太阳穴，专门往女孩身上放射下流的视线。

　　王嘉可毫无察觉，专心致志地抠着安全带："那天我们一个群里的人转的二手，节日限量版的套装，全球断货，已经绝版了，她那个全新没拆包，真的很难得……我也真的很想要，鬼迷心窍一样……"

　　可是正好临近月底，她没有钱。

　　在中学当音乐老师，是个让人羡慕的闲差，众所周知，中学音乐、美术课都是数学组"老妖怪们"的后花园。王嘉可工作的三十三中是所规模不大的学校，不招音乐特长生，她平均每天上一节课，再就是偶尔有文娱活动的时候帮忙组织一下，不用坐班。

　　工作清闲，相应地，她收入也不高。因为课少，课时费也少，王嘉可每月拿的钱只比基本工资多一点。燕宁卧虎藏龙，有钱学音乐的孩子都会找音乐学院的名师，她一个名不见经传的小青年，就算想私下开班，也招不来几个学生，一月到头，那点进项根本什么都不够。

　　网上关于她的流言蜚语沸沸扬扬，越传越邪乎，有人说她从头到脚都是名牌，出门就开玛莎拉蒂，还有人说她经常出入高级场所，出门非五星以上不住——其实完全是胡说八道。

　　别说玛莎拉蒂，她连沙琪玛也没有，每天坐公交车上班；一天三顿饭，两顿在单位吃食堂；衣服和鞋大多是淘宝买的，偶尔到商场里的实体店看看,也只是试装过把瘾而已。全身上下唯一和奢侈品沾点边的,是她刚工作的时候,咬牙给自己买的一个大牌入门款的包,设计非常敷衍,打满商标的那种,一点儿也不好看,但是因为身价不菲,顶着这么一副尊容,竟也享受着主人最小心翼翼的呵护。

她二十多岁了,工作了,社会人,有一两件装门面的行头,这很过分吗?

即使这个门面让她连滚带爬地还了半年的信用卡。

她每月的工资,刨去房租、水电等必要支出,剩下的只够勉强生活。网上那些人说,女孩二十岁就得开始用眼霜对抗眼纹,二十五岁就会走向衰老,青春和美丽流逝如指间沙。那些与她同龄、原本长相平平的丑丫头,都在朋友圈里励志地分享妆容和服饰穿搭心得,日渐光彩夺目,她那么漂亮,从小鹤立鸡群,美貌几乎成了她的自信之基,现在却要在这花一样的年纪里过得灰头土脸,反而不如那些丑小鸭了!

偶尔买一两样精致的小东西打扮打扮,这很过分吗?难道要她出去打几斤甘油抹脸吗?可是用不了几年,她就要变成上妆都卡粉的黄脸老女人了啊!

这么一两样小东西——几支口红、一瓶精华,网上那些人一开始说,"老公、男朋友连这点东西都不能满足你,你是有多便宜",后来又说,"连这点东西都要靠男人,你是有多便宜"……女权不女权的,她也不太关心,反正不管正方、反方各自持什么观点,总之,东西本身是"微不足道"的,而你不能"便宜"。

就是这些"微不足道"的东西,让她的花呗和信用卡上永远有亏空,每月工资到账第一件事就是还钱。

但生活总有意外,那个月她刚买了一双鞋,还在攒尾款,手机就在公交车上被人扒走了。这场无妄之灾简直是压倒骆驼的最后一根稻草,新手机耗光了她所有的信用额度。距离发工资还有不到一个星期，王嘉可身上还剩八十块零五毛。

人有的时候，会像鬼迷了心窍一样，疯狂地想要一样东西，而且越得不到越想要。卖化妆品的网友挺厚道，因为是二手货，还在原价基础上打了个八折，可她就是买不起。那天，王嘉可毕业以后的委屈都被这件小事勾了出来，悲从中来，哭了半宿。

"正好是那天，我收到一个小额贷的短信。"她轻轻地说，"我同事有贷款买房的，我见过他跑学校开各种证明，又要抵押又要面签什么的，麻烦得要命，银行唯恐他跑了。我看那条信息上写着'无须抵押，方便快捷，三小时到账'……就忍不住想试试，我觉得可能就是命。"

"什么命？"司机说，"这种骚扰短信不是天天有吗？"

"是吗？我以前都没仔细看过广告信息，没注意。"王嘉可茫然地抬起头。

"借了多少钱？"

"两千，实际给我一千九百五，五十块是手续费，一个星期以后还上就行。"王嘉可说，"其他什么都不要，签一份借款合同，马上就能拿到钱。"

司机嗤笑一声，感觉当代女大学生真是好骗，高利贷的利息起个名叫"手续费"，居然就认不出来了。

"我看那个借款合同上写的金额是六千，一开始也没敢签，但是他们说，因为一般贷款都是有抵押的，他们这项业务就是小额短期贷款，所以不要求实物抵押，多出来的四千就相当于是'抵押'，我只要能按期还两千就行……他们怕我不放心，还给我出了一份补充合同，注明了按期还款两千元，就可以抵偿全部的债务。"王嘉可低声说，"我们学校不拖欠工资的，无论如何都能还上的啊。"

她说到这里，脸上露出了委屈的表情："可是正好有一张信用卡到期，之前为了方便，设置了自动还款，忘了办分期，他们就直接把我工资转走了。那边一天给我发了十条短信,让我注意不要逾期,再不还钱要罚押金了,还会伤害征信什么的……我不太明白,总之,他们说好像就是以后不能贷款,也不能坐高铁了。我没敢跟家里说,问了几个同事,都说还完卡债拿不出什么钱了……这时候那个一直带我办贷款的人给我打电话,说老板对他不好,他不想在这家干了,想跳槽走人,还把客户都带走,问我跟不跟。跟的话,他就先给我钱,让我把欠这边的钱还上,再跟他签新的贷款合同。我就要被罚款了,正走投无路,就答应他了。他知道我的情况以后,主动提出帮我一个忙,说可以把合同签到下个月。我特别感激,所以他说让我帮他一个忙的时候,我想都没想就答应了。"

司机听出了一点门道,感兴趣地看了她一眼,感觉得到了发家致富的新思路:"让你干什么?"

"他说到了新公司,要冲业绩,就把我带到银行,往我卡上打了十万块钱,然后让我帮他打印一份银行流水单,再把多出来的九万八还给他,签了一份'阴阳合同'。就是其实我借了两千,但表面上我贷了十万,这十万我也没拿,这么走一圈,他自己还回去,都是业绩。"

"延期一个月,你不会又没还钱吧?"

"我本来想还的,"王嘉可说,"可是那个贷款经理又给我打电话,说新公司竞争压力太大,他还想让我帮他再冲一回业绩,问我想不想再把贷款延期一个月,只要付五十块钱的手续费就可以……我本来手头也紧,其他分期还没还完,当然就同意了啊,于是他又带我办了一次手续。后来因为那个破代购一直在催我尾款,还说我要是再不付尾款,就要把我拉进黑名单,还要在网上挂我三次元信息。我就去求贷款经理再借我一笔钱,两三千就够,他却说我名下已经有四十多万的欠款了,不能再借了。"

司机:"多少?"

"四十多万。我也惊呆了,怎么可能?我长这么大也没见过这么多钱,明明说好了只是假借款,我也没用多少钱啊……那些人开始派人跟踪我,到我学校去堵我,天天给我打电话,在我家门上贴字条……我受不了,搬回爸妈家住,可是那些人如影随形,还说报警也没用,他们还要告我……因为银行流水是我自己打的,有法律效力……那不就是A4纸随便打印的吗?那么长一卷,根本没人告诉过我那个有用啊……银行也没提醒过我那是重要的东西……后来,最开始那家贷款公司联系我,说他们公司一个以前的员工在外面干坏事,提醒客户不要上当。我都快哭了,就说你们怎么不早说?他们就赶紧派了个律师来见我。那个律师听我说完,就说这件事他也没办法,人家手里是有证据的,我说不清的,只能先想办法把这笔钱还上,他去和公司说,先帮我把这笔钱垫上,但是金额太大,我要付利息……"

司机笑了一声:"你不会现在还不知道这两边是一伙的吧?"

王嘉可垂下眼,盯着前面的路面:"那又怎么样?反正我走投无路了。"

跟她一个购物群的女孩知道了,就说可以带她找到赚钱的门路,带她出去吃了几次饭。她们告诉她,这不算陪酒——只是单纯吃顿饭而已,那桌上不还有女的吗?

就算是那些做生意的大老板,不也都得应酬吗?只是他们应酬是为了生意买卖,她们更单纯一点,是专业的应酬人员,靠活跃饭局气氛,给人端茶倒水服务赚点外快,有点类似于"上桌的服务员",一局几百到上千不等。这样赚的钱勉勉强强追得上她欠款的利息……可还是不够。

所以购物群里的小姐姐来问她有个价格很高的饭局,要不要去的时候,她毫不犹豫地同意了。

"我在那儿看见她了。"王嘉可低低地说。

"谁?"

"杨老师。"王嘉可低声说,"我上学的时候就看她的文章,她说什么我都信……我还加了她的群,想方设法跟她加了微信,可她从来不理我,只跟那些有钱的人玩。"

"她从来没告诉过我会这样。"

第十章

"杨总,本周选题发到您邮箱里了——杨总?"

"嗯?"杨逸凡这才把目光从镜子里揪下来,心不在焉地反应了一下助理在说什么,"啊,好,等我看完回复。"

杨逸凡对手下人不错,助理跟她关系好,就笑嘻嘻地开了个没大没小的玩笑:"照什么呢,杨总?在数自己美得冒出了多少泡泡吗?"

"就你嘴甜。"杨逸凡笑了一下,坐回办公椅,打开邮箱,"刚才想起我当年红起来的那篇文章,好像是叫……《埋在三十五》。"

那篇文章的主题是对十几二十来岁的青少年喊话——你年纪轻轻求安稳,就朝九晚五、结婚生子,过那种灰头土脸、按部就班的日子,是准备三十五岁就入土为安吗?

反正就是一碗掺着鸡血的鸡汤,不明不白地煮了一锅。

那两年因为大学扩招,大学生就业困难初露端倪,满世界都是竖着耳朵的青少年,试图等待一份简明扼要的"成人说明书",他们大口大口地吞着鸡血汤,想要借此茁壮成长。她搔到了大众的痒处,一炮走红。

杨逸凡笑了一下:"我三十五岁快过完了,原来三十五就这样,没怎么老,没变成个妖魔鬼怪。"

"那当然啦,三十五岁的成功人士叫青年才俊,见过世面,三观稳定、超有魅力——我记得那篇文,我就是从那时候开始喜欢你的。"正青春的小助理捧完脸,话音又一转,说,"不过那些秃顶大肚子的大叔大妈就算了,张嘴闭嘴柴米油盐,一天到晚就知道围着锅台和娃转,那是油腻中年人嘛。"

她说完,发现杨逸凡没吭声,愣愣地盯着电脑屏幕,不知在想什么,于是很有眼色地替她关上办公室门,走了。

杨逸凡独自对着文档发了五分钟的呆,一个字也没看进去,于是站起来推开窗户,点了根烟。落地窗隐约地映出她的影子,她看起来浑似抛过光,从头到脚都闪亮得无懈可击。

那篇"三十五",是一篇没有经过营销,也没有经过刻意策划的文章,完全是信手写的,写满了当时还年轻的她对"中年"的恐惧。十来岁的时候觉得三十岁就可以准备退休了,二十岁的时候觉得三十五岁毫无疑问是"人到中年"。而对于杨逸凡来说,她一度觉得,结婚生子的人就是"中年人"……再具体一点,"中年人"就是她父母的形象。

她父亲叫杨平,"平安"的"平",小时候因为营养不良,有点内分泌方面的毛病——倒也没什么危及生命的症状,就是后来个子没长起来。杨逸凡刚上初中,个头就比她爸高了。杨先生个头矮小,骨架脆弱,功夫自然也练得稀松二五眼,从小浸泡在别人的风言风语里——丐帮帮主的儿子是个"三寸丁半残"。于是他就只好另辟蹊径,效仿狗中吉娃娃,每天带一副恶狠狠的凶相出门,久而久之,果然长出了一副头圆眼凸的容貌,嗓门奇大,开口就吠。被卫骁废了手筋之后,他每天蹲在臭烘烘的电梯里,不能再四处蹦跶了,却仍以丐帮传人自居。

杨逸凡记得他身上永远带着汗馊味,有很重的口臭,肩背早早地佝偻下去,有一张苍老而神经质的可怕面容。而她母亲是个沉默寡言的懦弱女人,华发早生,一边的牙齿坏光了,吃饭只能用另一边,久而久之,她的脸就往一边耷拉,五官都不得安生地留在原地,死气沉沉地吊着。

人到中年,就会变成这样吗?这曾经让还在青春期的杨逸凡非常恐惧。

她上初三的时候,被班主任请过一次家长,因为老师发现她在课余时间跟同学做生意——那会儿学校的小超市十分拥挤,卖的东西又贵,杨逸凡就利用周末去小商品批发市场进货,拿回来以稍高一点的价格卖给同学。她还帮早晨来不及吃早饭的同学代购早餐,每顿饭收几毛钱的代购费。同学抱怨什么不方便,她听见了,就会想方设法解决,并以此赚钱。

老师的意思是,让家长劝劝她,都快中考了,最好还是先专注学业,其他的"兴趣爱好"留在将来发展。话还没说完,杨平就在学校里,当着老师、同学的面,回手给了她一巴掌。

"上学!这是上什么狗屁的学?!"那男人把她的书包砸在地上,东西倒得到处都是,除了她自己用得很精心的书本,还有她从批发市场带回来的文具。确实都是小玩意儿,可是她为了节约成本,往返一趟要走上十几里,不合脚的破鞋快把她一双脚给磨烂了,每一步都像是踩在烧红的烙铁上。

常年以穿得像乞丐为荣的男人犹不解气,在上面又蹦又踩:"卖东西……你个下贱的行脚帮坯子,居然去卖东西!你都给我丢人丢到学校里去了!我看你中考不用去了,反正义务教育也义务完了!"

十四五岁的女孩,有几张脸皮受得了这个呢?杨逸凡从那天以后,说什么也不肯再回学校,只是后来凑合着去参加了一次中考——成绩当然惨不忍睹,去了个别名"垃圾堆"的普通高中。

那会儿,高校还没开始大规模扩招,不是重点高中,基本也就提前告别大学了,她混在一帮"社会青年预备役"里,学会了抽烟、喝酒、打群架。当年做正经小生意被她爸打成"下贱",她于是改行收起了"保护费",成了纯粹的小流氓。

浑浑噩噩三年,杨逸凡准备将自己倒进社会的熔炉中炼成人渣,污染一方环境。

可是就在她高三时,杨平年轻时候做过的一些垃圾事东窗事发,老杨帮主气得在当年的武林大会上公开宣布跟他断绝父子关系。杨平离家出走,销声匿迹,她妈出去找的时候,因为精神恍惚出车祸死了,杨逸凡被爷爷领走。老杨看不惯她那德行,下手狠狠地收拾了她好几次,爷孙俩每天闹得鸡飞狗跳。可爷爷的打狗棒里含着拳拳之心,力逾千斤,杨逸凡终于被这根绿棒子"降服"了。半年后,她收了心,参加了高考。

落榜后,杨逸凡又被老头逼着进了复读班,拼了一年,考上了一所不好不坏的学校,就这样,总算是险象环生地从熔炉边溜走,堪堪回到了正常的轨道,长大成人。

可是人长大了,恐惧犹在——她喜欢猫狗,唯独对吉娃娃阴影深重,每次在街上看见都得绕着走。

学费只能交一把毛票的尴尬、拼命想用书包掩盖的破洞校服、同学的指指点点……都像疤痕一样盘踞在她身后,抽打着她,让她一直发出尖锐刺耳的声音——

《你活得像什么,就是什么》

《别把二十岁的面霜抹在四十岁的脸上》

《那些××岁还在穿×××的人》

《你不狂奔,连末班车也不会等你》

《讲一个恐怖故事——当你在镜子里看见自己父母的模样》

《你碌碌无为的样子真可耻》……

这时,电话铃声响了,杨逸凡回过神,顺手接起来:"喂——"

"我是苗峰,前几天去过你家,我的警号是——"

"哦，我记得你。"杨逸凡喷出一口烟圈，打断他，"喵队，又有什么事？"

苗队觉得她发音怪怪的，也不知道是自己太敏感了还是电话走音，他顿了顿，暂时把这个问题放在一边，对杨逸凡说："网上有一些东西，不是从我们警方流出去的，跟你打声招呼。"

杨逸凡一挑眉："什么东西？我的裸照？"

苗队："……"

杨逸凡："要是以前的照片就酌情帮我删一下，近期的就放着呗，我最近的身材管理还不错，欢迎参观。"

苗队一听她说话血压就高，调动全身的涵养憋住一口气，公事公办地说："我们正在协调有关部门积极处理，但杨女士，你上次说那次聚会你走得早，很多事不知情，我们现在有理由怀疑你没说实话，一会儿还会拜访，请你配合调查。"

说完，苗队那头挂了电话。杨逸凡这才发现，没一会儿的工夫，自己微信上有一串"未读消息"。她愣了愣，打开其中一条，一个朋友说："我靠，这是你吗？你摊上事了！"

底下是一张照片和一段视频，照片就是苗队给她看过的那张，她在出事那天宴会上拿甜点的照片。

视频应该是偷拍的，拍视频的人手很抖，不时有植物叶子入镜，那人应该是躲在花盆后面，视频主角正是杨逸凡本人，还是那身宴会上的衣服，坐在角落里的沙发上跟人聊天。

她好像是喝多了，一手勾着香槟，搭在一个年轻男孩的肩膀上，正在跟人嘻嘻哈哈。拍视频的人仿佛唯恐观众听不清，还给她加了字幕——

"……就是要给他们点压力，就是要有压力。"

"漂亮的东西那么多，好东西那么多，还等什么呀？等到七老八十，还享受得动吗？"

她手里的小男孩嬉皮笑脸地插话:"趁年轻卖个好价钱。"

视频里的杨逸凡哈哈大笑,把男孩的脑袋推到一边闹着玩。

朋友的电话打了过来:"这视频已经删了,是我下载保存的——老杨,你当时跟谁胡说八道什么呢?"

杨逸凡脑子里一时有点断线:"没有啊……应酬嘛,随便开几句玩笑,记不太清了……但当时说的好像应该是公司管理的事,员工激励什么的……"

"杨总!"正在这时,刚出去的助理连门都忘了敲,直接闯了进来。

电话里的朋友冲她喊:"哪儿跟哪儿——他们现在都在扒你,说你是专程过去卖女孩的!"

第十一章

甘卿早晨出门上班的时候,已经感觉到气氛有点不寻常。

她上班的点,正好是院里一干退休闲散人员举行集体"绕树"活动时间——所谓"绕树运动",就是这些人绕着院里最粗的老柏,团成一圈,形态各异地摆起个大鹏展翅的造型,脚踩"太空步",虎视眈眈地瞪着树干转圈。因为老杨帮主也参加这个神秘仪式,所以甘卿一直觉得里头可能有什么玄机,每天经过的时候都会偷偷瞥几眼,不过至今没参透。

可是今早的"仪式",老杨大爷不知被什么耽搁了,没露面,一圈人里缺了一位,圈子就比平时稀疏,"转树"的那几位也显得有点心不在焉,"大鹏展翅"时而要变形成"公鸡啄米"——不时有人紧赶几步,伸长了脖子同前后的人叽咕两三句,再若无其事地缩回来。

甘卿耳力太好,经过的时候听见了只言片语。

"……我就说,干什么能挣那么多钱。"

"还没有对象!"

"可不是,这个最可疑了,多大岁数了还没对象,肯定有问题……"

甘卿觉得膝盖中了一箭,连忙脚下生风,跑了。

临到下班,她正准备收拾行头去孟老板那儿蹭饭时,忽然接到了张美珍发的语音。

张美珍说:"你今天晚上晚点回来。"

甘卿的手指掠过屏幕,发现从搬到一百一十号院至今,她和张美珍之间的聊天记录里第一次出现"给我收快递"以外的内容,于是问:"怎么了?"

张美珍回:"院里乱,别掺和,你先在外面找个人约会去吧。"

甘卿:"……"

有些资深美女总觉得"找人约会"跟"找地方吃饭"一样简单——这玩意儿是说找就能找着的吗?

还不如让她出去绑一个比较快!

就在这时,门口风铃响了一声,甘卿隐形眼镜都抠下来了,连忙说:"不好意思,我们已经打烊了。"

"知道,"来人不耐烦地说,"那么大木牌我看得见,又不瞎。"

"……小喻爷?"

喻兰川此时的形象,就像电视里刚从谈判桌上下来的霸道总裁,衬衫穿得很严谨,眉宇间还带着锐利的杀气。他把外套搭在臂弯里,用一只脚别住星之梦的门,随意地把衣服往肩上一披:"这是风口,你快点,冻死我了。"

他催促的语气太理所当然,甘卿下意识地加快了动作,一头雾水地跟着他走出了星之梦。

孟天意正好探头看:"哎,小喻爷来了,小喻爷是靠谱人,你来我就放心了。"

喻兰川冲他点了个头。

甘卿:"怎么回事?"

"丐帮内乱,"喻兰川简短地说,"一百一十号院现在闲杂人等太多,你先别回去,省得你一露面把水搅得更浑。"

不知道为什么,明明是好话,到了喻兰川嘴里,总是充满了嫌弃。

"我找了辆车,在路口开不进来,走吧,先找地儿吃饭去。"喻兰

211

川用一种刻意的"自然"语气说,"忙一天了,我还饿着呢。"

甘卿顺口说:"行啊,孟老板管饭,你想吃什么?"

喻兰川:"……"

还当着孟老板的面,他总不好直接说"不吃",可他下了班连口水都没喝,就急匆匆地赶过来,难道就为了在一条黑灯瞎火的小破巷里吃路边摊?有那么一瞬间,他想掰开甘卿的脑壳,看看里面泡了些什么玩意儿。

幸好孟老板赶紧在旁边劝退:"今天晚上太忙,店里没座位了,你就别跟着凑热闹了,让小喻爷跟你一样在后厨站着吃吗?"

喻兰川眼皮一垂,摆出一副"我怎么都行,但你给我看着办"的神态。

孟天意笑呵呵地说:"小喻爷请客,要不是还得照顾生意,我还想去呢!有好饭蹭还不快走,不像你啊。"

喻兰川一脚踩在星之梦门口的台阶上,蹭了蹭鞋底的泥,带了点挤对的意思,抬起一边的眉毛,看向甘卿,仿佛在疑惑"为什么我叫你吃饭,你就不像你了"。

甘卿为了"像自己、不刻意",只好叹了口气:"行吧。"

都是张美珍那条破微信搅和的!

孟天意乐呵呵地朝他俩挥手告别,转身回店里,正好撞上探头探脑的小学徒。

"钻什么呢?鬼鬼祟祟的。"孟天意一巴掌敲在小学徒脑门上,"不是让你看火的吗?"

来这种小店当学徒的,都是外地来燕宁讨生活的小孩,一边闯荡一边打零工,十来岁,早早不上学了,走的路比谁都远,干过的行当比谁都多,脸上稚气未脱,已经开始有种世故的机灵。

小学徒问:"老板,那人谁啊?"

"一个朋友。"孟老板说,"关你什么事?"

小学徒："看着是有钱人啊。"

"是啊。"孟老板见缝插针地教育他，"你看你，从小不好好读书，长大就只能在厨房切菜，再看看人家好好读书的，后悔不后悔？要我说啊，趁着你还小，不如回去学——"

"唉，老板，您怎么又来了？上学敢情好，衣来伸手，饭来张口的，什么活儿也不用干，我要是那块料，还用得着您说？"小学徒冲他摆摆手，婴儿肥的脸上露出一点少年老成的忧心忡忡，"您怎么让杆儿姐姐跟他走啊？傍大款没有好下场的。"

"傍……去你的，会不会说话？傍你个头！"

小学徒有点发愁，认为孟天意就像偶像剧里穷苦女主角的拜金老母亲，一把年纪了，心里没点数，天天就知道流着哈喇子等闺女钓金龟婿，于是就苦口婆心地劝他："谈恋爱是要门当户对的，人家有钱你没有，会拿你当回事吗？玩玩而已。就算能成，人家要吃大龙虾，你就知道炒麻小，能过到一块儿去吗？时间长了，新鲜劲儿一过去，还不是会让人瞧不起？我杆儿姐姐那么好，咱何必呢？"

孟天意："嘿！你个小屁孩，看不起麻小怎么的……"

"小屁孩也知道人不能老想着走捷径。"小学徒板着脸，一本正经地教育"老而不尊"的孟老板，"敢情吃亏受伤的不是你！"

孟天意逗他："那是你啊？你对你杆儿姐姐有什么想法？有也不行，你还没到法定结婚年龄呢。"

刚才说话还一套一套的小学徒脸一红，吭哧了半天，跑了。

孟老板对着小孩仓皇的背影笑了好一会儿，笑不出来了。他回头张望了一眼星之梦寂寥的门锁，接着，目光又跳过那些低矮的建筑，落到远处宽阔的马路上，试图回忆起那里拆迁前的样子。

想不起来了。

"你杆儿姐姐啊，"孟老板自言自语似的说，"铜皮铁骨，心狠手辣，谁还能伤得了她？她肯落到地上，尝一尝人间的滋味就很好了，是甜是苦都不挑啊。要是真能伤一回心,也没什么不好,总比没心地鬼混强。"

他说着,叹了口气,背着手,缓缓地走回后厨。

车在泥塘后巷里不太好走,得厘米级地操作,甘卿自己不会开车,坐在副驾驶上,总看着那后视镜心惊胆战,怕它擦了墙皮,直到喻兰川把车开出这一片,她才松了口气:"你刚才说丐帮内乱是怎么回事?不会真的跟我有关系吧?要是那样,我——"

"你什么!搬家?内乱跟你一个外人有什么关系?就算有也是借口。"喻兰川打断她,"这些年,除了流氓团伙,大家都各过各的,没精力讲究那些门门派派的,也就剩丐帮还算硕果仅存。之前找人、盯梢,都是麻烦老杨大爷。他们人多,能量大,眼线又密,有人就有势力,有势力就有权力,就能变现。老杨大爷这么多年压制着他们,不按照一些人的想法'发展壮大',早有人不满了吧。"

"不能这么说,让人有借口,就是给人抓到把柄。"甘卿说,"多一事不如少一事。"

"这居然是你说出来的话,我希望你谨记这句话。"喻兰川叹了口气,"我说你又不长胡子,天天带那么多剃须刀是要干什么,不觉得坐地铁不方便吗?"

"还……行。"甘卿说,"反正我也不太坐地铁,有点贵。"

喻兰川翻了个白眼,又问她:"好了吗?"

甘卿:"啊,什么?"

"肩上的伤。"

"哦,其实本来也——"

"以后晚上别走,"喻兰川盯着前面的路,目不斜视地说,"我下班顺路过来接你一趟。"

甘卿惊讶地扭过头看着他。

"不是担心你,少自作多情啊。"喻兰川板着脸说,"你在一百一十号院里住着,我只是不希望哪天回来,又听说你把谁砍了……"

"呃……"甘卿想了想,小心翼翼地问,"所以你……为了监督我,还特意租了辆车?"

"谁特意了?"喻兰川冷笑一声,"这阵子天冷,我上下班懒得走路——"

他话没说完,忽然有电话打进来。喻兰川开车的时候用的车载电话,顺手按了接听,就听见扬声器里传来一个温柔的女声:"喻先生,您好,这里是××私厨,您今天早晨订了今晚两人位晚餐,我们这边已经准备好了,请问二位什么时间能到呢?"

喻兰川:"……"

这家店可能没有意识到,它正在给自己预订差评。

喻兰川干巴巴地说:"本来约了个合作方的人,晚上谈点事,对方正好有别的事耽误了,只是顺便——"

甘卿不等他话音落下,就连忙点头:"好的,明白。"

喻兰川:"……商务宴请性质。"

甘卿上道地表示:"三生有幸。"

半路上,喻兰川就隐约有些后悔,怀疑早晨的自己是吃错了药,才会选这种饭店。等到了地方,背负着甘卿越发古怪的目光,喻兰川恨不能立刻取消预约,拉她回家煮方便面——考虑甘卿右手受伤,拿筷子不方便,他选了家用刀叉的。这是一家西餐为主的私房菜,店里放着幽幽的风笛,放眼望去,全是私密的小卡座。

雇的服务员可能都有蝙蝠血统,四下里黑得跟电影院一样,只有每张桌上有一点灯光,灯下还摆了只装着玫瑰的细口花瓶。

因为环境太幽静,客人都自发地素质了起来,说话的音量很低,从外面往里一走,经过的每一点灯光照的都是一男一女,凝神细听,周遭是一片私语声。

甘卿："……"

商务宴请性质……喻总在商场混，怕不是靠美色上位的吧？

体贴的餐厅可能是为了延长大家的约会时间，上菜非常慢，两道菜之间大约能演完一集电视剧，唯恐个别饭桶光顾着吃，没工夫搭理自己的情侣。每道菜的盘子里都撒了玫瑰花瓣，每一滴酱汁都让人消化不良。甘卿如坐针毡，前菜没吃完，腿已经坐麻了，从左二郎腿切换到了右二郎腿，跟喻兰川大眼瞪小眼。

"不知道是不是我的错觉，我总觉得有点尴尬。"甘卿往四周看了一眼，被周围粉红气氛辣得两眼生疼，"我要是低头玩手机，不太好，是吧？"

在情侣丛中，俩人面对面坐着，对着玩手机，那简直是活像离婚的走错民政局窗口，混进喜气洋洋的新人队伍里，非得引起围观不可。

喻兰川也发觉自己干了件蠢事，因为尴尬，他恼羞成怒，阴森森地瞪了甘卿一眼："别扯淡。"

甘卿于是做了个把嘴拉上拉锁的动作，头晃尾巴摇地拿出了手机，又从外衣兜里摸出缠成了一卷的耳机，插好以后分给喻兰川一只耳朵，把手机横着戳在俩人中间，连上餐厅的无线网，开始在视频网站搜电影。

喻兰川从牙缝里挤出一句话："你有病吧？"

"你不看？"甘卿把手机屏幕掉过来，正对自己，"那我正好……"

喻兰川一把按住，一言不发地又给挪了回来。接着，俩人就观影主题又发生了分歧，甘卿想看无脑动作片，喻兰川想看小众文艺片，他俩互相鄙视了十分钟以后，各退一步，妥协到了童年回忆——《哈利·波特》上。在花与蜡烛环绕的黑灯瞎火里，俩人统一歪着脖子，各吊着一根耳机线，看雪白的猫头鹰划过天空。

于是甘卿一顿饭吃完，不光是腿麻，脖子也歪了，整个人呈半身不遂状，离开了高贵的私厨，最辛酸的是还没吃饱。

甘卿摸了摸车里光洁低调的皮内饰，对喻兰川说："租个车也这么讲究，小喻爷，你斯莱特林风啊。"

喻兰川爱搭不理地从后视镜里瞥了她一眼："还行吧，反派也比你'家养小精灵风'体面一点。系安全带！"

甘卿应声系好安全带，撑着头沉默了一会儿，忽然后知后觉地咂摸出了一点滋味——有人居然会为了接她下班，特意租了辆车，早早订好餐厅，亦步亦趋地跟着，被发现了，还要装作若无其事的样子……别别扭扭的，有点太可爱了。

喻兰川："你没事自己傻笑什么？"

"没有，反光，你看错了。"甘卿立刻否认，说着，她干咳一声，顾左右而言他，"网上有个模拟分院的网页小游戏，测试你是哪个学院的，玩过吗？"

喻兰川从鼻子里哼了一声："测一千遍你也是个超龄麻瓜，想什么呢？这种东西不是一看就知道后台计分标准的吗？想给自己立什么人设就选什么，自欺欺人，浪费时间。"

甘卿不跟他一般见识，顺着他说："没毛病啊，电影里也是你想去哪儿，分院帽就把你分到哪儿。你想选什么？我觉得你这种性格，一看就是'蛇派'或者'鹰派'……"

喻兰川："格兰芬多。"

甘卿有些讶异地一抬头，正好在后视镜里撞见他的目光——年少的时候，觉得"优雅""智慧"才是最好的词，少年都想装出游刃有余的模样，少女都笃信"姿态好看最重要"，直到连滚带爬地长大成人，统一变成臊眉耷眼的"大人"。

虽然既没有变优雅，也没有添智慧，但是发现"勇敢"成了自己最稀缺的品质。这个世界上，有几个人敢正视自己、正视生活？有几个人敢想敢做、敢追求、敢开口？

到处都是画地为牢的人。

喻兰川的眼神被车窗里透进来的光扫出了无数层次,一时间仿佛藏了很多话。甘卿下意识地收回了视线,掏出手机看了一眼时间,生硬地说:"这个点,闹事的人应该走了吧?"

喻兰川沉默了好一会儿,才索然无味地接上话茬:"是啊,老帮主这么多年了,总不至于连这点事都摆不——"

他话音没落,背后忽然响起汽车鸣笛声,紧接着是"呜哇"的救护车声。

两排司机自发让路,喻兰川的话音被打断了。救护车与他们擦肩而过的瞬间,他心里忽然轻轻地"咯噔"一下。

第十二章

一百一十号院门口是条单行道,这个点居然会堵得进不去。

不停闪烁的车灯一下一下地晃着林荫路上的老槐,枯枝受了惊似的簌簌发抖,在路口就已经能听见嘈杂的人声。喻兰川刚一探头,就被突然肆虐起来的西北风呛了下。他撂下句"我去看看",便裹紧外衣,从车里下来了。

"小喻爷!"不等他走进去,就有人叫住了他,喻兰川一回头,见路口的洗衣店开了一条缝,店主江老板探出头来,朝他招手,"这边来!"

喻兰川犹豫了一下,钻进洗衣店里,被暖气冲得激灵一下:"江叔,什么情况?"

他以为只是丐帮内部有什么矛盾,来几个人到杨帮主这里闹一闹幺蛾子,看这阵仗还不像。

江老板往他身后看了一眼,严严实实地拉上了店门:"小喻爷没听说?就这一阵传得沸沸扬扬的那个事——警察到这院来好几次了,找老杨那孙女。"

喻兰川没有那个美国时间整天关注八卦娱乐——他只是大概扫过一眼手机上跳出来的新闻推送,知道这是个比较伤风败俗的"聚会",曝光这事的女孩还丢了,于严他们这一阵子在忙着找她。

"啊，怎么？"

"昨儿后晌，她又让警察带走了。"江老板往一百一十号院的方向抬了抬下巴，"一大早才放回来……都说她这回摊上事了，好像在里面抽钱。"

喻兰川没听明白："抽什么钱？在哪儿抽？"

"唉，怎么不明白呢？就是介绍小女孩给那些有钱人。"江老板年纪大了，说这些事有点难以启齿，"你说这要是在旧社会，不叫那什么吗？他们说网上还有录像，我让我外孙给我找来看看，找一天没找着，说是可能让人家给删了，但前天晚上有，传得有鼻子有眼的。"

喻兰川皱起眉："您不是说一早就放回来了吗？"

"可能是证据不足吧，我也不懂，也没准过两天又进去了。"江老板说，正好这时闫皓倒了水过来，江老板一下子又想起他穿着蜘蛛侠的衣服进派出所的事，又是好一通心塞，"老人不会死乞白赖非得要你们飞黄腾达，我们就希望你们这些年轻人都踏踏实实地过日子，有学好好上，有工作好好干……至于什么功夫传承，我们早都想开了，爱练就随便练一下，不爱练就拉倒吧。可是你们得好好做人啊！这算什么？花这种钱，心里真能痛快吗？"

闫皓曾饱受流言蜚语之苦，那些唾沫星子把他践踏够了，腻歪了，又盘旋着去寻觅下一个目标，他物伤其类，再加上杨逸凡还给他找过工作，于是小心翼翼地说："都是传，又不一定是真的……"

"那怎么不传别人？怎么不传我？哪有那么多空穴来风的事情嘛！"江老板"啧"了一声，说，"老杨家的那个丫头，我早就想说她了，浮到天上去了！出事了不是？"

闫皓不敢再插嘴，灰溜溜地把双手缩进袖子里，出门围观一百一十号院的情况去了。

喻兰川懒得听这些没凭没据的背后是非，直接问："那跟丐帮有什么关系？刚过去那救护车怎么回事？"

"嗐,不是有个小姑娘曝光他们,然后人丢了吗?前一阵老杨还挺挂心这事,让人帮着留神过,估计也是不知道他孙女在里头是干什么的。"江老板说,"那个失踪的小女孩,家里人不知道怎么认识丐帮一个九袋长老,好像是远房亲戚什么的。那长老听说了这事,带人过来跟老杨讨个说法……救护车?不知道,别是来找孩子的一激动厥过去了吧?"

"远房亲戚?"喻兰川问,"有多远?"

江老板:"这不是重点,你管他——"

"这就是重点。"喻兰川一抬手,打断了他,"我跟您没准还是远房亲戚呢,五百年前一个村的那种——哪有那么巧的事?丐帮四大九袋长老,权力仅次于老杨帮主,他们家丢了人,早该满城风雨了,现在不满大街找人,来找老帮主闹?再说警察昨天来带人的事,我住楼上都不知道,邻居议论几句就算了,这么快就传到什么长老那儿了?这长老是顺风耳,还是在老帮主家装了二十四小时监控?"

江老板叹了口气,感觉喻兰川还是年轻,应该大家心照不宣的事,他非得掰扯那么明白——老杨是个出世的人,九十多岁了,风雨沉浮,早没有那么多戚戚汲汲的心气了,可是别人就不一定愿意跟他一样"隐于市"了。行脚帮算个什么玩意儿?王九胜之流都能仗着势力混得风生水起,凭什么天下第一大帮还苟在城市夹缝里?

21世纪了,做好事还不留名,那不是傻子吗?

偏偏杨帮主身体还这么硬朗,打狗棒抡起来不含糊,一时半会儿没有要驾鹤西游的意思。底下九袋长老一直盼着老大死了自己上位,老大老也不死,可能是眼看自己要熬不过他老人家,坐不住了,逮个机会就要发挥。

王嘉可曝光的宴会上有富豪,有明星,有皮肉交易,甚至还有违禁药品,金灿灿的开屏孔雀们一个个露了腚,大家伙都喜闻乐见。王嘉可的失踪又给整个事件增加了戏剧悬疑色彩,众说纷纭,讨论度极高。在这种情况下,凡是跟那场饭局沾边的人,都得沾上一身的腥,何况杨逸凡说的话乍一听还挺出格。对于那些能从一句话里分析出十万隐情的网友来说,这已经算是证据确凿,只待宣判了。

突如其来的夜风把洗衣店的广告牌摇得"嘎吱"作响,鬼哭狼嚎。

大风已起,飞沙与走石都可以借势,只要束手静候。

喻兰川听完,跟江老板一点头,站起来要走。

"等会儿,小喻爷,别过去了,反正你平时这会儿也没下班呢。"

此时刚过九点半,一般情况下,喻兰川确实还没下班,不过这一阵是刚过完春节假期,新一年的工作还没得及展开,公司不太忙。

喻兰川一顿:"但我今天下班了。"

江老板跟防隔墙有耳似的,压低了声音对喻兰川说:"别过去,你听我的——现在丐帮四个九袋长老都来齐了,你说你的,我说我的,个个都是一脑门官司,你不露面,他们挑不出毛病来,可你要是去了,就得过去打招呼,你怎么说?"

喻兰川可不是闫皓那个直眉瞪眼的傻孩子,当然听懂了江老板的意思——大家尊称他为"小喻爷""小盟主",是看在他大爷爷喻怀德的分儿上,并不是他本人有什么排面。

一个靠房上位的加班狗能有什么排面?

没事的时候,大家客客气气,让他组织武林大会,带后辈来相个亲,找点鸡毛蒜皮的事给他,体现一下盟主的价值。这么稀里糊涂地混个一二十年,等跟各界人士都混个脸熟,到哪儿都能找人说话,这个"盟主"才算实至名归。

真有事的时候,哪个老人精会听他这小青年的?

丐帮的事跟他没关系,学习紧张工作忙,他不了解内情,不在场,这都情有可原。但如果拎不清自己有几斤几两,贸然掺和,那他这"盟主"的含金量可就大白于天下了。

"江叔跟你不说虚的,自古行侠仗义,哪个不是举手之劳啊?"

喻兰川神色闪了几下,缓缓地坐了回去。

就在这时,洗衣店的大门突然弹开,刚才溜出去的闫皓冒冒失失地闯了进来:"救护车拉走的是杨帮主!"

江老板:"什么?!"

闫皓语无伦次地说:"是老杨帮主!可能是气着了,他们说他刚才话说了一半,突然捂着胸口仰过去了……哎,小喻爷?"

喻兰川起身就走。

甘卿原本在车里玩手机,另一侧的车门"呼"一下被人拉开。喻兰川:"帮我找个地方停车,我过去看看。"

甘卿:"等,我……"

不会开车!

然而喻兰川不等,已经风风火火地没影了。

甘卿在这"铁皮盒子"里坐了一会儿,用手机查了查那俩脚踏板哪个是刹车,哪个是油门,仍然十分茫然,于是把羽绒服的帽子戴上,哆哆嗦嗦地下车转了一圈,试图在车屁股上推几把——缺德的喻兰川临走还拉了手刹,推不动。

一个中年人正好从小路走出来,站在风口抽烟,围观了她这通折腾,乐了:"姑娘,驾照买什么送的?快别推了,打算停哪儿?我叫几个人给你抬进去。"

甘卿无奈地冲他一摊手:"我驾照还没来得及下单呢,我那朋友也不等我说完。"

中年人掐了烟头走过来:"你要是放心我,我可以帮你停一下。"

甘卿连忙道谢。

"跟男朋友拌嘴了吧?拌嘴就把女孩跟车往路边一扔啊?"中年人熟练地发动了车子,"唉,就这狗屁脾气也能有女朋友,得长得跟明星似的吧？"

甘卿："……不是，就普通朋友。"

中年人哈哈一笑，没信，哼着小曲找了个公共停车位，把车倒了进去。

甘卿的目光不动声色地扫过他的肩头，只见这个人衣着打扮颇为体面，但肩头打了块突兀的补丁，乍一看还挺时髦——丐帮自古有"污衣帮"和"净衣帮"之分，据说在历史上，两拨人还干过几次仗，后来几经战乱，又成了一家人。到了当代，已经不区分这些了，因为虽然街上的流浪汉和乞丐还归丐帮管，但丐帮中的大部分人都不再是乞丐了，各行各业都有，只有帮派内有事的时候，才会穿打补丁的衣服来，以示身份。

甘卿从羽绒服的兜帽里撩起眼皮，问："大哥，您看起来心情挺好的，是遇上什么高兴的事了吧？"

"看得出来？"中年人带着点笑意说，"其实也没什么，就是'上班'的单位要有大变动，以前半死不活的，以后说不定就咸鱼翻身了。行了，就停这儿了，你把钥匙拿好……你知道怎么拔钥匙吗？"

甘卿乖巧地等着对方把车钥匙拔下来，又教她按哪个锁车，嘴很甜地说："那我就提前恭喜您发财了，给您拜个晚年。"

中年人听着顺耳，朝她摆摆手，往不远处的一个小吃店走去。小吃店里，几个和他一样穿补丁衣服，但衣冠楚楚的人在那儿等他："你干什么呢？这么慢，怎么样了？"

"路上遇见一个笨手笨脚的妹子，帮人家停了回车。"中年人给同伴发了一圈烟，下意识地回头张望了一眼，发现那个穿灰色羽绒服的姑娘已经不见了。

大概是回家了吧——他这么想着，没在意，只是有点可惜——那女孩挺怕冷的样子，一直缩在兜帽里，连手都没露，没看清全脸，但露出来一点轮廓，应该是个漂亮姑娘。

中年人说:"我看那儿支着担架抬人呢,不是心梗就是脑梗,唉,这么大岁数了,作孽啊。"

旁边另一个丐帮的人说:"老帮主年老体衰,也是该歇歇了——打狗棒怎么说?老帮主要是退位,打狗棒还放在杨家就不合适了吧,别再让他们家那不肖子孙拿出去卖了。"

"说这个有点早,不是时候。"中年人摆摆手,"要我说,怎么也得等人抢救出个结果来再说吧。田长老还在那儿不依不饶,吃相显得太难看了。刚才赵长老偷偷递出话来,既然有人替咱们冲锋陷阵,就让兄弟们先散了,咱们啊——骑驴看唱本吧。"

几个人互相道别,从小吃店里鱼贯而出。

中年人最后一个结了账,出来四下看了一眼,见周围没人,就慢悠悠地钻进了一条小胡同,往一片隐蔽的小民房去了。

没有察觉身后不远处,一个影子似的人悄悄地跟上了他。

第十三章

"闪开！都闪开！家属！来一个家属跟车！老人有药物过敏史吗？平时有慢性病吗？"

"没……没有。"杨逸凡跪在地上，耳畔尽是喧嚣，挤得她脑浆都快凝固了，方才完全是凭着本能做心肺复苏，也不知道做得对不对，这会儿手脚抖得厉害，没能站起来。一只苍白的手伸出来，攥住了她的胳膊肘，那手上皮肤已经松弛，指尖依然有蔻丹，指甲几乎要穿过厚厚的冬衣刺进她的肉里。

张美珍把她从地上拎了起来："起来。"

"慢着！"一个净衣打扮的丐帮老头站出来拦，这人嗓门奇大，开口像敲锣，一百一十号小院仿佛容不下这么大的音量，生生让他嚷出了回音，"闺女，你是不是应该先把打狗棒交代一下。"

张美珍冷哼一声："田展鹏，你不觉得自己丢人现眼吗？"

"丢人现眼的不是我，是谁谁知道！"

救护车上的急救员回头大喊："你们到底有什么事非得现在说？"

"先让人过去！"

"打狗棒……"

"不肖……"

"打狗棒！"

"圣物……打狗棒……"

杨逸凡被嘈杂的声音吵得头痛欲裂,就在这时,张美珍像给小学生挂钥匙似的,在杨逸凡脖子上挂了个小塑料包,不等她看清包里有什么,就伸手在她后背一推:"快去。"

田展鹏是丐帮四大九袋长老之一,穿着件油光水滑的皮衣,胸口象征性地打了个麻布片的补丁,仔细看,居然还没舍得直接往上缝,是用别针别的。

黑灯瞎火间,他老人家就像一颗粘了树叶的驴粪球,眼看杨逸凡竟然无视他,伸手就拦。就在这时,突然有厉风呼啸而来,田展鹏下意识地缩回手,那东西擦着他的手落到地上,跟石砖撞出了清脆的金石声——张美珍手里不知什么时候亮出了一根九节鞭!

九节鞭很长,毒蛇似的荡开了一大帮围在一起的丐帮弟子。

谁也没想到这老太太一言不合直接动手,差点被抽鞭子的这些人个个惊诧莫名,嘈杂的人群竟一时安静下来。

杨逸凡终于脱了身。她刚一跳上救护车,那车就"叽嘹"一声跑了出去。

风声、叫骂声、议论声、医疗器械声……以及反复被提及的"打狗棒"绕着她的耳朵逡巡不去。

杨逸凡手肘撑住膝盖,双手捂住耳朵,用力将两鬓垂下的长发往上搓去。

一个急救员对她说:"四五十岁的人要是有胸口、后背发麻,胳膊疼、胃疼之类的症状都得格外小心了,何况这么大岁数的。老人说不舒服的时候,家人没注意吗?"

杨逸凡茫然地抬起头。

他没说过。

她也没时间听。

她有那么多事要操心——要公关危机,要应付警察,她有一个公司的人要养活,要防着竞争对手落井下石,合作的品牌方都在等她解释……爷爷什么都不懂,跟她说得最多的一句话永远是"你差不多就行了",好像她干的是什么需要悬崖勒马的坏事似的。

什么叫"差不多"?

各大品牌每年都争奇斗艳似的推出新品,时尚的浪潮卷起周而复始的雪白的泡沫,他们制造出的美丽商品就像稍纵即逝的花,在狂欢中诞生,继而马不停蹄地过时。人们发出的声音就像卷过麦浪的风,一波未平,一波又起,每一条路走到最后都是窄路,无数人往上挤,无数人掉下去。声泪俱下的哭诉常常从四面八方传来,让人身在其中,有种十面埋伏的危机感,好像到处都是死胡同。

而时代如同蠢蠢欲动的火山,随时准备把前路烧成断崖,没有人拿到安全通关的攻略,只能反复告诫周遭,"你要变成更好的自己,才能以不变应万变"——这相当于是废话,因为"好"的定义如此宽泛无着,鬼知道什么叫"更好的自己"。

所以只能一再炮制幻影,光鲜的皮囊是"好",精致而奢侈的东西当然也"好",每年读书不破百不配叫"好",诗和远方才是高级的"好"……然后大大小小的"好"被抛向四面八方,供人们追逐得尘器四起。

人人都在跑,谁敢停下来?谁敢"差不多"?

杨逸凡忽然觉得四下安静得不同寻常,她迟钝地想了好一会儿,才意识到原来是手机没在身上,可能是方才冲突的时候挤丢了,也或是兵荒马乱,随手落在哪儿了。

她不习惯地在身上摸了摸,没找到手机,却注意到了张美珍挂在她脖子上的塑料小包,打开一看,里面是一卷现金。

对了,她出来得急,连钱包也没带。

让人耳鸣的嘈杂声远了,杨逸凡捏着这一卷纸钞,和一个生死未卜的老人相依为命。

燕宁的夜终于空旷下来。

但主角退了场，一百一十号院里并没有因此消停。

田展鹏怒不可遏地指着张美珍说："我们丐帮的事，你个行脚帮的老妖婆掺和什么？"

张美珍一提九节鞭："老娘乐意。"

"田长老，别跟她废话了，打狗棒！"

田展鹏哼了一声，转身朝自己的跟班们说："自打老喻盟主过世后，老帮主又受他们蒙蔽，这院里就乌烟瘴气，什么妖魔鬼怪都往里钻。我帮圣物绝对不能落在这儿。既然老帮主有心无力，那打狗棒理当由我们代管！"

他一句话落下，捧臭脚的人无数。

田展鹏振臂一呼："上六楼，我们去请打狗棒！"

不等他的跟班们叫好，张美珍双手一扯九节鞭："敢！"

田展鹏冷笑："都这把年纪了，本想给你留点脸，你自己不要！你年轻时候就手段百出，上赶倒贴没人要，就去勾三搭四，脏的、臭的睡了一溜够，老来变成老寡妇，还对我们老帮主纠缠不休。"

张美珍毫不在意地一笑："'脏的、臭的'？哟，你这不孝子，怎么说你爸爸呢？快说几句好听的，清明节烧纸，妈不跟他告你的状。"

田展鹏："你找死！"

他不知从哪儿抽出一根铁棍，朝张美珍抡了上去。一时间"叮咣"一阵乱响，树下的木头棋盘被九节鞭扫了个边，竟当场裂开了。这二位都是古稀之年，动起手来居然是飞沙走石，与此事无关的围观群众目瞪口呆，一时也不知道该不该报警。

丐帮其他三个长老在旁边束手干看着，一点儿也没有要帮忙的意思，唯恐别人说他们以多欺少。老奸巨猾的赵长老还扬声对田长老说："老弟，这儿就交给你料理了，我们去请打狗棒。"

田展鹏手里的铁棍被九节鞭缠住，险些脱手，听了这话，当场气成了一枚葫芦。他大喝一声，青筋暴跳，死死地攥住铁棍，一脚踹向张美珍的肚子。

张美珍抻直了九节鞭，挡住他一脚，自己也踉跄着往后退了两步："你们还敢私闯民宅吗？"

赵长老一团和气地说："不敢，不敢，我们请了打狗棒就走，绝对不敢碰帮主屋里一点东西——你们几个，去找几个塑料袋来当鞋套，别踩脏了老帮主家的地板。"

张美珍："站住！"

田展鹏："你才给我站住！"

他趁着张美珍转身的时候，一棍子朝她后背抡了过去。

就在这时，一根长条的东西横插进来，"噌"一下弹开了铁棍。田展鹏虎口一麻，还被扑了一脸灰。他"吓吓"两声，定睛一看，那居然是一把长把扫帚。

喻兰川把从门口传达室捡来的扫帚往地上一戳，很文明地扫了两下，解开了衬衫领口的扣子："故意伤害，您想好了吗？以您这岁数，有期徒刑可相当于是终身监禁了。"

田展鹏："你是什……"

赵长老一愣："你是……小喻爷？"

"嗯。"喻兰川一点头，"秋天开会的时候见过您一面，还聊过几句，赵大爷，您身体不错？"

"托福。"赵长老一笑，没把这小青年放在眼里，"改天一定找小喻爷喝茶，今天我们丐帮有些内部事务，就不打扰了，弄出这么大动静，也对不起街坊们，我们上去请了打狗棒就走。"

喻兰川奇怪地一挑眉："杨帮主要把打狗棒给你们，还劳动诸位亲自上楼取？"

赵长老说："打狗棒本来就是我们丐帮的东西，杨帮主现在人在医院,一时没法出来主持事务,打狗棒当然由我们几个代管。"

"哦,属于丐帮。"喻兰川一点头,闲聊似的说,"丐帮什么时候注册的,都变成法人了?"

赵长老眼角一跳。

喻兰川:"要不然……关于打狗棒的所有权,你们还签了个合同?"

"小喻爷说笑了。"

"没有,我不喜欢半夜三更喝着西北风说笑,"喻兰川越过丐帮众人,径自走到楼道口,往那儿一站,"除非你们拿出关于合法共有打狗棒的文件,不然半夜三更私闯民宅拿东西,这可是入室抢劫,警察在路上了。"

"小喻爷,"赵长老假笑着说,"武林家务事,惊动公家,不好吧?"

喻兰川:"这么大阵仗的'家务事'?"

"小喻爷,别拿这套吓唬人。"赵长老压低了声音,"打狗棒寄存在历代帮主手里,退位归还,不信,你问老帮主,他敢不敢说那是他的私产?警察来了又怎么样?难不成还能因为一根棒子把我们抓起来?今天这打狗棒,我们是非要不可,小喻爷,你们谁也拦不住。都在燕宁,都是同道中人,抬头不见低头见,我知道你是文明人,别弄得大家脸上不好看。"

喻兰川一笑,语气微微软了一点:"老杨帮主还在医院,打狗棒又没长腿,大家弄成这样,何必呢?赵大爷,等两天不行吗?等他醒过来,说给谁,我请假替你们把圣物护送过去,行不行?"

赵长老叹了口气:"小喻爷,不是老赵不给你面子,实在是你们这楼里,又是万木春余孽,又是行脚帮旧人……就是我答应,我手下的弟兄们也不答应啊,您也体谅一下。"

"我记得盟主令里都没有给卫骁定罪,怎么到您这儿,铁口一张,万木春就'余孽'了?"喻兰川脸色冷了下来,"今天晚上这民宅,您是非闯不可了?"

赵长老没吭声，身后几个丐帮弟子一拥而上，要从喻兰川身边挤进楼道。

喻兰川猛地把扫帚往下一压，塑料长杆正好砸中最前头的人的膝盖。那人踉跄半步，随即被横过来的扫帚顶了下去，顺便带倒了一个同伴，剩下两个人一个被扫了腿，一个被扫帚杆打出了鼻血，滚下了楼梯——长而轻的塑料杆在喻兰川手里打了个旋，横在楼道口之间。

他居高临下地扫了一眼丐帮的乌合之众，感觉自己不跟两位以上的对手动手的誓言，恐怕要就此扫地。

自古"侠以武犯禁"，喻兰川以前觉得这个说法跟他没什么关系，却原来总有一些事，要靠动手说话。

"寒江七诀"传到这一辈，除了防猝死，可能还是第一回正经八百发挥它的另一个功效——让傻×听人说话。

"野蛮啊，真是文明的耻辱。"他想。

喻兰川隔着人群，彬彬有礼地冲赵长老一点头："那您试试。"

第二天不是公休假，这么一个普通的工作日夜里，还跟过来到一百一十号院闹事的，都是几个长老手下的骨干人物。这些人试试就试试，一点儿也不把穿衬衫和皮鞋的喻兰川放在眼里，动手不含糊。说话间，又有四五个人同时扑了上去。

一百一十号院的小楼一层和地面不是齐平的，要稍微高出一米左右，所以楼道口有一排石阶，有十来级，东西展开两米来宽，两侧都有栏杆扶手，西侧隔着栏杆是一条轮椅通道。

三个人分左、中、右三路扑向喻兰川，打算缠住他，剩下的人则从轮椅通道往上跑，要绕开他冲进楼道。

喻兰川扫帚倒提，一步退进楼梯口，扑向他的人紧随而至，他却又蓦地上前，扫帚杆在手里倏地缩了一截，中间那位顺着台阶往上冲的时候，双手自然护住头，胸腹一下露出空门，被塑料杆戳了个正着,"噗"地喷出一口气,真成了"戳肺管子"。

与此同时,喻兰川借着一戳之力往后轻飘飘地一弹,横肘扫向左边的人,扫帚头上的土渣甩了那人一脸。趁对方手忙脚乱地抱头挡眼时,喻兰川整个人重心往左压下去,右腿横飞起来拦腰踹过右边那位。

赵长老怒喝道:"小喻爷,你今天是非要管丐帮的闲事不可了?"

喻兰川戳倒一位,踹飞一位,手里扫帚杆上下翻飞,三两下,左手边那个被压在栏杆上的倒霉蛋四肢关节全麻,整个人被按着往下一折,成了个人形软垫。喻兰川扫出去的腿没落地,直接以"人形软垫"为支点,飞身从护栏上翻了过去,伴着"软垫"一声惨叫,扫帚三下五除二地挑了那几个从轮椅通道冲上来的人。

这才轻飘飘地落了地。

"那倒不是。"喻兰川一只手拽着栏杆,旋身转了半圈,飞给赵长老一个假笑,"一般我都不免费提供服务,何况贵派还是个未经注册的非法组织,您放心,我比您还不愿意掺和。等老杨帮主出院,你们爱怎么分家就怎么分家,爱怎么篡位就怎么篡位。丐帮要是哪天IPO了,我一定说服老板跟投。"

赶过来的田长老使出了吃奶的劲,才惊险地憋住一句"他要是出不了院呢",但是话忍住了,表情没忍住,这几个字分毫毕现地刻在他皮下,到底是支棱出了形迹来。

一楼居民家里的灯光从小楼的北窗射出,照亮了田长老的脸皮和皮下藏的字。喻兰川看明白了,一低头,轻轻地把塑料杆拧了下来,将脏兮兮的扫帚头扔在一边。他挽起了袖子,说:"也是啊,都九十多岁了。"

要是年轻的人早夭,别人还肯遵守一下"死者为大"的围观准则,多闭一会儿嘴。

老东西就没有这种幸运了,一旦到了七老八十的年纪,就会自动进入"早该死"与"老不死"行列,人们只肯在盖棺的刹那,吝啬地

233

跟着回忆一下此人生平,给出一刹那的微末怅然。

然后光速平复心情,唯恐在争夺遗产的大战中多浪费一秒。

赵长老冷着脸,冲他一挑拇指:"小喻爷,好功夫,不愧是大家出身。可是贵派'寒江七诀'恐怕也当不了独孤九剑使吧。你别仗着两手功夫,就真以为自己能以一当百了!"

喻兰川忽然莫名想笑,他想起小时候看电视剧《笑傲江湖》里那个"破剑式",特效非常炫酷,是一个人干一帮的经典场景,看完让人十分神往,尤其他还算是个练剑的,就跑去问大爷爷。

大爷爷对着小茶壶嘴嘬了两口,看了他一眼:"被人围殴怎么一剑解决他们?哦……就让出一剑啊?"

少年喻兰川憧憬地说:"是啊,就一剑!"

大爷爷沉吟片刻,回答:"也有一招,我们不叫'破剑式',叫'破釜沉舟'。"

喻兰川从来没听说过寒江七诀里还有这么一招,催着他讲。

老头神神道道地卖了半天关子,让他附耳过来,口授了他本门绝学。喻怀德大侠说:"你就把剑往自己脖子上一架,做个抹脖子的姿势,冲他们大吼一声'谁敢过来,血溅三尺'——放心,除非遇见亡命徒,不然一般人都不敢。然后趁他们被吓唬住,迅速脱离包围圈,撒丫子就跑,妥妥的。"

"破釜沉舟"固然是本门无敌大招,可惜施展起来也有条件——手里的剑得是真剑,架个扫帚杆……这就有点搞笑了。

大招既然发动不了,那也只有死扛到底了。

希望警察同志快点到,来时把警笛开大一点。

距离一百一十号院一公里处,那个帮甘卿停车的中年人径自走进了小巷深处,那儿有栋不起眼的民房。中年人敲门敲了四下,里面有人警惕地问:"哪位?"

中年人回答:"我是赵老门下的小翟。"

民房应声开了条缝,一颗神似大马猴的头颅冒出来。"大马猴"一身破衣烂衫,是个乞丐打扮——他就是那天把甘卿引进小巷的人。

警惕地往外瞟了一眼,"大马猴"好像怕门缝开大了费电一样,压低声音说:"进来。"

自称小翟的中年人不想跟"大马猴"跳贴面舞,不肯钻门缝,往后躲了一下,手上使了点劲,伸手把门一推:"干什么?鬼鬼祟祟的。"

"大马猴"没提防,被他推得退了两步:"你——"

小翟已经不由分说地抬腿走了进去。

"在一百一十号院附近还不留神点?""大马猴"压着火气说,"你小心被人盯上。"

"我可没看见有什么厉害人物。"小翟叼了根烟,四下一瞥,"这房子租的?市中心的学区房,不便宜吧?赶明儿帮我留神一下,看这附近还有没有出租房的。"

"大马猴"问:"干什么?"

"去年不是生了个老二嘛。"小翟找了把椅子坐下,给"大马猴"递了根烟,叹了口气,"小崽子见风就长,说话就得琢磨在哪儿上学了,学区房肯定是买不起,只能提早找个便宜的租一租。唉,咱哥们儿上有老,下有小,是真不容易啊,一天天的都奔什么?不就是养家糊口嘛。不是我说,老杨帮主有时候实在是太不食人间烟火了。"

"大马猴"接了烟,神色微缓,也在他对面坐下。

民房门口有一棵大柏树,岁寒三友数九不凋,不单挡了西北风,也挡住了一个人的身形。甘卿轻轻地拨开柏树叶,用力捏了捏鼻子,眼泪汪汪地强忍住了一个喷嚏——羽绒服容易擦出声音,为了便于追踪,她把羽绒服扔在了喻兰川车后备厢里。屋里那两位丐帮分子凑在一起,已经聊了十多分钟学区房和二胎的事了。

这些背后搞阴谋的反派实在太接地气了,一笔一笔的开销就让人觉得心惊胆战,虽然有大树挡风,但甘卿紧身的毛衣还是被寒意浸泡硬了,透心凉。

她一耳朵是"呜呜"号的西北风,一耳朵是没完没了的"幼升小""小升初",内心和身体一样悲凉,正打算放弃走人,这时,一个有些拖沓的脚步声突然从小巷另一端响起。甘卿一激灵,隐约感觉到了什么,小心地屏住呼吸,把自己藏在树叶后面。

来人花白头发,六十来岁,慢吞吞地走到路灯下。他面黄肌瘦,脸皮已经被岁月蹉跎成了砂纸,但即使这样,竟还能依稀看出点眉清目秀的意思。只是这点清秀并没有让他英俊潇洒起来,反而给他平添了几分阴沉怨毒,像森森的鬼气。

这男人非常瘦小,一身洗得发白的补丁棉衣里空荡荡的,两条腿一长一短,走起路来显得十分颠簸。正要抬手敲门,他突然敏锐地感觉到了什么,鹰隼一样的目光朝周围扫去。

甘卿整个人几乎已经和大柏树融在一起,挂在枝头随风自动。

男人十分警惕,似乎察觉了什么,凝神听了片刻,好一会儿,才敲了门:"是我。"

甘卿一皱眉。她发现这男人不单长短腿,蜷起来的手指姿势也很诡异,像个伸不开的鸡爪。

这到底是什么人?四肢都快扭成麻花了,竟然还带着某种骇人的高手气度。

"大马猴"和小翟的交谈声戛然而止,两人一起迎了出来。"大马猴"这次不是留一条门缝,而是把整个民房的门都打开了:"杨长老!"

杨?

丐帮九袋才能叫"长老",相当于是董事长之下CEO、CFO之类,甘卿大概听说过丐帮有四个"九袋长老"……可是,这里面有哪位姓杨吗？

只见这位杨长老惜字如金地一点头，迈着一长一短的腿走了进去。屋里的灯稍稍亮了些，片刻后，传来窃窃私语声——小翟汇报了杨逸凡被警察带走，四大长老中赵、田两位领衔逼宫，把老杨帮主气进医院的事。

这时，杨长老开了口，声音轻而尖，有点像还没发育好的男孩，他问："老头死了吗？"

"送医院抢救了。"小翟说，"您放心，老帮主功力深厚，抢救及时的话应该——"

"我放什么心？"杨长老不耐烦地打断他，"他这个当亲爹的亲自打断了我的腿，跟我断绝关系，他死了我也不用给他披麻戴孝，跟我有什么关系？"

甘卿有点吃惊——这瘦小的男人居然是杨老帮主的儿子。她的眼睛在夜色里窥视着，从今天晚上丐帮的借题发挥里嗅出了一股阴谋的味道。

杨逸凡不是个爱说家里事的人，对外都是轻描淡写地声称"父母都不在这边，让我来照顾爷爷"，后来过年那天挺她讲了一半的故事，甘卿以为这个"不在"是过世的意思，没想到杨平居然还活着，而且似乎还跟老杨帮主断绝了父子关系。

这里又有什么隐情？

杨平问："他们去拿打狗棒了？"

小翟回答："是啊。我看田长老不依不饶的，赵长老似乎也是这个意思。"

"大马猴"冷笑一声："拿打狗棒有什么用，真以为老头这么多年白混吗？今天晚上他们动手快，大部分人没反应过来，你等着明天，看这些人'气死老帮主，篡夺打狗棒'的事还瞒得住谁。"

小翟笑呵呵地说："可不是嘛，到时候真乱起来，就靠杨长老出来主持局面了，毕竟您才是正根。"

杨平淡淡地说："拍马屁的废话少说几句，唾沫星子不值钱吗？"

"大马猴"说："带头闹事的不用放在眼里，至于那个丫头，一天到晚珠光宝气的，就算这回不出事，帮里人也看不惯她那一套，打狗棒她拿不住，剩下的就靠翟兄帮着活动了。"

"熟悉的争权夺势戏码。"甘卿心想。

就在她把自己一条胳膊压得有些麻，想换个姿势的时候，突然听见那屋里杨平说："还有，记着把王九胜那边处理好了。"

正心不在焉地轻轻挪胳膊的甘卿倏地抬起眼，听觉神经末梢"嚓"地一下燃起了火星。

"大马猴"说："一百一十号院里住进一个跟万木春有瓜葛的人，我看王九胜这回是真害怕。"

"别小看他。"杨平说，"你以为当年的卫骁是好对付的？"

"卫骁"两个字笔直地刺进甘卿的耳膜，她扶着柏树的手指一下子嵌进了树干里，心跳得要炸开。

杨平的声音从屋里传出来："我们几个人全须全尾的时候都废在他手下，何况是后来——那回，要不是王九胜设局，先打到他不能还手，今天还不一定谁凉呢。"

什么……什么意思？甘卿无意识地睁大了眼睛，手心一层一层地往外冒冷汗。

"那回"是哪一回？

杨平接着说："那时候卫骁就在燕宁城隐姓埋名，多少年了，黑白两道都在找他，谁也没找着，单让王九胜给挖出来了，这个行脚帮的北舵主，水深啊。"

对了，王九胜向来是个缩头王八，绝不肯亲自出马，如果他想害一个人,最好的办法就是借刀杀人,借谁的刀……当然是卫骁的旧仇人!她早该想到!

甘卿紧紧地盯着眼前的小屋,一丝血色爬进她的眼睛,小刀片缓缓地在她左手指间冒了头。刀刃将她的手指映得森冷惨白,像恐怖电影里水鬼的爪子。

就在这时,小翟忽然"嗯"了一声,接了个电话,低声应了几句,然后对同伴说:"一百一十号院里有点小变故。"

"大马猴"问:"怎么?"

小翟"嘿"了一声,说:"赵和田他们被人截住了,你们猜是谁?就是一百一十号院那个闹着玩似的小盟主。"

"小盟主"三个字像一阵清风,甘卿手指间不断往外"滋生"的刀片微微一顿。

喻兰川?

"尿性!"小翟说,"我看赵长老他们要栽,都不用等明天。"

"大马猴"笑了笑:"尿性什么尿性,我看那小青年是'嘴上没毛,办事不牢',没事在丐帮的泥坑里裹什么乱?小心到时候引火烧身。"

喻兰川手里的扫帚杆"咔"一下折了,看见对面丐帮的人手里寒光一闪。

"管制刀具,"他一挑眉,"名门正派里也招这种职业流氓?"

对面的人干脆不再藏藏掖掖,只见他手底下藏着两把带血槽的长匕首,中间铁链连着,可以近距离捅、刺、砍,也可以把刀往外甩着扔。喻兰川的扫帚杆被锋利的刀口从中间劈裂,身上最后的金属制品除了眼镜就是腰带了,成了赤手空拳,被迫退到了楼道口。

就在这时,一声呼啸传来,九节鞭当空砸下,正好打在长匕首中间的铁链上,角度刁钻地往下一扯,拿匕首的人险些被自己的刀捅了下巴,猛地往后一仰。

张美珍:"你妈我还没死呢。"

她话音刚落,喻兰川就听人喊:"小喻爷,接住!"

紧接着,一样东西向他后背抛过来。喻兰川抄手接住,震惊了,那玩意儿居然是把剑!

虽然打开一看,是桃木削的。

韩东升拎着一根铜制的晾衣杆,从楼梯上走下来,不好意思地朝他笑:"我爸痴迷气功的时候,从'大师'那儿买的,说是挂墙上辟邪,你先凑合用吧。"

喻兰川:"……"

好嘛,他现在又成了个跳大神的。

韩东升转向堵在楼梯口的丐帮们,笑容收了起来,轻声细语地说:"明天大人得上班,孩子也得早起上补习班,该休息了,诸位这是干什么呢?"

韩东升说完,一道黑影倏地落到了自行车棚上,来人像一只轻盈的大鸟,自行车棚轻轻地晃了两下,竟然悄无声息——正是闫皓。

闫皓喘了口大气:"张、张奶奶让我叫的人来了。"

张美珍轻轻地磨了磨牙:"……好孩子,懂事,你是第一个真管我叫奶奶的。"

闫皓一脸茫然。

只见一百一十号院门口,两大煎饼帮及平时帮老杨跑腿的乞丐、流浪汉全都到齐了,还有更多的人在往这边赶……

第十四章

一百一十号院里，有近三十年的大树，斑驳的墙脚生满细碎的苔痕，此时，空无一物的花坛上挂着苍白的路灯，照着院里的两路人马，显出了些许魔幻味道。

阳台和楼道里，街坊邻居全都忍不住露头，围观这场不用买票的夜场大戏。

几千年前，穷苦的农人或因天灾，或因人祸，从刨食的土地上被连根拔起，流离失所后沦为乞丐。寒霜雨雪、恶犬毒蛇，都是他们的敌人，他们被风刮着飘，一直飘到等死的地方。后来没落的武士与隐世的民间高手把苦人组织在一起，教他们自保，互相照顾慰藉，哪怕世上没有可立足之处，也总算有了个归属，这就是丐帮的由来。

谁会想到几千年后，穿着貂皮大衣的"丐帮"长老们，会开车带着寻觅学区房的手下来"逼宫夺权"呢？

人事跟热菜一样，放着放着，就变了滋味，谁也逃不过。

喻兰川轻轻地把桃木剑一横，居然还真亮出几分七诀剑的中正之气："赵大爷，您为什么不问问，就算拿了打狗棒，外面的那些兄弟听您的吗？"

这时候，赵长老已经隐约意识到自己过了。他本想悄无声息地拿了打狗棒就走，谁知道喻兰川真敢挑头动手拦他们，更没想到老杨帮主连自己家里的鸡毛蒜皮都管不清楚，居然还这么有人望。现在闹成这样，就算他拿到打狗棒，丐帮内部的反对声也一定很大。何况打狗棒不单他想拿，田长老与另外两位长老同样虎视眈眈，到时候煽风点火的搅屎棍少不了。

但此时已经是骑虎难下，这种时候他要是缩了，明天所有人都会知道，他老赵一把年纪了，偷鸡不成蚀把米，让喻兰川这么个小辈拔了份，他以后还抬得起头来吗？于是赵长老一咬牙，上前一步，从手下那儿接过了一根铁棍："听说'寒江雪'是五绝之首，小喻爷，你给赐教赐教。"

喻兰川飞快地说："我不教，您甭领。"

赵长老："……"

喻兰川："街上碰见您这岁数的老头摔跟头，我都不一定敢扶，还敢跟您动手？我还有二十九年贷款呢。"

张美珍冷笑："就怕有些人为老不尊，偏要碰瓷。"

赵长老今天非得在"碰瓷"和"被拔份"之间选一个，进退维谷，怒不可遏，回手一棍子指向张美珍："那我向你讨教，总不算碰瓷了吧？"

闫皓紧张地从自行车棚上跳了下来，把他爬墙用的大铁爪横在胸前，田长老等人跟着亮出各式各样的铁棍、小刀。

小楼入口处战况紧张得一触即发。

与此同时，院门口却又是另一番光景——闫皓请来的救兵大部分也都属于丐帮，严格来说都是自己人，跟院里来闹事的丐帮弟子就算不是朋友，好歹也有脸熟。剩下的平时在周围做小买卖，也是笑脸迎人惯了。

这伙人多势众的"救兵"来了以后，见了满院熟人，也不知道自己是应该摇旗呐喊，还是直接抄家伙上，就干脆找熟人聊起天来。跟着长老们来闹事的弟子大部分也没参与阴谋诡计，只是充当壮声势的打手，前边既然还没让他们往上冲，于是就很安心地跟人三五一群，叽咕起物价和房价。

正所谓鸡多不下蛋，人多瞎捣乱。

前面是刀兵相向、怒火燎原，后面是"你猜我前天买那韭菜多少钱一斤""我小孩一假期上俩补习班"——"补习班"和"韭菜"势力好像见风就起的小火苗，从大门口开始，一路往前蚕食鲸吞。

很快，两拨人的界限模糊了，队伍松散了，终于蔓延到了"前线"，对峙的几位耳力都不错，同时听见西风里清晰地传来一句："过完年又涨？哎呀，都从三块五涨到六块了，跟那几个摊煎饼的哥们儿商量商量，行行好吧！"

韩东升叹了口气，把铜衣杆戳在地上："四舍五入要十块了啊，以后还是自己在家做吧。"

闫皓掰着手指头算自己月底工资还够吃几天早饭，十指不够用，只好连钢爪指一起借来掰。

喻兰川看了一眼表，已经晚上十点多了，他第二天一早还得向董事会汇报项目进展，材料还没过完，心情就十分不美好："什么都在动荡，只有工资状态稳定。"

方才还跟他动过手的丐帮弟子也同为"社畜"，听得悲从中来——环顾周遭，老大不小的一帮人，煎饼都快吃不起了，还在这儿乌眼鸡似的互相拨份。

人间值得吗？

赵长老："……"

然而，就在一场风波即将烟消云散的时候，一排警车"呜哇"地开到了，如喻兰川所愿，警笛嗓门奇大，赶来的民警被一百一十号院里的人数震惊了，心说，这是什么规模的聚众斗殴？要是放在《哈利·波特》里，差不多相当于魔法世界的终极战争了！

于是民警们连忙紧急请示单位领导，很快得到指示——领头的都带走。

小胡同里，小翟和"大马猴"一边说风凉话，一边也让甘卿实时收听到了一百一十号院的"战况"。

小翟幸灾乐祸地说："打起来了。"

杨平冷笑："那女孩明明是王九胜藏起来的，现在他缩在后面，没事人一样，倒撺掇一帮丐帮的傻子上蹿下跳，给他出头，那老小子惯用伎俩了。"

"大马猴"就说："这两天我们已经摸清了他把那个女孩藏哪儿了，我们去把人悄悄弄出来，怎么样？"

小翟问："为什么？她有什么用？"

"你想啊，""大马猴"说，"赵要强行取走打狗棒，把老帮主气进了医院，现在还闹到派出所，明儿天一亮，帮里一定起波澜。王九胜一直以为我和老翟是赵的人，这时候行脚帮那边发现自己藏的人不见了，会怎么想？如果我是王九胜，我肯定会先怀疑赵压不住了，打算假装自己是被撺掇的，推行脚帮出来挡枪，对不对？不让他们狗咬狗，咱们杨长老怎么出来力挽狂澜，收拾丐帮残局呢？"

这时，小翟又接了个电话。片刻后，他跟另外两人学舌说："嘿，你们猜怎么着？这帮人连丐帮带盟主，不管'外人'还是'内人'，让警察一锅端了——那咱们，分头行动？"

甘卿面无表情地盯着那民房窗户上杨平模糊的剪影，她的指尖刀有一下没一下地在树干上划过。片刻后，只见"大马猴"和小翟辞别杨平，从那小屋里走了出来，分头往两个方向走了。

冰凉的夜风流过她的咽喉，甘卿在树干上雕出了一排小栅栏。终于，她闭了闭眼，叹了口气，悄无声息地跟上了"大马猴"——时过境迁，单凭几句语焉不详的话，说明不了任何事。死人的事，永远比不上活人的当务之急。

甘卿把单薄的毛衣领子拉了拉，垂下冷冷的目光，心想：再说我已经被逐出师门十年了，跟我早就没关系了。

王嘉可已经在小旅馆里住了好几天，她开始越来越不安。

小旅馆自称是"快捷酒店"，其实可能连危楼的标准都达不到，搞不好是无照经营。门好像是纸糊的，完全不隔音，每天半夜三更，她都能听见外面传来醉醺醺的说笑打闹声。那声音有时在她门口逡巡不去，好像随时准备破门而入，她听得心惊胆战，总是忍不住起来检查防盗锁链。

他们收走了她的手机，只说她的手机已经让放高利贷的人打爆了。三餐都是服务员送上来的，质量惨不忍睹。她想出去透口气都不行，有一次她才刚走出房间，还没走到楼梯口，就有两个男服务员迎面过来，盘问她要去哪儿，不由分说地把她送回了房间，留下一句让她毛骨悚然的话："别瞎跑，我们有监控。"

直到这时，王嘉可才意识到，自己可能是刚出了狼窝，又入虎穴。

到了第三天晚上，更变态的事发生了。

自从来了这儿，王嘉可每天都是草草洗个脸，穿着衣服睡，快忍无可忍了。她回忆着网上看来的各种方法，提心吊胆地把卫生间检查了好几遍，没在洗澡间找到摄像头，这才飞快地冲进去洗了个战斗澡。

谁知才刚洗完澡，就听见外面有人用房卡开门。

王嘉可只来得及一把抓起长羽绒服，飞快地把自己裹成一个蚕蛹，才刚拉上拉链，对方就不请自入——开门的是把她送来的那个司机。此时已经是夜里快十点，司机身上酒气扑鼻，手里敷衍地拎了一袋啃了一半的面包，声称给她"送饭"。

王嘉可尖叫起来："谁让你进来的？出去！"

245

司机"啧"了一声，眯起眼看着她，反而往屋里走了两步，还回手关了门："我好心好意给你送点吃的，你这个小丫头，别不识抬举。"

王嘉可感觉自己的四肢在往外冒凉气，浑身都在发抖，拉过木椅，四腿朝前地挡在自己身前。

"不是吧，你连酒都陪，陪哥聊会儿天怎么了？"司机笑了，从兜里摸出一把十块、二十块的纸币，往王嘉可的床单上一撒，"半个小时多少钱，这些够吗？"

平时没有骂街耍流氓习惯的人，指望危急时刻临场超常发挥，一般是不大可能的，王嘉可脑子里一片空白，只会一边往后退，一边颠来倒去地说："你要干什么？有病吧！神经病！出去！啊！"

司机一把薅住一条椅子腿，王嘉可拼命地挣扎，破木头椅子在两个人中间扭来扭去，一下磕到了王嘉可的腕骨，纤细的手腕顿时红了。她尖叫一声，椅子脱了手。王嘉可紧贴住窗户，下意识地握住了窗户上的扶手，挣动中，窗户被无意中扭开，夜风"呼"地卷了进来。

王嘉可："救命！救——"

司机一把捂住她的嘴，去拽她羽绒服的拉链，王嘉可照着他的手掌一口咬下，同时慌不择路，从二楼跳了下去。

司机激灵一下，酒醒了，猛地扑到窗口。

二楼不算高，底下是一片假草坪，还算松软，厚厚的羽绒服蚕茧似的保护了她，王嘉可滚在地上，只受了点皮外伤。她终于顾不上娇气了，踉跄了一下从地上站起来，夺路而逃。

司机大喊道："你往哪儿跑？"

王嘉可头也不敢回，光着脚踩在冰冷的地面上，也顾不上自己踩了什么。那小旅馆里的人很快追了出来，王嘉可一口气跑出去几百米，终于在七扭八歪的小巷口看见了车灯，一个夜间揽活儿的黑车司机正靠在那儿抽烟。

快要绝望的王嘉可拖着满脚的血,跑到那车前,上气不接下气地说:"救命……帮帮我……有人要绑架我,求求您……"

被惊动的黑车司机诧异地打量了她片刻,又往她身后看了一眼:"怎么回事?你从哪儿跑出来的?"

王嘉可:"那个'温暖8小时'酒店是个黑店,他们在追我,还有个人要——"

可惜,她不知道"车船店脚牙"是一家。

王嘉可话没说完,就看见黑车司机脸上露出了一个古怪的笑容:"'温暖'跑出来的啊,行啊,上车吧。"

一瞬间,王嘉可意识到了什么,她战战兢兢地往后退了一步:"我还是——"

"上来啊。"黑车司机上前一步,一把抓住了她精心养护的长发,"不是要我帮你吗?"

王嘉可尖叫,有种头皮被掀掉的错觉,眼泪一下子出来了。就在这时,一只胶鞋飞了过来,砸中了黑车司机的胳膊肘,正磕在麻筋上。黑车司机手一哆嗦,王嘉可就被他扔在了地上。她顾不上哭,四肢并用地往前爬。

"谁?"

丐帮弟子"大马猴"缓缓地从路灯底下走出来,紧接着,好几个叫花子从小巷里冒出来,包围了他们。

黑车司机伸手按住了车门:"丐帮的?"

"我最见不得有人欺负小女孩了。""大马猴"脸上挂起志得意满的笑容,"小姑娘,你不用怕,跟我们走。"

王嘉可相信过行脚帮能把她从高利贷那里救出来,结果转头就被软禁,"救世主"比高利贷还流氓,好不容易逃出来,向路人求救,结果路人跟他们是一伙的。几次三番,她对人类的信任已经化为泡影,黑灯瞎火间,"大马猴"露出两排白森森的板牙,怎么看怎么像正准备磨牙吃人的变态。

于是王嘉可爬得更快了。

两句话的工夫,嘈杂的脚步声传来,旅馆里的人就快追上来了,"大马猴"不再废话,吹了声口哨,飞起一脚踹向黑车司机。黑车司机身后就是自家大本营,当然也不肯吃亏,从腰间一抹,揪出一把小刀,不含糊地往"大马猴"腿上扎。

两个乞丐一左一右地架起王嘉可,流浪汉身上那股又馊又臭的"仙气"三百六十度环绕着王嘉可,好悬没把这吓破胆子的姑娘熏得休克过去。这回,她连尖叫挣扎的力气都没有了,物件似的被他们传来传去。

就在她神志开始模糊的时候,耳边突然传来一声闷哼,一道黑影鬼魅似的冒了出来,三下五除二把架着王嘉可的两个流浪汉摆平了。王嘉可落进了一双冰凉的手里,紧接着脚不沾地地被人揪了起来。那人在她耳边轻声说:"走。"

是个女人的声音!

在这种混乱中,一个女性带来的安全感简直像救命稻草,王嘉可没过脑子,本能地迈开了腿,把自己交给了这个人。

丐帮和行脚帮咬作一团,一嘴毛地抬起头,发现关键人物居然被截和了!

"谁?"

"王八蛋,追!"

反应最快的丐帮弟子撒丫子要追,却见方才抓着王嘉可的同伴一动不动地戳在原地,蜡像似的。那丐帮弟子意识到不对劲:"你怎么了?"

他的同伴缓缓地转过头来,脸色惨白如见鬼,脖子上有一条三寸二分长的伤口——非常浅的一道,原本是条白印,直到这时,才浸出细细的血迹,像一条鲜艳的红绳。

灯光昏暗处,突然好像凝结了浓重的杀机。

从万木春名号开创,到手起刀落连废数人的卫骁,两代万木春,给武林中所有的知情人留下了浓重的阴影。

那一刻,不管是行脚帮还是丐帮,竟然没人敢动。

第十五章

　　王嘉可也不知道跟着跑了多久，肾上腺素逐渐消退，她开始感觉自己两只脚火辣辣地疼，在小黑店洗完没来得及擦的头发却已经冻挺了——从头到脚，是冰火两重。

　　这时，她才看清，拉着她跑的是个瘦高的年轻女人，黑色高领毛衣，黑色长裤，毛衣领往上一卷，挡住了下半张脸，就像电影里穿了夜行衣的女侠。这人方向感极强，脚下几乎不迟疑，一路连拖带拽，没多久，就把她领到了公路上。

　　直到看见稀疏的车流和晚归的行人，王嘉可一颗含在嘴里的心才屁滚尿流地掉回胸口。

　　行人纷纷朝这个狼狈的光脚女孩投来奇怪的目光，王嘉可平时在路上摔一跤被人看见，都会觉得丢人，此时顶着这么个造型惨遭围观，她却喜极而泣，有种自己又回到了人间的感觉。

　　连日来的担惊受怕一下子爆发，王嘉可膝盖一软，扑倒在地。

　　甘卿被她拽了个趔趄。

　　"我……我脚疼。"王嘉可话没说完，眼泪先下来了。她似乎觉得跟陌生人诉苦不好，伸手在眼角胡乱地抹了两把，想拼命忍住。可是眼泪就像洪水，轻易冲垮了她那点发育不全的理智。王嘉可的嘴角反复拉平又垂下几次，终于像个小孩一样大哭起来，语无伦次道："好疼……我害怕……吓死我了，妈……"

甘卿正要弯腰跟她说话，没想到对方单方面地给她长了个辈分，被"妈"了一脸。她没敢冒领，只好把话咽回去了，一不留神，吸进了毛衣上的细毛。她先是追踪"大马猴"，需要保持安静，随后又要在两大帮派面前保持格调，这个喷嚏憋了有大半宿了，实在是忍无可忍，一转身，惊天动地地喷了出来，要不是毛衣领挡着，差点把鼻子也发射出去。

王嘉可被这大喷嚏吓得一哆嗦，哭得更凶了。

甘卿头昏脑涨地吸了一下鼻子，扫了她一眼，感觉问题不大——女孩的脚没受什么重伤，只是踩了几颗小石子，脚心太嫩，划出了一堆细碎的小伤口，看着惨。

甘卿："哎，我说……"

王嘉可艰难地回了她一串哭嗝，噎得直翻白眼。

甘卿忙说："算了，你先哭，慢慢来，我不打扰。"

王嘉可应声放开喉咙："呜……"

甘卿把领子拉下来，往手心哈了口气，搓了搓自己冰凉的双手，百无聊赖地盯着路口的红绿灯神游。

"打一个喷嚏，是有人想你。"

小时候住在泥塘后巷，孟天意逗她玩的时候这么说过。

当时正在上小学的甘卿听完，就觉得很神奇，因为"有人想你"，这个让她一知半解的世界就似乎和她有了某种说不清的联系。芸芸众生里，她在某个人的一念中登台亮相，有多少人想她，她就有多少个分身，千千万万重合在一起。

等她大一点以后，才明白这句话是个挺悲伤的玩笑。

据说人死后几十年，曾经记得他的人也渐渐死光了，这个人会彻底被人间遗忘，于是迎来第二次更为彻底的死亡。这个说法乍一听十

251

分悲凉，但细想起来，也颇有浪漫的地方——毕竟，有些人活着的时候就已经被人间遗忘了，手机丢一天也不会错过什么重要信息，就连在网上给网友留言，也会很快被湮没在浩如烟海的信息流中。

如果打个喷嚏就能激起一个想念，那也太便宜了。

甘卿苦笑了一下，还是下意识地摸出了关机的手机。

有那么一时片刻，她盯着手机的启动画面，心里战战兢兢地起了一点期盼，希望里面弹出一条"你怎么还不回来"之类的问话……哪怕不那么客气呢。

就在这时，一阵小寒风刮过来，甘卿鼻子一痒，又打了个喷嚏。

完蛋，不灵了——因为俩喷嚏是"有人骂你"。

果然，她的手机一启动完毕，就跟抽羊角风似的哆嗦起来。

"哪里呢？回话！"

"你是不是找不着停车位，把车开西伯利亚去了！"

"你个垃圾，又关机！！！"

甘卿："……"

果然有人骂她。

再给喻兰川打回去，对方已经不接了。

"唉。"甘卿叹出一口白气，听旁边的王嘉可哭声渐歇，于是拍拍她，"别哭了，我先带你买双鞋去。"

"买鞋"这俩字果然唤回了王嘉可的理智，她散乱的目光略微聚焦了一些，抽噎着说："可是专卖店都该关门了，去哪儿买呢？"

"不关我也不知道人家的门朝哪边开，还专卖店。"甘卿递给王嘉可一只手，让她一瘸一拐地扶着自己站起来，"放心，不远。"

说不远，果然就不远，五分钟后，甘卿把王嘉可领到了附近一家二十四小时营业的便民超市里。王嘉可踮着脚，不知所措地看着小超市门口摞着的啤酒、汽水箱子，又看看甘卿手里八块钱一双的棉拖鞋,傻了眼。

炫酷的夜行衣女侠说:"我钱包在外衣里,手机钱包里就剩下十块钱了,就买得起这个,你穿不穿?"

王嘉可:"……穿。"

甘卿又问:"你打算怎么办?先去医院,派出所,还是回家?"

王嘉可结了冰的头发粘在脸上,茫然地回视甘卿。俩人大眼瞪小眼好一会儿,甘卿叹了口气,拿出手机:"不管怎么说,先给你家里人打电话报个平安吧。"

"号码在我手机里,我背不出来。"王嘉可不接,低头嗫嚅了一句,随后她肩头垮下去,"我……欠了好多钱……我家那边有高利贷的人蹲我,也没脸回我爸妈那儿。"

她说着,好像又要哭。甘卿没了脾气,就在这时,她手机响了。

"小于警官?什……呃,好。"甘卿听了一会儿,表情越来越古怪,她沉默片刻,转头对六神无主的王嘉可说,"我还是先送你去派出所吧。"

派出所这会儿热闹得跟赶集一样,地方都不够了。

"等等,大爷,您再把岁数报一遍……这么大岁数的,谁给带回来的?"

"有人受伤吗?要不要先打个120,以防万一?"

"他们说没打架,聊天来着。"

"放屁,聊天这么兴师动众?聊什么,密谋颠覆地球吗?"

"哎,我是不是在哪儿见过你?你是不是以前就进来过一次,穿蜘蛛侠衣服的那个……"

"这是管制刀具吧?这谁的?还有这个……桃木的,底下刻了个'急急如律令'的这玩意儿,这谁的?属于封建迷信道具吧!刚严打了一批,你们还搞!还搞!"

"不是封建迷信，误会。"于严一脑门汗，赶来双手请走了那把桃木剑，一转头，额角青筋暴跳，"好不容易我今天没值班，还以为今天是平安夜！喻兰川，我真服了，自从认识了你，我梦想与现实之间的差距是越来越大了！"

喻兰川一脸官司地跷着二郎腿："说多少遍了，我是正当防卫，你们什么时候能完事？人员冗余，办事效率低下，我晚上还有工作要处理呢，需要我打电话给律师吗？"

于严快给他跪下了："大爷！都到这儿了，你能不能消停点？别找事了。"

旁边赵长老也是一副七个不服、八个不忿的嘴脸，撇着一张鲶鱼嘴，一言不发，全让手下小弟替他说。

焦头烂额的值班民警气得要发疯："现在人都这么牛气了吗？刚才那个是高级金领，满口要找律师，这边一个退休职工也是一脸睥睨凡尘，您老怕不是退休职工，是退位的太上皇吧？我要不要跪下万岁万岁万万岁啊？"

"那个……"甘卿在派出所门口探了个头，"我是不是来得不是时候？"

她带着王嘉可没法随便扒车，坐公交又没零钱了，只好先打车回一百一十号附近，把王嘉可押在车上，自己去喻兰川车里取外衣和钱包。刚受过创伤的王嘉可被迫和陌生的出租车司机独处五分钟，哆嗦了一路，到派出所门口都没缓过来，就被"女侠"出卖了。

甘卿把她往民警面前一推："我把这位找回来了，请问能换几个人？"

百忙之中出来接待她的民警被这种交换人质的土匪作风惊呆了。

于严："……"

心累成渣。

好一番兵荒马乱,除了几位随身携带管制刀具的,其他人都给放出来了,在寒风中泾渭分明地站成两排,各自等车来接,几乎每个人都举着电话。

喻兰川叫了出租车,跟家里惴惴不安的高中生交代了几句,韩东升则在慢声细语地跟周蓓蓓道歉——因为岳父的"宝剑"被民警没收了。闫皓给江老板发信息,报告自己快回去了。张美珍拿出手机,盯着屏幕看了一会儿,转头又按灭了。

旁边被门徒围着的赵长老大概是接到了儿女的电话,一扫之前强抢打狗棒的嚣张,低声下气地跟家人说话:"天太冷……手机自己关了,我没看见……哎,这就回去,就回去,明天能陪妞妞去幼儿园,不耽误,放心吧……"

狂躁的田长老则插着兜站在旁边,一动不动,不知在想什么。

"我们这年纪的人,年轻的时候是苦练过功夫的。"张美珍忽然轻轻地说,"那会儿可真是冬练三九,夏练三伏。"

甘卿酝酿了一半的喷嚏被她打断,眼泪汪汪地回头看着她。

他们叫的车来了,张美珍推着她上了出租车。甘卿被暖气熏得有点睁不开眼,听见张美珍自言自语似的说:"风光过,一呼百应过,叱咤风云过……老杨这一辈子,太要名声,太追求'淡泊',也算一种矫枉过正吧,不知道手下人在想什么。姓田的年轻时候走南闯北,号称四海为家,现在老了,没家没业,没儿没女,除了低保,就是靠弟子们偶尔送礼过活,衣服估计也是弟子孝敬的,补丁都不舍得直接往上缝。姓赵的倒还行,以前在公交公司上班,有点退休金,不多,听说儿女也不太把他当回事,他还上赶着给人带孙女,又得替儿孙攒钱,自己过得抠抠搜搜的。你说,他们看着王九胜风生水起,能不眼热吗?我们这一代人老了,好多都不爱把功夫往下一代身上传。老喻一直随缘,老杨嘴里说着'一代不如一代',从来也没逼过孙女练棍,就连你师父那么个剑走偏锋的脾气,晚年也想明白了。"

甘卿神色闪了闪。

张美珍笑了:"杆儿,不是他不愿意好好教你,是练功夫太苦,苦完还没用,反而让人自诩本领,不肯踏实过日子。"

在丐帮里明明是一呼百应的九袋长老,换下补丁衣服,却只能当个灰溜溜的小人物。"九袋长老"和"小市民",有这个双重身份,人会认同哪种呢?

老杨帮主总说,那些浮名如烟尘幻影,人在其中,不能给这些东西迷了眼。如果他老人家真的这么清醒,又为什么九十多岁了,仍不肯放下那根绿竹打狗棒?

甘卿吸了一下鼻子:"杨帮主怎么样了?"

张美珍看了她一眼:"你知道了?"

"碰上几个丐帮的人。"甘卿想了想,把杨平提到卫骁的那一段隐了,简略地说了自己大半宿的经历,"那个杨——"

"杨平。"张美珍叹了口气,"那小子被你师父废了双手,后来又被亲爹打断了一条腿,居然还这么硬朗?"

"我头一次见他的时候,他还不到十岁,细胳膊细腿的,就脑袋大,那会儿还没看出来有什么问题……男孩嘛,长得早、长得晚都没准,十七八岁才开始蹿个子的也有。帮主的儿子,在丐帮里很受宠,那些人拍马屁,'小帮主长,小帮主短'的,拍的人不当真,孩子却当真了。"张美珍好像出了神,好一会儿,才说,"那会儿我还是个大姑娘,比你还小,吃饱了撑的,喜欢老男人,看上了杨清……"

"病人暂时脱离了危险,但是年纪太大了,要在ICU观察一阵,家属呢?到这边来签字。"

杨清听见孙女杨逸凡应了一声,跟医生说着什么,声音像是隔了层膜,恍恍惚惚的,不入他的耳。过了一会儿,身下的病床轻轻震动了一下,有人推着他走,他吃力地把眼睛睁开一条缝。

"爷爷!爷爷?听得见我说话吗……爷爷……他这是醒了吗?有意识吗……"

女人的声音脆而甜,忽远忽近,渐渐地,变成了另一个人的声音。

"杨清,"他听见那个人来自遥远过去的呼唤,分明很紧绷,还要故作满不在乎,"跟你说个事,我看上你啦。"

有一种花像烈火,绽开的时候能烧穿视线,把神经灼出疼痛来。

年届不惑的杨清傻了,失了语似的,瞠目结舌好一会儿,才好像重新安上舌头,然后语无伦次地连连摆手:"我……不是……我孩子都这么高了……我已经结婚了!我媳妇……你嫂子在老家呢,她就是没在我身边……她手艺很好的,等什么时候来了,让她请你吃烙饼……"

"他那会儿带着孩子住单身宿舍,身边连个母苍蝇都没有,我一直以为他没有老婆,离婚或者丧偶什么的。"张美珍看着城市的夜景,有些倦怠地拢了拢耳鬓烫卷的头发,"一百一十号院都是后来才建的,早期都是单位给分配公房,除了论资排辈,有时候也看家里人口情况,成家过日子的肯定比单身优先。跟他同龄的,只要有家,差不多都分到公房了,就他没有。

"所以我当时一点儿也不相信——那时候人不像现在,还讲究学区,孩子是在燕宁还是在乡下老家上学读书都差不多,我想孩子要是真有亲妈,怎么可能颠沛流离地跟着男人住宿舍?再说杨清是叫花子养大的,父母亲戚一概没有,后来就在燕宁落户上班,哪来的老家?所以我认定了他敷衍我,就缠上了他。

"我想尽各种方法,也进了这家单位工作,每天围着他转,逼得他见我就跑。他搬出他那莫须有的老婆时,我就嬉皮笑脸地跟他说'你说你有媳妇,好啊,家人照片总有吧?你让我看看照片,我就相信',他又拿不出来,每次都很狼狈。"张美珍顿了顿,笑了起来,轻轻地叹了口气,"真不要脸啊……现在想起来,那时候是我年轻不懂事,小姑娘那么厚的脸皮,人家老杨既然已经把话说明白了,我还死缠烂打,要是个男的,那就是个典型的臭流氓,说不定已经被人打了。"

"要是男的,也得看脸。"甘卿一本正经地评价说,"您这样的死缠烂打是偶像剧,不算臭流氓。"

张美珍嗤笑一声:"你这口蜜腹剑、嘴甜心冷的小东西。"

甘卿好脾气地一笑领骂。

"其实让人打一顿没什么大不了的,就算鼻青脸肿,爬起来也还是条好汉,有一天后悔了,又成了'浪子回头'。"张美珍忽然低声说,"女人嘛,就不一样了,明面上不兴打女人,但凡要点脸的人,都不敢在大街上跟女人动手,所以女人挨的打都是暗地里的、见不得人的……后来我就被人写信举报了。"

甘卿吃了一惊:"谁写的?"

张美珍一耸肩:"那谁知道,我得罪的人太多了。"

甘卿透过后视镜看着她,总觉得这老太太有种修炼成精的气质,不像得罪了别人自己还不知道的傻白甜。

"要是大家都黑灯瞎火地凑合过,就你一个特立独行,非要点灯,晃花了别人的眼,不就是得罪别人吗?"张美珍说,"跟半夜开车一路打远光的差不多,是不是,师傅?"

"嗐,大姐,话不能这么说,这不能比,瞎开远光灯容易出事故,那是没素质。"出租车司机是个两鬓斑白的中年人,先是下意识地反驳了一句,随后沉默了一会儿,又含混地低声补充道,"反正……别人怎么样,咱就也怎么样呗,总出不了错,对吧?"

"谁说不是呢。"张美珍笑眯眯地应和了一句,说,"信里举报我破坏别人婚姻,勾引单位业务骨干搞破鞋,败坏社会风气……反正大概是这个意思，那个年代，差不多都是这一套。后来就是处分，'踏上一万只脚'什么的。我出身行脚帮，自恃有功夫，天不怕，地不怕的，拿着五蝠令一跑，哪儿不能去？那些人根本抓不着我。至于那什么破单位，开除就开除。那时候各大帮派虽然都已经不活动了，但人脉还在，联系还在，叔叔伯伯们总不至于让我饿死。我没吃苦头，还有点自鸣得意……后来才知道，那段时间，老杨一直在背后替我跑关系，反复澄清，还跟单位领导解释。他总觉得肯定是自己不注意细节，不小心招惹了年轻女孩，于是大家果然就相信他了——认为他也有毛病。既然抓不着我，总得有个人泄民愤，那好了，就是他了。

"于是职务也给撸了，劳模也给免了，还背了处分，他一下子就从骨干变成了最下等的人，谁都能踩一脚，连单身宿舍都住不下去了。他们把他赶到了一个自行车棚改的杂物屋，隔三岔五把他拎出来打骂一通。当时除了喻老，没几个人敢跟他说话，他自己也怕连累别人，那几年，连丐帮的旧人也主动跟他划清了界限……我躲到外地好几年，后来才知道这些事，跑到他那个自行车棚外面哭了一宿，觉得自己真不是东西。

"那些人还把他妻子翻了出来，我才知道，原来他真的不是敷衍我，他确实有老婆，是他小时候，他师父给订的婚——几个兄弟凑在一起，喝多了酒就拿儿女当猫狗似的乱配，结婚前都没见过几面……算是旧社会的封建余毒吧。他那个妻子是世交的女儿，十二三岁的时候赶上日本人放炸弹，为了救人自己受了伤，半边脸毁容了，从此就变了一个人，脾气古怪，整天也不离开自己的小屋，谁也不见。

"老杨这个人很正派，有时候太……正派了。"张美珍叹了口气，"虽然长辈都没了，他还是遵照先人约定娶了她。

"一开始我羡慕嫉妒得要发疯。我想，如果我是那女的该有多好，毁容我也愿意。好多年以后我才想明白，我羡慕的，对她来说未必是什么好事。一开始，她也可能会感动，也可能会欣喜若狂一阵，可是时间长了，人人记住的都是杨清一诺千金，这么丑的女人也不嫌弃，委屈了一条好汉子，可惜了。她呢，就是个幸运又高攀的'责任''包袱'，要是懂事，就应该早点死，少耽误别人几年……她因为脸上有伤，一直不肯出门见人，肯定不是个没心没肺的女人，不知道那么多年是怎么熬过去的，后来就有点疯疯癫癫的。

"我偷偷去看过她一次，当地人跟我说，她不能见光，见光就要歇斯底里地疯一场，所以昼伏夜出。晚上出门也会把自己包得严严实实，别人在路上看到她，要当没看到，谁要是敢多看她一眼，非得惹出点什么事来不可。别说跟着老杨回燕宁，她连自己的名字都不让人提，自己亲生的孩子也不愿意管。

"老杨每次回去，第一天她高高兴兴地做饭给他吃，迎着他，第二天就会由浓转淡，等过了三四天，他要是还不肯走，她就会焦虑不安，找事发作，所以逢年过节，老杨也只是匆匆回家待上一天，把钱和粮票给她留下就走。

"我啊，年轻的时候只看得见男人英俊潇洒、忠肝义胆，看不见女人的痛苦。知道了前因后果，我觉得我这一辈子都忘不了他了。可是又怎么好教他为难呢？我就跑回去，说他只是个被我骗的大傻子，什么事都没有，白替我担罪名，我还把自己搞得声名狼藉……反正我是行脚帮出身的下九流，也……不在乎这些。

"老杨在丐帮的兄弟多，早有人看不下去，没过多久就给他平反了。我呢，知道这辈子跟他没什么缘分了，中间还闹着玩似的嫁过一次人——当时过得跟过街老鼠一样，有个喜欢我好多年的男人冒着风险偷偷收留了我。这人后来得了重病，我闲着也是闲着，就说，'要不临死之前，我给你当一回老婆吧，省得没人给你送终'。

"又相安无事地过了好多年，那段颠倒的日子终于过去了，关牛棚的放出来了，劳动改造的平反了，人家是沉冤昭雪，我不冤，但运气不错，又有行脚帮的旧人照顾，也跟着浑水摸鱼，恢复了工作待遇，不用再躲躲藏藏了。"

张美珍说到这里，忽然沉默了很久，直到出租车把她俩送到一百一十号院门口。

此时已经是后半夜，围观的人早就散了，小院静悄悄的。杨老帮主被救护车拉走抢救，当时手里拎的木拐杖此时正戳在传达室门口，古拙而寥落。张美珍就走过去，把拐杖捡起来，擦了擦杖头的浮尘，自言自语道："怎么就扔这儿了？也不怕让人给拿走。"

传达室门前的小灯勾勒出张美珍脸上的皱纹，她拎着拐杖絮絮叨叨的模样让甘卿脚步一顿，第一次觉出她真的是个老太太了。

"美珍姐……"

张美珍没回头，抬头透过小院里稀疏的树冠，望向六楼的某一间——杨老帮主家里亮着灯，那祖孙俩下来得匆忙，之后又直接去了医院，没顾上关灯。此时，昏黄的灯光在一片静谧里突兀地亮着，像一只浑浊又温柔的眼睛。

"我遵照约定，给我男人送了终，他……杨清的老婆也在好几年前在人间'刑满'，走了。那几年男未婚，女未嫁，虽然都老了，物是人非了……"张美珍呓语似的说，她抬起一只手，像是要去抓六楼落下的灯光似的，那光又无情地从她指缝里漏下来，都是抓不住的幻影——她叹出口白雾气，"可真是好日子。"

"我们重新认识、重新熟悉。"

她不再是扎手的荆棘花，他也尝够了起起落落。

"先开始，社会还不太开放，大家都有一点藏藏掖掖的，有时候鬼鬼祟祟地互相看一眼，有时候说两句话，写张字条，塞点东西……都跟地下工作者接头似的。"

情愫就像苔藓，越是阴暗潮湿的背光处，越是生长得肆无忌惮。

"我觉得自己苦尽甘来，这辈子算是熬出头来了。"张美珍低下头，模糊地笑了一声。

没想到她捕捉到的光亮，只是一簇稍纵即逝的石中火。

甘卿问："是因为……行脚帮和丐帮有宿怨？"

行脚帮和丐帮的宿怨自古就有，因为这两个门派都是网罗天下乌合之众、消息灵通、无孔不入的，业务定位有点重复。而虽然两派各有辉煌、各有败类，但相比较而言，丐帮正派一些，行脚帮坑蒙拐骗起来更没有下限。于是行脚帮看不上丐帮"道貌岸然"，丐帮也不大看得上行脚帮"邪魔外道"，竞争再加上正邪两立，冲突难免。

"名义上是。"张美珍说，"我师父在行脚帮里辈分高，王九胜之流要是见了我，都得捏着鼻子管我叫'师叔祖'，我手上还有红蝠令，虽然我本人不爱管事，但各大门派渐渐恢复活动以后，朋友们捧我，还是让我当了个挂名的北舵主。"

甘卿略微吃了一惊。

"可我真不是那块料，"张美珍一摊手，"在这方面，我倒是跟老杨差不多，你要是让我像王九胜那样利用门派，钻营出什么门道来，打死我也办不到，我没那个眼光，也嫌麻烦……何况我这个人，平时就四六不着的，还没有老杨在丐帮的威信，所以今天这桩事，四十年前我就经历过一次了。

"我想缓和行脚帮和丐帮的关系，本来嘛，后来也不讲'三教九流'了，丐帮的叫花子都找了工作，行脚帮过去那些见不得光的江湖手段也没人敢拿出来使了，还分那么清楚干什么？以后大家行走四海，都是自家兄弟，不好吗？

"我一心红地想和老杨联手操持这件事，但没想到自家后院有个王九胜，一直虎视眈眈地盯着北舵主的位置，还生怕我有了丐帮的外援，他就扳不倒我了。

"正好老杨那边有个杨平,杨平过了十岁以后,个子一直没长起来,连声音都还有点像小男孩……我害得他们父子住自行车棚,这么多年,他一直觉得自己这'病'是因为我……还有他妈早死,也是我气的。

"我确实……也不能说冤枉。"张美珍顿了顿,"所以这二位一拍即合了。"

第十六章

杨清老人进 ICU 之前，还得取一份检查结果，杨逸凡的助理帮忙到处跑腿。

"不好意思啊，"杨逸凡觉得有点对不起这姑娘，"这么晚了还麻烦你。"

"没有，应该的，杨总，"助理喘了口气，小声安慰，"咱们都是打算加入'孤寡老人收尸互助小组'的人，将来这种事多了，我先提前热一下身呗……哎，爷爷嘴在动。"

杨逸凡连忙上前一步，把耳朵贴了上去："您说什么？"

老杨迷迷糊糊的，脸上尽是惶急，可能是受麻药影响，他口齿不清地喃喃说："杨……平……你……没报名……没……"

这时，前面医生已经安排好了病房，开始在叫"病人杨清"。

助理说："杨总，医生叫号了。"

"哎，好。"杨逸凡疑惑地直起腰，"没报名？没报什么名？"

"你为什么没报名？"

那是个闷热的夏天，北方男人下班回家，要么光起膀子，要么换上"二杆凉"背心，再把背心卷到胸口，袒出肚子，放眼一看，满院都是白花花的肚子与形态各异的肚脐眼。只有杨清穿着整齐的短袖衬衫,一丝不苟地系到领口。他像是能心静自然凉似的,穿得这么严实,身上依然是干干净净的。

这会儿,"心静"的杨帮主难得发了大火:"杨平,我问你话呢!"

单独看脸,杨平是个端正中透着点阴柔气的美男子,白,眉清目秀,有棱有角,把这张脸撕下来,在大街上随便找颗脑袋一贴,当个电影明星不算寒碜,可是屈就在他身上,就显得十分古怪了——二十多岁的大小伙子,还不到父亲肩膀高,骨架纤细得像未成年少女,正常尺寸的脑袋安在上面,显得过分局促了。他倒也不至于是侏儒,可要说他是个正常人,又似乎有点勉强。

杨平把眼皮一耷拉,不吭声。

"上次考完一直没消息,我以为你落榜了,就怕你往心里去,还一直劝你——没关系,咱们今年再来——要不是别人告诉我,我根本就不知道你去年压根儿没参加考试!你说实话,今年是不是也没报名?"

"谁啊?嘴这么欠哪!"杨平二流子似的喷出口气,把手一摊,"本来就是哄您玩的,您装不知道得了呗。"

杨清怒道:"你把高考当什么了!"

"您把我又当什么了?我都成家了!"杨平说到这儿,又嗤笑一声,"怎么,儿子是个废物,叫您抬不起头来,所以指望我另辟蹊径,考个大学——我告诉您,我就算考上八个大学,也只是'残废'变成'书呆子残废',给您长不了几分脸!我劝您啊,要是想不开,就趁着自己还干得动,赶紧跟那个行脚帮的母狗再下个小的——"

老杨用大嘴巴子打断了他的出言不逊。

杨平满口的牙都跟着这巴掌震了几下。他终于闭了嘴,用一种要笑不笑、又咬牙切齿的古怪神色看了看他父亲,又看了看玻璃柜里的打狗棒。

杨清:"你给我出去跪着!"

"从小他们就叫我'小帮主',说丐帮后继有人。"杨平沉默片刻,忽然低声说,"我随便干点什么,都有马屁精在后面说我像你,把我捧到了天上。可是不知道从什么时候开始,捧过我的人见了我,都开始尴尬地笑;小时候夸过我练功有天赋的人,都转而问我成绩好不好。我长成这样,你们都对我不抱希望了,是吧?好——"

"杨平!你给我站住!"

杨平充耳不闻,转身就走。杨清连忙追出去,正好撞上个刚下班回家的邻居。邻居推着自行车进院,堵住了狭小的出口,还笑呵呵地跟他寒暄,等让过了邻居再出门看,那逆子已经没影了。

杨帮主扶着破旧的门框,叹了口气。

他没想到儿子竟然把高考当成一种羞辱——确实,杨平的根骨不是练功的料,但就算他是那块料,还能怎样呢?打遍天下无敌手,接管丐帮,然后呢?他靠什么活着?总不能靠当乞丐、收保护费来安身立命吧?

什么年头了,不是那回事了啊!

假如杨平身体健全,这些道理他或许也能听得进去,可他偏偏又是这样。他二十多岁了,都成家了,不是什么小孩了,即使是亲爹,也不能随便把他拉过来打一顿、骂一顿。杨清生性内敛,很难扮演那种体贴入微、和子女无话不谈的和蔼父亲。杨平过了青春期以后,随着身体问题显露,脾气也越来越古怪。杨清总是不知道儿子在想什么,父子俩有时候在一张饭桌上吃饭,谁也不吭声,活像在演默剧。

杨平这么一走,好几天没见回来,那时候也没有手机,能随时找到人,杨清把儿子平时来往得多的几个年轻人都找来问过,没人知道他去哪儿了……也可能是知道,就不告诉他。

杨清心里不太看得上这些年轻人,跟杨平混在一起的这几位,有一个算一个,全是心浮气躁、眼高手低的玩意儿。

"出去散散心,也行吧。"杨帮主当时这么想,"反正武林大会他总是要去的,到时候再把他带回来好好说。要是实在不愿意参加高考,学一门手艺也不是不行……可上大学多好啊,唉。"

喻怀德在张罗武林大会,就在半个月后。杨清和美珍商量,到时候丐帮和行脚帮一起到,坐一起,再把他俩的关系透出点风来。一开始,两边的人对此肯定会有微词,那就一点一点来,说到底,丐帮和行脚帮也没什么血海深仇。要是能就此修好,不也是功德无量吗?

一想到张美珍,杨清心里就涌起某种无来由的期待,好像所有的事都充满希望,都能迎刃而解。他的思想其实有点老古板,总觉得这个年纪还谈风月,有"老不正经"之嫌。但没有办法,这么多年来,他一直努力地践行着师父言传身教的一切——正直、义气、慎独、守信……如果这些和他的本性相冲,那么当然要压抑本性,选择大义,师父管这个叫作"修身"。

他修了大半辈子,也压抑了大半辈子,有生以来,还是第一次放纵自己,一下子就溃不成军,只能一边惭愧,一边无可奈何地沉沦。

如果他当时知道杨平去干了什么。

如果……

"武林大会当天,我就和老杨坐在了一起——没有不透风的墙,我俩的事虽然隐蔽,但之前也有些风言风语了,这回就等于是坐实了。"张美珍说,"丐帮里有人脸色不好看,有个姓朱的长老当场不干了,拂袖而去,接着又有好几个人站起来跟着走了……他们的心情也不是不能理解,可能就跟现在年轻人听说自己偶像吸毒差不多吧。反正我当妖女也当惯了,没觉得怎么样,倒是老杨特别过意不去,毕竟行脚帮的人都挺安静的,没在外人面前下我北舵主的面子。"

甘卿说:"名门正派的人想法都比较多,桀骜不驯一点也正常。"

行脚帮这种没下限的团体,就比较容易出马屁精了。

"我当时也是这么想的,还有点得意,"张美珍笑了一下,"后来才知道,他们安静如鸡,是准备要干一票大的——王九胜早就把最反感丐帮的那一群刺头纠集起来了,背着我煽动了好几轮,一边怨我太亲丐帮,一边又添油加醋,替我'打抱不平',说老杨是个骗财骗色利用我的人渣,这一伙人白天在武林大会上受了气,晚上就凑在一起喝了顿酒,然后仗着酒劲,去把朱长老和他那几个手下的家人都给绑了。"

"贵派……呃……做事确实不太讲究。"甘卿顿了顿,又说,"不过这么容易得手,跟杨平脱不开关系吧?"

"在讨厌我这方面,杨平跟朱长老他们同仇敌忾。朱长老他们从武林大会上走了以后,就被杨平叫去开小会了。这一群人连骂带发泄,也都喝得烂醉。"张美珍说,"杨平派了几个人,半夜给这帮醉鬼家里送信。因为都是熟人,谁也没那么多防备心,还招呼送信的人进屋喝水,跟在后面的行脚帮众人就趁机偷袭——敲竹杠、绑票、仙人跳,这都是行脚帮的拿手好戏,又有内鬼帮忙,干得干净利索,一点儿声音都没有。"

甘卿奇怪地问:"人既然是杨平支走的,送信的也是杨平派去的,之后一对质,就没人怀疑过杨平里通外帮吗?"

张美珍缓缓地抚过打狗棒:"没有,因为没有对质。"

"为什么?"

"他们把绑来的老幼妇孺扔在一个存机油的厂房里,派了个人看着,就各自回家睡觉了,结果凌晨时,看守睡着了,几个喝醉了的小流氓丢烟头玩,把厂房点了,正好有个油罐漏了,救火来不及,里面的人又都被绑着,一个也没跑出来……反正都是'正好'。"

甘卿:"……"

"我刚才不是说了嘛,行脚帮和丐帮,欠一段血海深仇。"张美珍淡淡地说,"我知道这个事的时候,已经太晚了。在燕宁捅出这么大的娄子,就算没有老杨,我也不可能姑息任何人。这时有几个涉事的人自愿跳出来招供认罪,都是没家没业的光棍,被警察带走了。这个结果丐帮不认,非说这几个人一看就知道是为了'义气',出来帮同伙顶罪的。

"朱长老他们那伙人意难平,把这笔账算在了整个行脚帮头上,打算让行脚帮血债血偿。我和老杨四处灭火——可家人惨死的火,是晓之以理,动之以情就能灭的吗?这事一发不可收拾,朱长老他们那一拨人闹事闹大了,全进去了,老杨也被架在了火上。"

她记得那是8月初,下了大雨,整个燕宁都像是要给狂风掀飞冲垮,被盛夏烤得温热的地面也凉透了,草木一夜间凋零了一半,落花流水而去。喻怀德紧急签了盟主令,召集所有人,出面调停。杨清被情与义压得抬不起头来,甚至不敢看她,然后在凄厉的风声里宣布,丐帮与行脚帮势不两立,以后武林大会有你没我。

那是张美珍这辈子最艰难的时刻。她年轻时闯祸、四处躲藏的时候,起码还有行脚帮里的人护着她。那一次,因为她执意要揪出所有参与这件事的人,一向不分青红皂白护短的行脚帮内开始对她不满,再加上王九胜那伙人暗中使各种小手段,说她"胳膊肘往外拐""倒贴"的声音越来越大。

不到半年,张美珍就被迫离开行脚帮,从此退隐江湖。

她跟单位申请,调到了外地工作,十几年没回来。

再后来,老公房拆迁,一百一十号院始建,她摆脱了那堆江湖事,闲得只好工作,大小混成了一个资深业务骨干。可能是这个原因,也可能有什么人在里面托了关系……反正稀里糊涂的,单位给她留了一套房。

"可能是小川他大爷爷托人替我留的吧,"张美珍故作释然地一笑,"我可不感激那老头子,分完房没几年,公家就让我们自己出钱买,差点把我攒的那点棺材本耗尽了。"

她退休之后回来,又跟杨清做了邻居。

可是红颜已苍苍,爱恨也都成了灰。

张美珍说:"我们俩,这辈子再也不可能了。"

下辈子……也算了吧。

相识五十多年，全是煎熬，把人都熬干了，到头来，只有那么一点幻觉似的回忆。

真有下辈子，还是不要再见的好。

重症监护室里的杨清老人半夜突然不好，值班的医生和护士打仗一样卷着他进了急救室。靠在楼道里打盹的杨逸凡一激灵清醒过来，被揪起来签病危通知单。

"大夫，您能不能给我一个概率，我爷爷到底有多大可能……"

"不好说，一般人就没事了，但他这年纪太大了，什么情况都有可能发生，家属还是得做好准备。"医生顿了顿，又说，"主要看病人的生命力和求生欲吧，我看他求生欲还挺强的。"

就好像他心里明白，自己在这一世闭了眼，有个人就要跟他一刀两断，连点头之交也不肯做了。

张美珍拎着拐杖，走进一百一十号的楼梯口，几不可闻地喃喃道："老来……"

老来多健忘，唯不忘相思。

甘卿落后她几步，站在那儿不知想什么。这时，小院门口车灯一闪而过，喻兰川他们坐的出租车到了。甘卿循声回头，正好看见喻兰川一身低气压地下车。

猝不及防地四目相对，喻兰川脸上的暴躁一瞬间消退了，有那么一瞬间，他忽然有点却步似的，竟迟疑着没往前走。

第十七章

韩东升紧跟着从出租车上下来,看见"卡带"的喻兰川,奇怪地喊了他一声:"小喻爷?"

喻兰川自己也说不清是怎么了,只是觉得甘卿方才看那一眼很特别,像是百感交集,从很遥远的时空望过来,还带着仆仆的归尘,让他一时情怯。

好在甘卿正常得比他快,似笑非笑地伸出一根手指,托着喻兰川的车钥匙,揶揄道:"听说小喻爷今天不得了啊……阿嚏!"

喻兰川:"……"

甘卿一句打趣没打完,自己先连打了三个喷嚏,完事一口气堵在鼻腔后面,死都不往下走了。她在渐渐压过风声的耳鸣里有了不祥的预感——要感冒!

韩东升和闫皓一起朝她投来惊愕的目光。虽然这二位一个已经"三高",一个就会跳墙,但从小练过功夫的人,身体素质毕竟比普通人强。韩东升感觉自己上次感冒发烧,大概还是跟他儿子一样大的时候。

"万木春"竟然也会鼻塞咳嗽打喷嚏!

喻兰川回过神来,匪夷所思地问:"你把自己裹成了一个球,还有脸冻感冒?"

甘卿带着浓重的鼻音说:"天要亡我,非战之——"

"还废话!"喻兰川一把拽起她羽绒服的帽子,往下兜头一罩,把她整张脸都扣在了里头,只露出一个下巴,"感冒了不回家躺着,谁要你来管闲事?我不比你有分寸?"

"我看不见了。"甘卿往上推挡住视线的帽子,慢吞吞地说,"可不吗?用一把跳大神的桃木剑单挑丐帮四大长老,你好寸啊。"

喻兰川接过车钥匙,不小心碰到了她冰凉的指尖,立刻狐疑地问:"晚上吃饭时候不还好好的吗?你刚才到底干什么去了?电话关机,王嘉可还落到了你手里?"

"说来……"甘卿吸了一下鼻子,"唉,话长。"

她虽然怕冷,但原来住地下室和群租房,暖气似有还无,也没冻出什么毛病来。反倒是现在,天天享受冬日暖阳,蜷在暖气旁边,连抵抗力都跟着下降了不少,可能是被舒适惯坏了。

喻兰川把她往背风的楼梯口推,心里飞快地盘算,张美珍那个不会过日子的老太太,家里肯定没有常备药,他自己刚搬过来不久,也忘了预备,这个点,便民药店都关门了,去哪儿给她弄点感冒冲剂来呢?一边忧虑,一边嘴上也没闲着:"别人练功都能强身健体,你呢?今天胃疼,明天脑袋疼的,除了会闯祸,一点儿用也没有,你练的这是什么邪功?"

喻兰川满脑子都是去哪儿弄药,甘卿则是被耳鸣严重影响了听力。至于韩东升和闫皓,他俩一个是不长于轻功、耳力欠佳,一个是洞察力不行,经常生活在自己的世界里,不太留意周围。

所以这一天,谁也没察觉到院门口有人。

等他们各回各家了,那人才从墙角的阴影里走出来,正是宠物店的小哑女悄悄。

闫皓回到洗衣店,不小心被门口的纸箱绊了一下,这才想起来,早晨宠物店还没开门的时候,他替隔壁悄悄签收了一个快递,这一天过得兵荒马乱,他都把这事给忘了。

悄悄有时候会自掏腰包,买些进口的猫狗罐头,给宠物店里的小动物们改善伙食。闫皓探头看了一眼,整条街都熄灯了。

"太晚了,明天再说吧。"他没怎么在意地想,顺手锁了洗衣店的门。

在境外买东西,邮寄回国需要过海关,得上传买家的真实身份信息,收件人一般得写全名,"悄悄"这种不知是小名还是外号的肯定不行,所以罐头纸箱上,收件人一栏写了悄悄的真实姓名:朱俏。

这一宿,心神俱疲的社区民警处理完丐帮这群祖宗的纠纷,总算得到了一点奖励——失踪数日的王嘉可从天而降了!

全网都怀疑她被人灭口了,各种阴谋论甚嚣尘上。这女孩虽然看着狼狈了一点,但无论如何,能全须全尾地平安回来就是好事,民警们一边赶紧向上级报告,一边询问她失踪期间去了哪儿。

谁知不问不知道,一问吓一跳,她连日来跌宕起伏的经历居然不比网友的脑洞小,里面有套路贷,有疑似绑架和非法监禁,甚至还有强奸未遂!

与此同时,王嘉可被"万木春"劫走的消息也送到了王九胜手上。王九胜听完了前因后果,站在他们家楼顶的豪华露台上连抽了半盒烟,慢悠悠地举着电话叹了口气:"我不怕你们办事不力,年轻人嘛,多锻炼几次,做事情自然就周全了,就怕这种胡作非为的,看见个稍微有点模样的女人就忘乎所以,丢人啊!"

手下连忙认错:"是我没挑好人,北舵主——"

"这都不用说了。参与办事人员名单,你那里都统计好了,是吧?"王九胜打断他,又意味深长地说,"他们的家属都照顾好了吗?"

电话里的手下说:"您放心。"

"那就好。"王九胜一点头,"这事本来也是我抹不开面子,替丐帮的朋友出头,不管是好结果还是坏结果,这'果'也不该让咱们行脚帮吃,对不对?"

"是。"

"忙去吧。"王九胜轻飘飘地说,"你办事,我向来是放心的。"

然而一挂断电话,他脸上游刃有余的微笑却倏地消失了。他搓着手,像排查地雷一样,小心翼翼地把自家露台巡视了一遍——王九胜住在城区一个罕见的低密度小区里,整个小区只有四栋楼,安保极严,每座楼都配备保安室,小区二十四小时有人巡逻。

他买下了楼王的顶层,三十二层,号称"空中四合院",有一个巨大的露台,能把大半个燕宁城都尽收眼底,天价。

可是此时,三十二层也不能让他有安全感了,王九胜打开了露台上的红外线入侵探测器,还是不能放心,回屋锁了露台。他的露台上除了一扇装饰用的玻璃门,还有扇非常夸张的防盗门,一放下来,就像把自己锁进了铁皮的保险箱。

"保险箱"里的王九胜又打开电脑,强迫症似的,仔细地把附近所有的监控镜头查了三遍,这才抓了把安眠药吃,躺下睡了。可是"保险箱"和安眠药都不能让他安眠,王九胜闭眼没多久,就被血肉模糊的噩梦惊醒。他大叫一声,冷汗淋漓地坐起来,屁滚尿流地打开了全屋的灯,就在这时,他眼角余光扫见墙角有一道阴影!

王九胜浑身的汗毛都立了起来,回手从枕头下抽出一把军刀,嘶声喝道:"谁?"

没有回答,王九胜仔细一看,才发现原来那只是他自己的衣架。他吐出一口浊气,肩膀垮了下来,在冰吧前灌了半瓶矿泉水。

王九胜生在乱世,十三岁时动手杀的第一个人是同门,一个年纪跟他差不多大的男孩,比他漂亮,比他人缘好,其实小小年纪就是个伪君子,"王八"的外号就是从这人嘴里传出来的。这个人被他偷偷宰了以后填了井,消失得神不知鬼不觉,人们找了一阵,以为是那男孩自己跑了,没有人怀疑过当年老实巴交的王九胜。

除此以外,咬过他的老狗、用烧火棍打过他的厨子、当面羞辱他"癞蛤蟆想吃天鹅肉"的女孩……都神不知鬼不觉地消失了。

天知,地知,他知,死人知。

后来,时代变了,他的手段也跟着不断进化,从简单的杀人抛尸,进化成制造意外——三十多年前那场仓库大火的"意外",把他烧上了北舵主的宝座,也给了他下半辈子的荣华富贵。

再后来,"制造意外"又进化,成了更高端的"借刀杀人",连卫骁那样的大魔头也逃不出他的手掌心。

这桩桩件件,都曾是让他回味无穷的得意之作,可不知什么时候,它们开始润物无声地潜入了他的梦里,每到午夜时分,就幻化成鬼魅纠缠不休。

这一定不是因为他老了、怕了。王九胜想,都是因为他当年做事疏漏,斩草没除根,给"万木春"留下了一条尾巴。他握紧了手里的军刀,打开床头柜——那里藏着个小保险箱,输入二十六位密码,保险箱轻轻弹开了,里面有一件血衣和几张老照片。如果甘卿或是孟天意看见,就能认出来,拍照的地方正是泥塘后巷没改建的时候,卫骁隐居的地方。

每一张照片的主角都不一样,其中有一张杨平的照片最显眼——杨平已经是中年模样,站在小院的后院墙根下,似乎是刚从院里翻出来,正在擦手。他那扭曲的手掌心泛着一种奇怪的青紫色,沾着血迹,脸上挂着笑。

这一宿,寒风呼啸,王九胜被鬼魅缠身,杨逸凡提心吊胆地等着抢救的消息,张美珍对着毫无动静的手机发了一宿的呆。

心里有鬼、有忧、有愧、有过往的人们,都在辗转反侧,彻夜难眠。

唯有甘卿,被喻兰川灌了一大碗从韩东升家借来的感冒冲剂,晕过去似的,睡到了第二天中午。

不常生病的人,一有病就格外严重,对药的反应也格外大。甘卿被门铃声吵醒的时候,只觉得自己脑子里塞满了糨糊,张美珍又不知道跑哪儿去了,她只好四肢并用地爬起来,拖着两条面条似的腿去开门。

喻兰川拎着一袋午餐和一袋药进来:"你怎么不问一声是谁就开门,不知道最近这院乱吗?喂?"

甘卿扶着门框,脑门贴在木门上汲取凉意,两眼的焦距还没对准。

喻兰川觉得她表情不对,伸手一摸,被她的额头烫了一下:"烧煳了!我昨天嘱咐你早晨吃药,你吃了吗?"

甘卿:"……"

"你到底怎么活到这么大的?"喻兰川气急败坏地把东西放下,摘下门口衣架上的羽绒服,一手拎起甘卿,"去医院!"

甘卿不太清醒,下意识地缩肩横肘,精准地打在了喻兰川的脉门上——她手脚软绵绵的,力度不大,喻兰川"嘶"了一声,一把攥住她的胳膊肘,甘卿却好像站不稳似的,顺势往前一倒,整个人带着不正常的高温贴在了他身上。

喻兰川胸口"咯噔"一下,心跳暂停了半拍。

然而下一刻,他颈侧一凉,冰冷的金属制品贴在了他脖子上。

喻兰川:"……你干什么?"

甘卿直到这会儿,才好像慢半拍地反应过来,迷迷糊糊地问:"小喻爷?你怎么还没上班?"

"我抽午休时间从公司赶回来给你送饭,"喻兰川咬着牙,一字一顿地说,"能劳驾你把爪子从我脖子上拿开吗?"

甘卿诡异地沉默了几秒,后知后觉地发现自己干了什么,僵硬地往后退了一步。

甘卿："我……那个不太清醒……"

喻兰川："你拿的还是我的钥匙！"

两人几乎同时开口，又同时闭嘴，声音叠在了一起。

甘卿的目光往下一溜达——喻兰川刚才不知道掏什么，钱包是打开的，露着钥匙，钥匙串上有一把装饰用的小瑞士军刀……被她顺手牵羊，拿去卡了人家脖子。

甘卿一声不吭地从旁边抽了一张纸巾，把小喻爷的钥匙串擦了一遍，用上供的姿势双手捧着，恭恭敬敬地请回到了喻兰川钱包里，假装什么都没发生过。她平时懒得睁眼，眼皮总是盖着半个瞳孔，让人看不准焦距在哪儿，显得若即若离的，这会儿却因为感冒，把原本的双眼皮烧得"一波三折"，沉甸甸地往下一压，带点眼泪，无端乖巧无辜了起来。

跟平时不一样。

喻兰川看着她，心神一动，像是从结了冰的山石上窥见了一簇生在缝隙里的花，意外中还有一点震撼，于是他的语气不由自主地软了几分："去吃点东西，量个体温，我带你去医院。"

甘卿无意识地跟着他走了几步，耳畔的声音都跟她隔着什么，随着间歇性的耳鸣时远时近，反应起来也慢半拍。等喻兰川已经把带来的药和食物都摊开了一桌，她才声音有点含糊地说："我不用去医院，我每次感冒就这样，烧一天，睡两觉就退，吃不吃药都行……嗯……"

她脑子有点反应不过来，总觉得自己忘了说什么，好一会儿才想起来，连忙尴尬地补上："你怎么还特意从公司跑回来？我怪不好意思的。"

礼多人不怪，甘卿本意是说句"客气话"，但这句客气话因为出来得慢了一会儿，像后来硬补的，听着不像礼貌周到，更近似于刻意拉开距离，有点不友好。人的语言就是这么微妙，有时候语气、时机有轻微的差别,就会透露出完全不一样的意思。甘卿自己也感觉到了,为免误会,她连忙转起结满糨糊的脑浆,十分狗腿地找补了一句:"不过我正好没力气起来做,这顿饭真是及时雨,小喻爷救我狗命,大恩大德,以后……"

喻兰川凉凉地看了她一眼,没理她,低头发微信给同事,说自己下午有事,请假半天。发完,他才收起手机,好整以暇地问:"以后什么?你还有什么能报答我的?"

甘卿:"……"

她掐指一算,自己没钱没权、没家没业,身无长物,就做饭还行——味觉审美似乎还异于常人,总是不为世俗所接受。小喻爷遵纪守法,身为模范公民,大概也没有买凶杀人的需求。难怪民间传说里报恩的小妖都以身相许——她们也确实没别的本事了。

可是甘卿一直觉得,"妖精报恩以身相许"之类的故事,都是旧社会底层男青年的幻想,男主角也大多一穷二白,只有一腔正直。假如许相公是个公子王孙之类,那白娘子就不是报恩,而是"碰瓷"了。因为白娘子是个连户口都得造假的盲流,特长是施展妖法坑蒙拐骗,美貌都是变出来的,一喝高就露一屁股尾巴。

公子要她干什么使?吓都吓尿了。

那么《白蛇传》的后续发展大概会是许相公重金请大师作法,然后大师和妖怪大战三百回合,最后邪不压正,妖魔伏法。

喻兰川见她词穷,就翻了个白眼,从药袋里抽出一根电子体温计扔给她:"不会用自己看说明书。"

说着,他又把有点凉了的汤汤水水端到厨房,挨个加热。

甘卿头很沉,于是把头歪过来,搁在椅背上,减轻脖子的负担。透过歪歪斜斜的视角,她看向厨房里的喻兰川。喻兰川背对着她,正在熟悉她们家的微波炉,永远笔挺的衬衣外罩着一件简单的羊毛背心,箍出了宽肩窄腰。

她想，小喻爷虽然不是王孙，但要是放在旧社会，肯定算个公子，才华横溢、处事圆融，金榜题名指日可待，长得还帅。

甘卿："我知道几个人，有祖传的铸剑手艺……虽然现在都做工艺品去了，不过家里肯定还有私藏品。'寒江七诀'老被强行变成棍法和扫帚法太可惜了，要不我给你找把剑吧？"

喻兰川冷漠地说："镇宅？我家又不是中式装修，神经病啊？还挂把剑。"

甘卿叹道："喻掌门，贵派就算只剩下一个光杆掌门，好歹也是个剑派吧，你能对剑有点尊重吗？"

微波炉"叮"地响了一声，食物的香气丝丝缕缕地漏出来，流到客厅，温暖而浓郁。

"'剑派'，意思是使用剑的门派，不是崇拜剑的门派。"喻兰川淡淡地说，"刀枪棍棒，什么不一样？当然，最好还是动口不动手。"

又来了——甘卿夹着温度计，把脸埋在胳膊上笑。

喻兰川却没笑，他把热好的饭菜端上桌："拳脚容易流传，刀剑必定会往舞台表演方面发展，指不定哪天就彻底失传了，这有什么？再说我也不喜欢用真剑。"

甘卿奇怪地问："为什么？你已经到了'飞花摘叶'都能当剑使的化境了吗？"

"刀剑之类的凶器，属于风险很高的操作，我应该算是个'风险厌恶者'，不喜欢碰这种东西。"喻兰川顿了顿，"哦，'风险厌恶者'是指……"

甘卿接道："在顺风顺水的时候，也会如履薄冰的人。"

"差不多。"喻兰川一耸肩，见她夹着温度计不方便，就给她盛了碗汤，又在她左手塞了把勺，"听起来不如赌徒酷，是吧？有股枸杞红枣水味。"

可是，既然是个如履薄冰的人，他又为什么肯露面出头，独自挡住来势汹汹的丐帮叛逆呢？

甘卿心想，如果她这么问，喻兰川一定会一脸不耐烦地回她一句"那是逼不得已，没的选，不然还能怎么办"。

有的人视金钱如粪土，肯把宝马名裘换美酒，只为一场尽兴。万物如浮云，唯有情深义重。喻兰川却没有这种潇洒，他好像那种平时抠抠搜搜、一分钱掰成八瓣花的老财主，吝啬得让人哭笑不得，但生死关头，他是肯抛却一切他看重的东西，为情义倾家荡产的。

"看什么看，"喻兰川被她的目光盯得不自在，板起了脸，"我怎么觉得你今天有点傻——电子体温计一分钟够了，还不快看看几成熟了。"

体温计上显示三十八点五摄氏度，算高烧了。

喻兰川皱起眉，放下筷子："我下楼买点退烧药。"

甘卿的目光落在体温计的表盘上，可能真是烧短路了，她脱口说："刀也不要，剑也不要，可是我请人吃饭最高档次是麦当劳，你再对我这么好，我就要资不抵债了。"

她的尾音拖得很长，带着沙哑的鼻音，有黏性似的，像传说里躺在蛛丝上的蜘蛛精，凶险而靡丽，把飞蛾喻兰川粘在了原地。

两个人隔着一张巴掌大的小桌，互相数得清对方睫毛的根数。

喻兰川的喉咙微微一滚，接着，他缓缓地站起来，双手撑在小桌上，朝甘卿的方向倾下身，身高带来了某种压迫感。他眉目不动时，眼角和嘴角都是横平竖直，既不上翘，也不下垂，原生表情透着理智和冷淡的味道，让人想起浮着冰山的平静海面，底下涌动着看不见的暗流和漩涡。

喻兰川在她耳边说："你可以申请借款展期，先还利息。"

甘卿仿佛被固定在那一小片阴影里，一动不动。

喻兰川略微垂下眼，心里默数了五下，据说这是一个成年人能从冲动中冷静下来的时间，他礼数周全地给了对方这个时间。

然而甘卿今天的反应格外迟钝，似乎没能抓住这个机会。

这可是她默许的——喻兰川轻轻地在她耳垂上捏了一下，呼吸若有若无地掠过她的脸颊，一阵一触即走的风似的，让人恍然间分辨不出有没有触碰到，披上外套下楼买药了。

直到听见门响，甘卿才眨了眨眼，如梦方醒。

她烧得找不着北，诸如"将来""门当户对""配不配""何去何从"之类复杂的问题，她一概思考不动，只剩下一小撮脑细胞还没罢工，尽忠职守地连线她突然通气的鼻子，记录下缭绕在她身边的古龙水味。

薄荷的。

第十八章

"田展鹏先生,您有一份快递,麻烦签收。"

寒冬腊月里,丐帮九袋田长老家四门大开,他正在收拾行李。租住的这一片老楼突然要准备拆迁,房主们即将实现"阶级跃迁",成为"拆迁户贵族"。可是几家欢喜几家愁,对租住在这里的房客们来说,这消息就如晴空霹雳了。

"放门口。"田长老正在打电话,随口应了一句,又接着对电话里的房东说,"……还有我上星期才刚灌的煤气,还没怎么使呢,这可怎么算?"

房东已成人生赢家,豪气冲天:"扛走!煤气罐送你了,当送别赠礼!祝咱们以后都前程似锦!"

田长老:"……"

煤气罐的铁皮肚子上果然印了"前程似锦"几个红字,已经被油渍糊得看不出来了,憨态可掬地戳在墙角,跟新主人一样前途未卜。

田长老在这儿住了六年,破家值万贯,他足足花了一下午,才把要带走的东西都打好包,大包小包满地都是,透着兵荒马乱的狼狈。他四下踅摸片刻,发现自己实在没地方落脚,这位临近古稀的老人就扬起胳膊,把额上的热汗蹭在上臂袖子上,然后缓缓地走到门口,叹了口气,在门槛上坐下,给自己卷了根旱烟。

怎么办呢？

只能先上哪个徒弟家里凑合一阵子，再慢慢找其他的房子。想一想，自己这日子就过得跟狗一样，居然还有脸回去抢打狗棒，抢回来表演"竹棍削自己"吗？田长老瘪着嘴，喷了一口烟圈，一边这样自嘲地想，一边随手撕开了放在门口的快递。

谁会给我寄东西？这玩意儿不是账单就是广……

田长老漫不经心的动作忽然一顿，快递信封里滑出了一张老照片。他先是愣了愣，随即似乎猛地意识到了什么。那一瞬间，田长老的热汗一下子凉了，他不由自主地打了个寒噤——落在他脚下的旧照片，拍的是泥塘后巷一个很隐蔽的小院后窗，比现在年轻一点的他正跟一群人从后窗爬出来，有的人已经落地，有的还在慌慌张张地往外爬。

照片拍到了他的正脸，他正神色狰狞地盯着一个方向。田展鹏还记得，他当时心神大乱，看的是杨平的方向，可是这张照片里，杨平没入镜！

十年过去了，那件事仍历历在目。

那时，田长老刚从外地回燕宁，才找到地方落脚，就有一位不速之客上了门，正是杨平。

当时杨平早已经被逐出丐帮，并且失踪近十年了，他突然出现，田展鹏一眼差点没认出来。老杨帮主和杨平断绝父子关系的时候，给杨平列过一打罪状，诸如什么"曾经利用帮内网络，散布谣言恶意中伤某某""恃强凌弱，纠集打手围攻过某某""对妻儿动手，不慈不孝"之类，看完让人觉得这货五行缺德，什么坏事都干，但就是找不着重点。

所以帮内众人都默认，杨平被逐出丐帮，真正的原因是企图谋杀行脚帮前任北舵主张美珍。

田展鹏听到有人传，说一百一十号院那边分房的时候，杨平还不知道张美珍也有一套，直到她退休回燕宁，搬家时撞见了正在开电梯的杨平。这可坏了菜，一个是光荣退休的女干部，一个是双手尽废、只能靠开电梯为生的可怜虫，冤家路窄，杨平当场就疯了。张美珍也不是什么厚道人，嘴比较欠，趁机冷嘲热讽一通。回去以后，杨平可能是怎么想怎么怄得慌，有人说他在张美珍家放火，也有人说他纠集了一帮人去张美珍落脚的小旅馆堵人。

帮主为了老情人罚儿子，大家也都不好多嘴，但背后议论起来，其实大多是站在杨平这边的——毕竟杨平才是丐帮自己人，而张美珍是新仇旧怨说不清的行脚帮旧人，虽然当年那惨案的涉事人员都已经伏法，但两大帮派从此交恶，"行脚帮"仨字，在丐帮的词典里，就是狗屎的近义词。

失踪了近十年的杨平蹉跎了不少，一双眼阴森森的，像压着两口要喷发的火山，进来以后开门见山地告诉田展鹏，他找到了卫骁藏身的地方。

卫骁是他们这一代人头上的阴影，杨平这一辈子，被自己毁了一半，又被卫骁毁了一半。因为身体限制，他练功比谁都狠，比谁都想出人头地，憋足了劲头想要一鸣惊人，谁知道刚一开嗓，就被卫骁怼成了哑炮。

当年给卫骁下战书的人里，其实也有田展鹏，只是那会儿他师父还在世，他赴约之前被师父发现了，老人家打了他一顿手板，把他关了起来。事后，田展鹏听说那一战的结局，又愤怒又遗憾……还夹杂了一点小小的侥幸。他一直自欺欺人地认为，当年如果自己也去了，指定胜负就逆转了。

杨平对他说："卫骁这个人，恶贯满盈。但现在武林正道上说话管用的那几位都不管事，抹不开故交的面子，放任这种败类。上次是我们学艺不精，又大意，才败在他的卑劣手段上，这回一定不能让他跑了！这么多年，我做梦都想一雪前耻，这次终于抓住他了！田老哥，我知道你上次没能来，自己心里也一直耿耿于怀——要是你也在，我们兄弟几个哪会落到现在这种境地？"

田展鹏被他一番煽动，又是跃跃欲试，又是心虚气短，就这么稀里糊涂地跟着去了。

到了那天过去一看，以杨平为首，被卫骁伤过的几个人都到齐了，这些人受伤以后都是半退隐状态，也不知道伤好没好、功夫搁下了多少。田展鹏看了这个阵容，心里悲观地想，看来他自己就是对付卫骁的主力了。

他们找到卫骁家里的时候，门是开着的，卫骁等着他们，沏好了茶，手边放着一封信。田展鹏这才知道，杨平早给卫骁下过了战书。

他意外极了——在他的刻板印象里，卫骁一直是个藏头露尾的小人，他没想到杨平竟然会提前下战书。

不是说怕那人跑了吗？还敢这么打草惊蛇？

而奇怪的是，卫骁竟然也没跑。

不但没跑，那男人端坐前厅、静候来客的模样，居然还有点"渊岳之躯，迎风不惧"的名宿气度。

"也可能是太自负了，根本没把我们这些人放在眼里。"田展鹏心里这么想。

杨平下的战书，那当然就是杨平本人先上，田展鹏看着周围这几位，非常唏嘘——据说他们上次挑战卫骁的时候，打到最后是一起动手的，没想到落下的阴影这么多年都没消，这回干脆连一起上也不敢上了，敢情完全是来当啦啦队的！

田展鹏叹了口气，做好了最后自己和卫骁一对一的准备。

谁知道，他居然没有出手的机会。

杨平这个断过手、断过脚，四肢往地上一铺都不在一个平面的半残，不知道事先嗑了什么大力丸，他一出手，把所有人都惊呆了——他用的绝不是老杨帮主传下来的那一套功夫，鸡爪似的手一掌拍下去，大理石的茶几出现了裂纹！

别说是后来断过手筋,就是杨平年轻力壮、最如日中天的时候,也绝对没有这种功夫。

反而是传说中的"武林噩梦"卫骁,活像瘸了,一条腿拖拖拉拉不灵便不说,他还气虚气短,不过三两回合,他就冷汗涔涔,脸都白了。不等田展鹏他们反应过来,杨平一掌拍在了卫骁胸口上,直接把人打飞了出去。卫骁半晌没爬起来,一口血洒得前襟斑斑点点、触目惊心。

田展鹏这才回过神来,连忙上前拦住杨平,大喝一声:"行了!要出人命了!"

虽说杨平是下了"生死战书",在古代打死不论,可现在毕竟不一样了,哪还能真杀人?

卫骁强撑几次,没能把自己撑起来,他便捂住胸口,蜷在墙角,跟杨平说了几句田展鹏至今没明白的话。

"你赢了,大家伙都看见了,可以了吗?"卫骁几不可闻地说,"那咱俩的恩怨,就到此为止了吧,不要牵连别的。"

杨平冷笑着回答:"我没有这个兴趣,也没这个闲工夫。"

卫骁听完,似乎是笑了,长长地吐出一口气,他又上气不接下气地说:"杨兄是有傲骨的人,我信你……那就恕我不便远送了……这点……前头有夜市了,人多眼杂,你们从后门走吧。"

田展鹏一头雾水地跟着杨平等人,从后窗跳出去了,跳完他也没明白,"人多眼杂"怎么了——他们与人约定了比武,堂堂正正,还怕谁知道吗?

难道是卫骁输了,嫌丢人?可让万木春丢人不是杨平的夙愿吗?杨平又为什么突然这么"善良",还照顾起手下败将的自尊心,说让走后院就走后院?

从后窗出去的时候,田展鹏满腔疑惑地看了杨平一眼,正看见杨平在擦手上的血迹,他惊恐地发现,杨平手掌上泛着可怕的青紫色!

这人到底练了什么邪功?

杨平十分平静地跟众人分道扬镳,临别,还嘱咐他们"恩怨已了,不要再私下来找卫骁的麻烦",听得田展鹏以为杨平被人夺舍了,于是到底没忍住,半夜三更,又偷偷转回了卫骁家,有点好奇,也有点怕卫骁出事。

结果他看见打得狼藉一片的现场被人收拾得干干净净,血迹擦干净了,连被杨平一掌拍裂的桌面都重新上了胶,卫骁自己换下了血衣,平静地躺在床上……没了气息。

像是寿终正寝。

田展鹏吓坏了,脑子里乱成了一锅粥,转身就跑。

卫骁让杨平走后院,杨平就走了后院——难道他俩当时就知道一定会出人命,所以才刻意避人耳目?

杨平那家伙居然一掌打死了人!这是故意杀人!离奇的是,卫骁这苦主为什么还要袒护他?非但放跑了杨平,还自己收拾现场,难道是卫骁口味异于常人,暗恋这条吉娃娃吗?

独居老人平静地躺在床上死亡,又没有家属追究,一般就会当成心脏猝死处理,没人报案,当然也没人验尸。一代武林噩梦就这么烟消云散,这迷雾重重的谋杀一直是田展鹏心里的一块石头——他不明白,也不敢提。

直到今天,他终于知道了答案——

信封里除了那张照片,还掉下了一封打印的信。

"寄给您的照片,是杨平先生八年前寄存在我这儿的,拍摄人是我。您不用知道我的身份,毕竟我只是个无名小卒,干点偷拍捉奸的下三烂事,混口饭吃。

"杨平先生当年告诉我,你们会从那扇窗户跳出来,所以我早早选好了位置,调整好镜头,这样才能及时抓拍下诸位的照片。这之后,我的工作就是随时追踪您几位的踪迹——这也不难,几位都没打算隐姓埋名,我只需要在你们搬家的时候关注一下,更新地址就行了。不瞒您说,多数朋友八年都没挪过窝,您是搬家次数最多的,八年里一共搬了三回,我知道您马上要搬第四回,希望快递能在您收拾完行李之前送到。"

田展鹏看到这一段,冷汗都下来了,好像有一双无处不在的眼睛,射出两簇阴冷的目光,就钉在他的后背上。

他神经质地站起来,将门窗楼道都检查了一遍。然而喧闹的小区楼下,似乎只有七嘴八舌的房主们在情绪高涨地聊天,关心签字时机和补偿款,没有任何异状。田展鹏咽了口唾沫,继续往下看。

写信的人好像知道他的反应一样:"您不用紧张,我们这种人就像阴沟里的耗子,不敢出现在您面前。我的雇主也只是让我追踪记录,没有委托我做别的。但就在今天,应该是您收到这封信的前一天,杨平先生嘱咐我把保存的照片分别邮到诸位的最新地址,并附上以上信件。"

就在这时,田展鹏的手机突兀地响了,田长老绷紧的神经差点扯断了。

"喂,师父,您听说了吗?"

田展鹏涩声问:"……什么?"

"今天小翟他们那一伙人被警察带走了!'马猴儿'跑了,警察正在抓他,说是他们跟之前那个失踪的小女孩……叫什么王什么可的那个,有关系!"

小翟和"马猴儿",就是丐帮内乱当晚,杨平在小租屋里密会的两个人,明面上替赵长老办事,撺掇着赵长老出头,私下里,他俩暗度陈仓,伙同行脚帮搞事。

但他俩到底是谁的人,田展鹏不知道,所以没能第一时间反应过来。

"哎哟，师父，您怎么还不明白！网上燕宁盛宴爆的料都是从那女孩手机上弄来的，他们绑架她，利用她失踪，把事炒得沸沸扬扬，又把老帮主的孙女拖下水，都是算计好的，咱还不知道呢！咱们一听说，就回去找老帮主要公道，把老帮主气进了医院，万一他老人家有个三长两短……这事怎么算？老帮主不就是咱们气死的吗？幕后黑手就可以出来当好人，顺理成章地接管打狗棒，这个姓赵的老东西，没想到他这么奸……"

"不是赵老七。"田长老的目光直直地洞穿窗户，听到这儿，很多事电光石火间，在他脑子里连成了一根线——

赵长老那天和他一样，也想强行取走打狗棒，结果被一个后辈喻兰川给拦了下来，脸已经丢到了西伯利亚。如果是他精心策划，实在没必要亲自粉墨登场，上台客串小丑。

"啊？什么？"电话里的徒弟没听清，"对了，师父，您知道那个失踪女孩是谁给送到派出所的吗？"

田展鹏的目光轻轻动了一下。

"我听说是万木春——当面劫人，嚣张不嚣张？"电话里的人刻意压低了声音，"万木春真的有传人吗？我一直以为是他们瞎说的。师父，一刀三寸二分到底是真的还是假的……"

徒弟后面说了什么，田展鹏没听清，他觉得自己全想明白了。

卫骁隐居燕宁多年，杨平自己单枪匹马，怎么可能轻易地就把他翻出来？当时身后一定另有靠山。这也能解释杨平一个废人，那手神鬼莫测的邪功是哪来的。动手时，卫骁腿脚很不灵便，一看就是身上带伤，很可能也是这背后的人干的。

万木春卫骁有个传人，不知道从哪儿捡来的小崽，也可能是自己生的，八年前应该还小，不在身边，卫骁受了伤，接到战书后却没有逃,既不是因为这个藏头露尾的杀手坦然无畏,也不是因为他自视甚高——而是他知道自己逃不了了。

他败在杨平手下,说的那句祈求杨平"到此为止"的话,就是求他不要去找下一代人的麻烦。杨平回答"没有兴趣,没有闲工夫",暗示的是"她不来找我,我也不去找她,你自己收拾好"。

卫骁听懂了他的暗示,所以临死时,他强撑着收拾了现场,伪装出寿终正寝的样子,就是为了让暗中看着他的人明白他的态度——有恩有怨,他一力担了,到此为止,后人什么都不知道,不会替他报仇,他死后,也不会给任何人带来麻烦。

卫骁奸计得逞,万木春的鬼刀韬光养晦八年,现在终于浮出水面,还暗中借着行脚帮的老妖婆直接搭上杨帮主,眼看是要翻旧账了!

杨平那个狗东西当年竟然也还留了一手。田展鹏一直就奇怪,他打杀那个半残的卫骁,明明不费吹灰之力,为什么要叫上他们这一帮人?壮胆,还是雪耻的时候不昭告天下不过瘾?

现在他明白了,杨平连蒙带骗地把他们卷进去,自己留了证据,他们这些人,或者被卫骁伤过身,或者被卫骁伤过名,都有动机,卫骁之死,谁也说不清。万木春重出武林的时候,他们这些八年前就已经进坑的傻帽都是靶子、诱饵、挡箭牌!

杨平现在可以用这些东西威胁他们,站出来帮他夺取丐帮大权,过几天也可以随时把他们的行踪透露给万木春,拿他们挡了万木春的刀锋,自己适时出来"黄雀在后"。

这是把人当傻猴耍啊。

同一时间,燕宁内外,当年参与过两次围堵卫骁的人,全都接到了差不多的邮件,这伙人不大能算是英雄,但所见略同——

杨平威胁他们,"万木春"磨刀霍霍,不管这两边是谁棋高一着,他们都是无辜的牺牲品。

像田展鹏一样四海为家的人毕竟是少数，大多数人到了这把年纪，都有一家妻儿老小、平静生活了，这分明是无妄之灾。

田展鹏短暂的惊慌过去，眼神沉了下来，他翻开通信录，一个一个地开始联系。

凭什么呀？

谁不是辛苦挣扎？谁又不想好好活着呢？

既然这样……也就只好"祝福"杨平和万木春传人这二位早日暴毙了。

甘卿收到"遥祝"，哆哆嗦嗦地打了个喷嚏，蒙汗药似的退烧药开始起作用。这喷嚏没让她清醒，只是意识蒙眬间，她觉得身边有动静，有人轻轻地拿起了她的右手。

她掌心都是冷汗，湿淋淋的，喻兰川抽了张纸巾擦了她的手，仔细端详片刻，忽然发现她的手指很细。他十分惊奇，还是第一次这么仔细看女孩的手。喻兰川一直以为自己的手已经算十分修长，和她比起来，却要粗一圈。他觉得她那指骨就像是没发育好一样，轻轻一捏就会折断，指尖竟然真的会收拢成锐角。

"原来'十指如削'不是夸张的修辞。平时她的刀片都藏在哪儿呢？"

喻兰川一边漫无边际地想，一边用手机拍了张照片。

甘卿被相机的快门音效惊动，略微睁了眼，手指倏地一动，细而软的手瞬间绷紧，露出指缝间坚硬的薄茧，那些茧竟然比骨骼还硬，透露出说不出的锋锐。

喻兰川以为她醒了，立刻若无其事地把她的手放在一边，十分"正直"地说："咳……拍下来发给我那个当医生的朋友，看看你这鸡爪子还有没有捋平的希望。"

甘卿没吭声，半张脸陷在枕头里，散乱的目光注视着他。

喻兰川就像知道班主任在后门盯梢的中学生一样，背着她的目光，他正襟危坐地把电脑往膝头一架，开始给甘卿表演"心无旁骛"工作的社会人——他点开邮箱刷了几遍，狗屁邮件也没开，只是来回翻了几页，然后装模作样地抱怨道："这么慢，你家网该扔了。"

然后他又随便点开了几个文件，把句尾的句号删除又打上，全选来回改字体，键盘敲得"锣鼓喧天"，热闹得不行。这么热火朝天地"忙碌"了好一会儿，喻兰川终于忍不住斜了斜眼，暗中观察一声不响的甘卿，这才发现她不知什么时候，又重新垂下眼睡着了。

甘卿做了个梦，梦见她回到小时候，进了高考考场——这个梦不太真实，因为她并没有进过真正的考场。

监考老师给别人的考卷都是一张纸，到了她这儿，却是足有《新华字典》那么厚的一沓纸。

甘卿忍不住问："老师，为什么我跟别人不一样？"

"AB卷。"监考老师冷冷地回答，"人家是A卷，你B卷，时间都一样，别废话了，快写。"

那怎么写得完？连翻页都翻不完！卷子上都是芝麻一样大的小字，她拼命地填，右手却不听使唤，怎么也写不快。监考老师像个旧社会的奴隶主一样，拎着鞭子来回巡视，大声咆哮："快点写！"

周围的人不断站起来交卷，人都走光了，她却连一半也没写完。

甘卿在梦里急得满头大汗，心里焦虑地想："考不上了，来不及了。"

"为什么还不交卷？！"监考老师张开血盆大口，一鞭子朝她甩过来，甘卿扶着桌子一跃而起，一边借着周围的桌椅板凳闪转腾挪，一边还要见缝插针地往卷子上写字。

"你还考什么考！"监考老师变了个模样，有一点像卫欢，有一点像卫骁……手腕上戴着精致的商务表，又似乎是喻兰川的，他的长鞭化作带血的大铡刀，一下落在她面前。甘卿险险地避开，那刀却当着她的面，切进了她好不容易写完的卷子里。

刀刃上的血全留在了试卷上，所有字迹都被盖住了。

甘卿倒抽了一口凉气，倏地醒了过来，日头已经西垂了。

"醒了？"不知什么时候回来的张美珍说。

甘卿的瞳孔里还沾着血色，一脸茫然地扭头看她。

"你们家那个小喻爷看见我回来就走了。喏，你的药，要吃几片自己看，说明书上那小字我看不见。"张美珍把一杯温水放在她床头，一脸倦色地往外走了几步，忽然又想起了什么，"对了，有你一份快递，我放那儿了。"

甘卿含糊地应了一声，头重脚轻地爬起来，对着快递发了两分钟的呆，这才慢腾腾地撕起包装。

"什么东西？"她想，"不会是孟老板偷我身份证，给我报了成人自考吧？"

甘卿顿了顿，有那么一瞬间，她心里起了个流星一样的念头。

如果……

换个活法也不是不行。

试一试吗？

"刺啦"一下，她撕开了封口……

图书在版编目（CIP）数据

无污染无公害 . 2 / Priest 著 . -- 北京：中国友谊出版公司，2019.11（2020.1 重印）
ISBN 978-7-5057-4798-2

Ⅰ . ①无… Ⅱ . ①P… Ⅲ . ①言情小说—中国—当代 Ⅳ . ①I247.5

中国版本图书馆 CIP 数据核字 (2019) 第 209361 号

书名	无污染无公害 . 2
作者	Priest
出版	中国友谊出版公司
发行	中国友谊出版公司
经销	新华书店
印刷	天津旭丰源印刷有限公司
规格	880×1230 毫米　32 开 9.375 印张　234 千字
版次	2020 年 1 月第 1 版
印次	2020 年 1 月第 2 次印刷
书号	ISBN 978-7-5057-4798-2
定价	48.00 元
地址	北京市朝阳区西坝河南里 17 号楼
邮编	100028
电话	（010）64678009

如发现图书质量问题，可联系调换。质量投诉电话：010-82069336